Enlevée par la mafia

Empires et Mafia, tome 1

Annika Martin

Traduction par
Alexia Vaz

Enlevée par la mafia
Empires et Mafia, tome 1
Annika Martin

Copyright © 2016 by Annika Martin

0004302022p

Chapitre Un

Aleksio

La plupart de ceux qui voient la vieille brûlure de cigarette sur mon bras supposent qu'elle a été faite par quelqu'un qui cherchait à me faire du mal.

Ils ne pourraient pas avoir plus tort.

La brûlure de cigarette a été faite par quelqu'un qui essayait de me protéger.

En réalité, elle ne me faisait plus mal depuis des années. Même quand on appuyait dessus, je ne sentais rien.

Ce qui prouve bien que lorsqu'on abîme suffisamment une chose, elle perd toute sensibilité.

C'est vrai pour la peau et c'est également vrai pour les gens.

Elle est cependant tout irritée à cause du genre de combat au corps à corps auquel je me suis livré aujourd'hui. Comme une amie d'enfance grincheuse.

Caché dans le hangar à bateaux sinistre, j'extirpe d'un coup sec le mouchoir plié de ma poche de chemise, je desserre mes boutons de manchettes et j'enroule le tissu autour de mon avant-bras pour former une couche protectrice.

Mon téléphone vibre. C'est mon frère, Viktor, qui me fait savoir qu'une autre attaque arrive. Nikolla et ses meilleurs gars doivent être en train de se précipiter depuis le bâtiment principal.

Ça va mal tourner.

Je m'en moque, je ferai ce qu'il faut pour trouver notre petit frère. Il est quelque part dehors et il a besoin de nous.

J'embraserais le monde entier pour le trouver.

Embraser le monde serait en fait plus facile que de faire ce que nous sommes en train de faire : attaquer Aldo Nikolla.

Aldo Nikolla, c'est le croquemitaine et Godzilla réunis en un seul homme. Le parrain de la mafia albanaise le plus dangereux qui ait jamais posé le pied sur cette terre. Et sa résidence d'été est mieux gardée que Fort Knox.

Mais quand on n'a pas le choix, il faut y aller.

J'arrange mes manches, laisse mon revolver pendre dans ma main.

L'homme de main qui m'a sauvé d'Aldo Nikolla quand j'étais enfant ne m'a jamais laissé oublier les traditions de la mafia : les costumes, les codes, les boutons de manchettes parfaitement mis.

Le roi en sommeil, m'appelait-il toujours. *Tu rassembleras tes frères et reprendras ton royaume à Nikolla.*

Toute ma vie, c'était le plan : retrouver mes frères pour que nous puissions reprendre notre royaume et obtenir vengeance.

Je me concentre sur les corps empilés dans le coin sombre. Six mecs ayant reçu suffisamment de calmants pour dormir toute la journée. Je continue pourtant de penser qu'ils pourraient se réveiller. Parce que ce sont les soldats d'Aldo Nikolla. Comme s'il était tout-puissant.

Cela n'aidait pas que l'homme de main qui m'a sauvé tente

d'arrêter cette attaque. *Ne fais pas ça. Vous n'êtes que deux frères. Les trois frères doivent être ensemble.*

Les trois frères doivent être ensemble. Tu arrives trop tôt.

Eh bien, les priorités changent. Notre petit frère a besoin de nous. Il est quelque part dehors, sans protection. Inconscient du danger dans lequel il pourrait se trouver.

Nous devons le récupérer.

La dernière fois que je me suis retrouvé si proche du parrain Aldo Nikolla, c'est la nuit où j'ai reçu ma brûlure.

J'avais neuf ans. Konstantin, l'homme de main qui m'a sauvé, et moi étions en cavale depuis deux mois. J'avais de la fièvre. Nous créchions dans un bâtiment abandonné, dans le Kansas, je crois. Je me suis réveillé dans les bras de Konstantin alors qu'il courait devant des vitrines de magasins bordées d'un rideau de fer et qu'il tournait dans une allée froide et humide. Il avait un déguisement caché là-bas : une perruque sale, du rouge à lèvres et des vêtements. Konstantin s'est rapidement changé en clocharde. C'était un déguisement qu'aucun membre du clan du Black Lion qui se respectait n'aurait adopté un jour. C'était justement ça, le génie.

Après une déclaration concise de sa part, j'ai disparu sous la pile de vêtements à côté de lui, les yeux et les lèvres bien fermés. Le vieux Konstantin a allumé une cigarette quand ils se sont approchés. Si on le connaissait – et ces tueurs le connaissaient bien –, on savait que c'était à l'opposé de sa manière d'être. Konstantin ne fumait jamais.

On pouvait entendre Aldo Nikolla, Lazarus le Sanglant et le reste des hommes s'en prendre aux clochards de l'autre pâté de maisons. J'ai appuyé mon front contre la gigantesque cuisse de Konstantin, me cachant lorsque les pas ralentissaient devant nous.

L'un des soldats d'Aldo a frappé Konstantin et a demandé s'il avait vu un homme avec un garçon. D'une voix stridente,

Konstantin leur a sorti un charabia de vieille folle, digne d'un acteur oscarisé.

C'est alors que le vieux a bougé sa main, juste assez pour appuyer la cigarette sur mon bras. Il l'a simplement enfoncée là.

Il ne savait pas qu'il me brûlait. Il n'en avait aucune idée. Il essayait de nous sauver, hurlant dans son accoutrement de clocharde.

Je me suis forcé à rester immobile. Un quelconque mouvement m'aurait trahi.

Alors je l'ai laissé me brûler, j'ai laissé la douleur geler mon cerveau. La cigarette a réussi à brûler le bout de polyester sous lequel je me trouvais et je n'oublierai jamais l'odeur. J'ai laissé les braises s'enfoncer dans mon bras comme un soleil de plomb, priant pour qu'il bouge sa main de lui-même, mais il ne l'a pas fait. Toute son attention était concentrée sur les cris qu'il lançait aux soldats, les mettant sur la défensive.

Il nous maintenait en vie.

J'ai laissé la douleur devenir mon professeur. La douleur m'a appris à survivre, à endurer n'importe quoi. Je survivrai et me battrai encore un jour de plus, tout comme Konstantin le disait toujours. « *Mbreti giumi* – le roi en sommeil. Tu vis pour combattre un jour de plus. »

Toutefois, ce jour n'est jamais vraiment arrivé. Konstantin veut que tout soit parfaitement en place d'abord. Les trois frères Dragusha réunis. Des légions d'hommes derrière nous. *Ils rentreront dans le rang quand ils verront que les frères Dragusha se sont retrouvés.*

Notre petit frère est en trop grand danger pour que nous attendions. Il n'a aucune idée du péril dans lequel il se trouve.

On vient te chercher, Kiro, chuchoté-je dans la nuit.

Le garde suivant marche lentement vers la porte d'entrée, se dirigeant vers le côté de la rampe de mise à l'eau où je me trouve. Ce mec ne pense pas à qui pourrait se planquer dans la meilleure cachette de cet endroit. Il pense au banquet qui est censé l'attendre au niveau supérieur. Viktor et moi avons pris le contrôle des messages envoyés entre les gardes, cela fait partie de l'attaque. Comme si nous prenions le contrôle de leur cerveau collectif.

C'est vrai ce qu'on dit : la façon la plus rapide d'atteindre un homme, c'est de viser son estomac.

Dès qu'il est dans mon orbite, je me précipite sur lui et lui tords la main pour saisir son arme. Je l'étouffe avant qu'il ne puisse produire un son, puis j'enfonce l'aiguille dans son cou et il s'endort.

Certains soldats sont étonnamment faciles à avoir. Cependant, encore une fois, ces mecs tétaient la Xbox pendant que j'étais passé à tabac par Konstantin lors de nos sessions d'entraînement sans fin.

Mes gars sont en haut, dans la maison. L'idée est d'attirer tout le monde dans ma direction. Nous sommes restés silencieux jusqu'à maintenant. Tant que personne ne crie ou ne tire, nous gardons l'effet de surprise.

Quand Aldo Nikolla sentira les problèmes, il descendra avec Lazarus et laissera Mira à la maison, où il la pense en sûreté.

Elle est son unique faiblesse.

J'ai joué tellement de fois cette journée dans ma tête. L'horreur sur le visage de Nikolla quand il voit que je suis de retour. Aleksio Dragusha, adulte et dressé face à lui.

Le choc quand il se rend compte que mon frère Viktor et moi sommes réunis. Parce que, hé, on penserait qu'en envoyant un bambin dans un orphelinat moscovite, sans identité, il resterait là-bas, hein ? N'est-ce pas ce que vous penseriez ?

Surprise, enfoiré !

En aucun cas Mira ne me reconnaîtra comme le garçon avec qui elle s'amusait, il y a une éternité de cela, allongée sur une douce mer d'herbe, devant cette pièce montée en forme de château, avec des nuages semblables à des hippocampes.

Je suis bien différent du prince de la mafia aimable qu'elle connaissait. Je suis, en gros, une espèce différente. En effet, lorsque vous êtes pourchassé chaque jour de votre vie comme un rat dans un nid de vipères, tout en vous change. Vous développez des talents qu'aucune personne saine d'esprit ne voudrait. Vous perdez votre humanité.

Elle pense que nous sommes morts, de toute façon. Tout le monde pense que les trois frères Dragusha sont morts en même temps que leurs parents. J'imagine que c'est le cas, en un sens.

Mira est bien différente désormais, elle aussi. Parfois, je n'arrive pas à croire aux publications d'accro du shopping qu'elle met sur Instagram. Toute sa vie tourne autour du shopping. C'est triste, parce qu'elle était géniale, enfant : brave, loyale et gentille.

J'imagine que cette vie finit par métamorphoser n'importe qui.

C'est mieux qu'elle ne soit pas la même personne. Ça rend mon travail plus facile.

Chapitre Deux

MON PÈRE a un téléphone portable noir qu'il n'utilise jamais, mais il est toujours allumé, toujours chargé et toujours à portée de main, rempli de menaces lugubres, tout comme son arme. Il l'a depuis des années et je ne l'ai jamais entendu sonner.

Je l'entends la semaine après mon vingt-huitième anniversaire.

Nous sommes samedi après-midi. Nous sommes sous le porche. Je suis revenue pour une cérémonie d'inauguration lors de laquelle je fais une brève apparition en tant que Mira Nikolla, princesse de la mafia, qui porte une tenue Oscar de la Renta et des Manolo Blahnik. J'étais tellement fière que mon père ait financé le pôle recherche de l'hôpital local, où maman est morte. Un pôle recherche à son nom. Peu de choses me font rentrer à la maison ces temps-ci, en revanche pour un pôle au nom de maman ? Je suis là.

Le fait que ma mère nous manque est l'une des seules choses que nous avons encore en commun.

Mon côté cynique se demande s'il a financé ce département juste pour que je lui rende visite. Peut-être que c'est le cas. Ça ne couvre certainement pas la dette qu'il a envers la société.

Est-ce que je suis agacée contre mon propre père ? Je le suis. Est-ce que je l'aime encore ? Toujours.

Nous sommes tout ce qu'il nous reste. Nous nous couvrons l'un l'autre depuis le jour où maman est morte. Le jour où il m'a fixée de ses yeux intenses et qu'il a dit :

— C'est nous deux maintenant, Chaton. C'est nous deux. Deux contre tout le monde, d'accord ?

Je devrais préparer mes valises. La limousine arrive dans quelques heures pour me ramener à l'aéroport. Je serai de retour à New York, au centre d'actions juridiques où je travaille. Je redeviendrai l'avocate en jean et chemisier discount, comme une Wonder Woman inversée : je tourne sur moi-même et me transforme en fille qu'on oublierait deux minutes après être passé à côté d'elle.

Ce qui est exactement ce que j'aime. C'est plus facile pour moi de faire mon travail, de me battre pour les enfants et les familles.

Certaines personnes pensent que j'ai passé ces dernières années à faire du shopping dans le monde entier, ce qui est embarrassant, mais mieux que d'avoir des gardes du corps en train de me suivre. Ça ne fonctionnerait *pas* au centre d'actions juridiques. Le personnel des relations publiques entretient une fausse existence pour moi. Une triste image construite sur les réseaux sociaux qui me garde hors des radars. Et grâce à ça, c'est surtout papa qui est en sécurité. Je suis son talon d'Achille.

Un type d'oiseau pond ses œufs dans les nids d'autres oiseaux. Parfois, j'ai l'impression que j'ai fini dans le mauvais nid, comme ça. Néanmoins pour faire court, nous sommes une famille.

Papa a fait des choses terribles en gravissant les échelons

ainsi, mais nous nous couvrons l'un l'autre. Dès l'âge de dix ans, j'ai compris que c'était papa et moi contre le monde. Ça signifie toujours tout pour moi qu'il ait fait cette déclaration.

Donc nous sommes sous le porche de notre résidence, au bord du lac, et j'arbore toujours mes habits roses de princesse de la mafia, lorsque le petit gazouillis retentit. J'ignore totalement qu'il s'agit de ce deuxième téléphone. J'imagine que je ne m'étais jamais dit que la sonnerie serait un gazouillis d'oiseau. J'ai toujours cru que ce serait quelque chose de plus menaçant. Comme un cor tonitruant.

Néanmoins ce gazouillis est menaçant pour mon père. Il blêmit.

Il décroche et je constate qu'il s'agit de Lazarus. En plus d'être le tueur à gages de papa, Lazarus le Sanglant est plus ou moins le pire psychopathe que j'ai jamais rencontré. Même de l'autre côté de la table somptueuse recouverte de feta, d'olives et de café turc bien fort servi dans de la porcelaine de Chine, et même si mon père appuie ce téléphone contre son oreille, j'entends le psychopathe.

Il faut exactement deux secondes à papa pour m'attirer à l'intérieur et appeler le personnel de la maison.

— Que se passe-t-il ?

Il se contente de secouer la tête et de retourner à sa conversation.

— Mets Jetmir sur le coup. Merde ! Merde ! Où est Leke ? Merde.

La voix de papa est plus haute, pas en volume, en octave. C'est mauvais signe.

Mais voilà le signe vraiment mauvais : personne ne vient. Papa a appelé le personnel et personne n'est arrivé. Ils apparaissent toujours instantanément. « Le personnel », dans ce cas-là, est un euphémisme pour des soldats dont la mission est de patienter dans la maison et de ne pas se faire voir ni entendre jusqu'à ce qu'on ait besoin d'eux.

Je n'ai jamais vu papa inquiet. Je n'ai jamais vu le monde ne pas se plier à tous ses caprices. Mon sang ne fait qu'un tour.

Il n'y a qu'une seule raison pour laquelle des dizaines de soldats n'arrivent pas en courant quand mon père les appelle en criant.

Il sort son sac de voyage du placard de l'entrée, attrape son oreillette et coince son Luger dans sa ceinture. Il me tend un petit revolver. Avec une crosse incrustée de nacre.

Chargé.

— Retourne dans l'hydravion. Tout de suite.

— Papa.

Je tiens l'arme comme un poids mort en levant les yeux vers mon père, l'air de dire *vraiment* ? Je suis réfractaire aux armes à feu et il le sait. Néanmoins il est complètement flippé et je songe à son cœur fragile. Je ne devrais pas ajouter à son stress.

— Bon.

Je referme correctement mes doigts autour de l'arme, comme je l'ai appris pendant les leçons de tir. Comme un chien qui fait semblant de s'asseoir.

Je l'abandonnerai plus tard.

Il me jette le porte-clés pour le bateau et l'hydravion. Les clés sont attachées à une petite bouée qui flotte si on la jette dans l'eau.

— Fais sortir l'avion du hangar à bateaux. Maintenant ! Je te retrouverai.

— On va dans *l'hydravion* ?

L'hydravion, c'est amusant. C'est un véhicule récréatif, il n'est pas fait pour prendre la fuite.

Il incline la tête vers le plafond, mouvement qui me dit tout. On va dans l'hydravion puisqu'il peut y avoir quelqu'un sur le toit, s'attendant à ce qu'il monte dans l'hélicoptère.

C'est une prise de pouvoir.

Merde.

J'attrape mon sac, enlève mes escarpins et prends les escaliers pour rejoindre le niveau inférieur. Je traverse les pièces décorées et passe par les salles des domestiques, puis je jaillis par la porte réservée aux livraisons.

C'est une fraîche après-midi d'automne. C'est agréable. Ou, du moins, il y a quelques minutes, c'était agréable.

Je cours sur tout le périmètre de la propriété, à l'ombre des arbres et des murs en calcaire. Je serai moins visible ainsi s'il y a quelqu'un sur le toit.

Les premières minutes, je trottine furtivement, l'herbe est fraîche sous mes pieds nus, mais quelque chose monte en moi et je commence à courir comme une folle, mes chaussures et ma sacoche dans une main, l'arme dans l'autre.

Papa dit toujours que si on doit tirer, c'est que nos menaces n'ont pas fonctionné. Comme si j'allais lancer des menaces.

Je contourne un arbre, restant dans son ombre. Je descends jusqu'à la digue et cours tout du long, mon cœur martelant, jusqu'à atteindre la porte du hangar. J'entre le code et ouvre.

L'intérieur du hangar à bateaux est sombre et lugubre. Seules quelques fenêtres hautes laissent entrer le soleil.

Je contourne les cales, passe à côté des hors-bord et trouve l'hydravion au bout. Je déverrouille le monte-charge avec la clé qui pend à une ficelle, puis j'appuie sur le bouton pour commencer à le faire descendre vers l'eau. D'habitude, ce sont les jardiniers qui s'en chargent. Où sont-ils tous passés ?

Le moteur couine tandis qu'il fait descendre l'avion blanc avec des rayures bleues et des flotteurs de la même couleur. En attendant, je vais dans un coin, soulève un panneau et écrase ma paume sur un bouton. L'une des portes du hangar s'ouvre brusquement et crisse en commençant à se lever comme celle d'un garage, dévoilant l'eau bleue étincelante du lac de Genève.

Centimètre par centimètre, la lumière se déverse dans la pièce.

Je perçois du mouvement dans l'obscurité. Je ne suis pas seule. Un homme.

Mon cœur manque un battement quand il s'éloigne du mur, son visage dans l'ombre, ses boucles foncées reflétant la lumière. La veste de son costume est ouverte et laisse apparaître une chemise blanche ainsi qu'une cravate. Son pantalon épouse et embrasse ses cuisses lorsqu'il se déplace. Est-ce que je le connais ? Je n'arrive pas à voir ses traits dans la pénombre.

— Bonjour ?

Il continue vers moi, aussi silencieux qu'une panthère. Le pouvoir émane de lui, même dans le noir.

Puis, d'un pas nonchalant, il passe dans un rayon de faible lumière venant d'une fenêtre haute, comme s'il flânait devant un projecteur voilé.

C'est alors que toute la force de sa beauté mystérieuse s'écrase contre moi. Une pommette parfaitement saillante. Des lèvres généreuses qui semblent plus douces que le péché. Des yeux de prédateur si beaux et redoutables qu'on pourrait se perdre dedans.

Son regard est une caresse dangereuse. Un .357 scintille sur son flanc.

Quelque part, au fond de mon esprit, j'ai l'impression qu'il y a quelque chose de familier chez lui.

Il continue d'avancer, dans l'ombre, et je me dis que ce doit être une illusion. C'est un homme qu'on n'oublie pas.

Je sens son pouvoir jusque dans mes os lorsqu'il se rapproche. Je n'aime pas ça, mais je le respecte instinctivement, comme on respecterait un ouragan.

Et le costume. Chez la plupart des mecs de la mafia albanaise de mon âge, le costume est l'uniforme réglementaire, quelque chose qu'on met naturellement le matin. Ce gars porte le costume comme un Hun enfilerait de la fourrure et du cuir. Il fait partie de lui, fondu avec le danger.

Je lève le revolver et vise sa poitrine. Ma voix est rauque.

— Je vais l'utiliser.

Ses lèvres magnifiques se tordent et il continue simplement d'avancer. Est-il si stupide ? Si courageux ? C'est comme s'il savait que je ne l'utiliserai pas.

Il passe dans un autre rayon de lumière venant d'une fenêtre haute. Nos regards se croisent et, une fois encore, je suis frappée par cette sensation de familiarité. Il y a quelque chose dans ses boucles noires et ses cils foncés. Ou peut-être ses yeux, si grands, profonds et perçants. La ligne de sa joue légèrement recouverte de barbe.

Je ne peux pas m'en débarrasser... c'est comme lorsque vous respirez un parfum qui vous transporte quelque part, tel un rêve à moitié oublié qui flotte au loin. Tout ce dont vous vous souvenez, c'est la sensation. La sensation que j'ai en le voyant, c'est du bonheur.

Impossible.

Une seconde plus tard, il est sur moi, son bras gigantesque autour de mon corps, son visage dans mes cheveux.

— Restons comme ça, chérie, et on va attendre papounet ensemble.

Il m'arrache l'arme des mains, m'attire brutalement contre lui, me tenant par-derrière pour que je ne puisse pas le regarder, son corps solide contre le mien.

Il appuie son flingue sur ma joue. Mon esprit se vide. Un tressaillement dans son doigt et je suis morte.

Mon cœur tambourine dans ma poitrine.

— Je ne suis pas ta chérie.

— Tu es tout ce que je veux que tu sois, à partir de maintenant.

Sa voix est comme un gant en velours, le bord de son arme

est une douloureuse ponctuation à sa déclaration. C'est un jour nouveau.

Il commence à me presser sur le chemin par lequel je suis venue.

J'aperçois une paire de formes avachies dans le coin du hangar à bateaux. Ramiz. Jareki.

— Est-ce qu'ils sont...

Je ne peux pas me résoudre à le dire.

— En train de faire la sieste au travail ? suggère-t-il d'un ton vicieux. C'est vraiment terrible. Vraiment scandaleux.

Mes genoux tremblotent alors qu'il me fait sortir du hangar pour aller jusqu'au banc, à côté de la porte. On peut voir tout le terrain d'ici. Il s'assoit et m'attire sur ses genoux, tenant le haut de mon bras dans une poigne de fer.

— Tu me fais mal, l'informé-je.

Aucune réponse.

Il est froid. Compétent. Concentré. Un tueur.

Je me concentre sur mon souffle et me dis de ne pas flipper, mais c'est mauvais. Vraiment mauvais.

— Pour l'instant, tu peux encore partir, déclaré-je. Peu importe ce que tu prévois de faire, tu ne peux pas t'en sortir. Contente-toi d'arrêter les frais.

Le tueur ne dit rien et je me rends compte qu'il s'en est déjà bien sorti. Il a tout planifié minutieusement. Même nous asseoir ici, c'est un choix bien réfléchi : papa ne nous verra pas avant qu'il soit trop tard, partiellement dans l'ombre comme nous le sommes. Il est en bonne position pour lui causer un choc maximal.

Le tueur a tout sous contrôle. Comme s'il était né pour ça.

Il est chaud et solide sous moi. Avec de purs muscles d'acier, bien virils. Mon ventre se contracte. Je gigote, essayant de minimiser le contact entre nos corps.

Il m'attire contre lui.

— Tu penses aller où comme ça ?

Je déglutis. *Reste calme. Ne le laisse pas sentir ta peur.* Je tends l'oreille et entends la voiturette de golf vrombir. Papa va prendre la voiturette de golf pour descendre. Mais toute l'étendue verte de la pelouse est dégagée. Est-ce qu'il va bien ? Et son cœur ? Le lac chatoie, de douces vagues et une petite brise emportant avec elle un léger parfum d'algues. Et je me rends compte que quelque chose cloche. Pas de bateaux.

C'est l'une de ces belles journées automnales. Tous les gens un tant soit peu importants viennent au lac Geneva depuis Chicago lors d'une journée comme celle-ci.

— Où sont tous les bateaux ?

Il contemple la vue, presque avec nostalgie. Ses cheveux foncés caressent sa pommette.

— On dirait qu'ils ont pris une journée de congé.

Il est différent des types de l'entourage de papa. Un tueur à gages ? Un loup solitaire ?

— Les gens ne s'empêcheraient pas simplement de sortir...

Il me lance un sourire narquois.

— Ils ont reçu un message du vaisseau mère ?

Je déglutis. Ce mec a fait quelque chose pour les tenir à l'écart. Je ne peux pas imaginer quoi. Il doit être quelqu'un pour réussir tout ça. Ce genre de mission demande des hommes. Et une chorégraphie extrême.

— Que se passe-t-il ?

— Chut, grogne-t-il à mon oreille. Enlève la lanière de ton sac.

— Tu ne peux pas...

— Je ne peux pas quoi ? Dis-moi ce que je ne peux pas faire, Mira Mira.

Mira Mira. C'est le nom du blog de mode que gère l'employée des relations publiques. L'employée des relations publiques avec le meilleur boulot du monde, traversant Paris et

Hong Kong pour prendre des photos de vêtements. Faisant semblant d'être moi là dehors, hystérique à chaque nouvelle mode.

— Dis-moi une chose que je ne peux pas faire, là, déclare-t-il.

Je ne trouve rien à répondre. Il a totalement pris le contrôle, comme aucun autre homme n'aurait pu. C'est étrangement hypnotisant, comme le sont parfois des exploits impossibles. Parce que personne n'est censé être capable de faire ça.

— Bonne réponse.

Son souffle est une caresse à mon oreille.

— Ne me teste pas, Mira. Tu n'aimeras pas le résultat.

Il avance ses lèvres près de mon oreille.

— Maintenant, enroule la lanière autour de tes poignets.

À la façon qu'il a de le dire, toute ma peau est traversée d'une sensation de chaud et de froid. Le fait-il exprès ?

— Il faut que ce soit bien fait et bien serré.

Avec des mains tremblantes, je défais la lanière et l'enroule lâchement autour de mes poignets.

Il pose son arme sur le côté et avec quelques torsions, il la resserre, boucle le nœud, et mes poignets se retrouvent attachés sur mes genoux. Il me remet dans une position confortable, puis reprend son revolver. On peut tout voir d'ici. Tout ce qui compte.

J'ai rencontré beaucoup de mecs effrayants qui pensaient avoir des opinions propres à la mafia sur le vin et les flingues, mais celui-ci appartient à une tout autre catégorie. Un barbare en Armani. Une tache de rousseur foncée marque sa pommette droite, comme un petit joyau sombre. Ça aussi, c'est étrangement familier.

J'entends des pas lourds dans les escaliers derrière moi. Je n'ai pas besoin de regarder pour savoir que quelqu'un descend du toit-terrasse du hangar à bateaux. L'endroit parfait pour les cocktails après un tour en bateau. Ou pour observer pendant une prise de pouvoir, éliminant les pièces une par une de l'échiquier.

Le mec arrive dans mon angle de vue, immense, mystérieux et albanais, comme mon ravisseur, même si celui-ci est plus jeune, au début de la vingtaine peut-être, et il a plus un air militaire, avec des cheveux courts et la posture d'un soldat. Lui aussi, il porte un costume et une cravate.

— Viktor, j'aimerais que tu rencontres quelqu'un. Voici Mira Nikolla. Mira, voici Viktor.

L'homme acquiesce sèchement.

— Lazarus est toujours dans la nature.

Viktor parle avec un accent russe.

Lazarus était censé être là pour le déjeuner, cependant il a décommandé.

Mon ravisseur fronce les sourcils. Quoi qu'il soit en train de faire, il voulait Lazarus sous contrôle.

Il a raison de ne pas être content. S'il y a bien une personne qu'on ne veut pas avoir après nous, à part mon père, c'est Lazarus le Sanglant.

— Elle confirme, dit-il en lisant mon expression.

— Tu ne sais pas ce que je pense, craché-je.

La dernière chose que j'ai envie de faire, c'est d'aider ces types ou leur offrir un quelconque indice.

— Mets toutes les ressources disponibles à la recherche de Lazarus. Il va poser problème.

Viktor acquiesce et reporte son attention sur son téléphone, ses doigts pianotant dessus.

J'étudie l'arête marquée et familière du nez de Viktor, qui ressemble tellement à celui de mon ravisseur. Il en est de même avec les pommettes et les lèvres. Ils sont frères. Ils ont tous les deux l'air albanais, mais comment se fait-il que l'un des frères soit américain et l'autre russe ?

Puis, je vois papa dans la voiturette de golf, parcourant la pelouse en vrombissant.

— Papa ! Attention !

Papa m'entend, néanmoins il continue de conduire sa voiturette, qui ressemble à un jouet sur l'herbe verte. Il sait ce qu'il se passe. Il comprend probablement mieux que moi.

— Fais demi-tour ! hurlé-je.

Papa nous voit désormais. Son visage est sombre.

— C'est déjà mieux que je le pensais, affirme mon ravisseur. Tant de drame.

Il enfouit son nez dans mes cheveux, geste voué à atteindre mon père. Je suis juste un accessoire. Je l'ai toujours été dans ce monde.

— Tu ne vas pas t'en sortir.

— J'aime ton odeur, chuchote mon ravisseur.

Ma bouche s'assèche quand il glisse une main sur mon haut rose, me serrant contre lui. Les muscles de son corps sont si contractés que j'ai l'impression d'avoir un rocher sous moi. J'en serais convaincue si tant de chaleur n'émanait pas de lui.

Néanmoins son attention n'est pas sur moi. Elle est sur mon père qui est désormais sorti de la voiturette, court et se rapproche.

Courir est mauvais pour son cœur.

— Papa, chuchoté-je.

— Chut. Papa arrive.

Ma bouche s'assèche encore quand l'homme glisse le canon de son arme sur ma joue dans une douce et horrible caresse.

Il veut que j'aie l'air effrayée pour mon père, alors je fais de mon mieux pour avoir l'air de m'ennuyer. Je ne réussis probablement pas. Je suis effrayée.

Mon père ralentit et tend ses mains dans un geste d'apaisement.

— S'il te plaît...

Mon ravisseur bondit du banc, m'emmenant avec lui, me déboîtant pratiquement le bras. Nous nous dirigeons au centre de la pelouse bien verte. Je me rends compte que d'autres hommes sont éparpillés sur le terrain, s'étant apparemment matérialisés depuis les ombres entourant les arbres et les dépendances. Beaucoup d'armes lourdes. Des fusils d'assaut.

— Peu importe ce que c'est, laisse-la en dehors de ça.

Mon père garde les mains levées.

— Je peux tellement te donner. Plus que tu ne peux imaginer.

Alors mon père ne le connaît pas non plus.

J'ai la bouche toute sèche comme mon ravisseur fait à nouveau glisser le canon de son arme sur ma joue, dessinant une forme sur ma pommette.

Je vois mon père du coin de l'œil, néanmoins je ne peux m'arrêter de regarder le flingue, froid et meurtrier contre ma peau.

— Laisse-la partir, supplie mon père. Tu veux de l'argent, c'est ça ? On pourrait en parler. Des comptes bancaires. Des bateaux.

Papa montre son bateau Chris-Craft des années 40 en acajou qu'il aime tant, amarré au quai.

— Des choses belles et inestimables. Tout ce que tu veux.

Je soupire de soulagement quand le ravisseur enlève enfin son arme de ma joue.

— Les bateaux sont juste des voitures glorifiées, grogne-t-il, sauf qu'ils ne vont nulle part.

Tout ce dont je me rends compte, c'est qu'il pointe ensuite son arme vers le bateau à un million de dollars de papa. Il m'attire contre son torse tandis que les coups de feu résonnent.

Viktor sourit, rit peut-être même, je ne peux pas le dire. Lui aussi tire sur le bateau. Je grimace quand les fusils d'assauts commencent. Nous sommes soudain en zone de guerre.

Puis, c'est fini. Et l'attention de tout le monde est portée sur le précieux bateau de mon père, à moitié coulé.

Il a soulevé un point important. Voici un homme qu'on n'achète pas.

— Au tour de ta chère fille maintenant, dit-il.

Mon père se précipite vers moi. Des mecs se matérialisent de partout pour l'attraper. Viktor le fouille en le palpant, prend son Luger, son téléphone, son deuxième Luger. Il trouve même ce que papa appelle son petit cadeau, le flingue coincé dans une poche spéciale à l'arrière de sa veste. Ils sont rigoureux et bien entraînés.

— Touche-la et je te tue, déclare papa. Je te couperai les couilles.

Mon ravisseur me relâche. Je dégage rapidement mes mains de la lanière et la jette par terre, mais mon bras est saisi par l'un de ses sbires. Mon ravisseur ne regarde pas, il sait où sont ses hommes.

Il avance seulement d'un pas nonchalant vers mon père, *djall e bukar* – un beau diable. C'est ce qu'il est.

— Tu vas me couper les couilles ? Ah oui ?

— On te pendra haut et court et...

Crrrac.

Je crie alors que son coup brutal et cruel envoie papa tituber en arrière, tombant, le sang coulant depuis sa lèvre jusqu'à sa chemise blanche.

— Laisse-le tranquille ! crié-je.

— Lève-toi, Aldo, déclare mon ravisseur.

— Un seul cheveu, grogne mon père. Si tu touches à un seul de ses cheveux...

— S'il te plaît, dis-je. Il a un cœur fragile.

— Pauvre Aldo Nikolla, raille-t-il d'un ton moqueur.

Il se moque de mon père. Aucun homme n'oserait. Jamais. C'est là que je sais que mon monde change.

J'essaie de m'éloigner. Des bras se resserrent autour de moi.

— Papa, chuchoté-je en le fixant avec un regard perdu.

— Ce n'est rien, Chaton.

— Chaton, ricane mon sauvage ravisseur.

Je ne sais pas s'il se moque de l'affection de mon père ou si c'est à cause du nom que, je l'admets, je n'ai jamais aimé. J'ai toujours eu l'impression que c'était mon père qui prenait ses rêves pour des réalités.

L'intrus revient vers moi et passe un bras autour de mes épaules. La menace fait plus de mal à papa que n'importe quel coup.

— *Chaton*, dit-il en m'attirant près de lui.

Papa a l'air horrifié.

Je me tords dans les bras de l'homme et réussis à sortir un coude pour le repousser.

Il titube en arrière.

— Oh, Chaton !

D'autres bras se referment autour de moi, de nouveaux mecs me retiennent des deux côtés, me serrant bien trop fort. J'essaie de les repousser.

Le sourire de mon ravisseur est brutal par sa beauté. Il irradie de haine, prenant plaisir devant la douleur de papa. C'est très, très personnel.

— Tu me dégoûtes, craché-je.

Mon ravisseur s'avance vers moi, scrutant mon visage, mes yeux, comme s'il cherchait quelque chose. À nouveau, je ressens ce soupçon de familiarité. Comment pourrais-je le connaître ? Je tourne la tête.

— Tss-tss. Tu ne fais pas ça avec moi.

Il saisit mon menton et m'oblige à reporter mon regard sur le sien, maintenant ma mâchoire dans sa poigne ferme, ses doigts épais et forts. Je sens ses mots comme un couteau dans le cœur de papa.

— Maintenant, je t'utilise comme bon me semble.

Je prends une grande inspiration. Papa ne pourra pas en supporter beaucoup plus.

— Et quand je veux que tu me regardes, tu me regardes, dit-il.

Je ne vais pas m'effondrer pour pleurnicher.

Alors je le regarde.

Et je lui crache au visage, directement au visage, me choquant moi-même. Jamais, dans ma vie, je n'avais fait une telle chose.

Un petit crachat brille sur sa peau assombrie par la barbe, sous sa pommette. C'est petit, minuscule même, mais cela aurait aussi bien pu être une bombe nucléaire, vu comme tout le monde se tait et s'arrête.

Qu'ai-je fait ?

Les hommes qui me tiennent se raidissent.

Même le vent dans les arbres au-dessus de nous semble se figer. Papa se relève sur son coude et pose une main sur sa poitrine.

L'intrus n'essuie pas le crachat, non, il a trop de sang-froid pour ça. Il le laisse chatoyer au soleil en m'observant fixement.

Son regard est si puissamment intime que je pense que je serais incapable de bouger même si mes bras n'étaient pas maintenus par ses gars.

Mon ventre tremble alors qu'il fait un pas vers moi. Un pas, puis un autre, jusqu'à être juste en face de moi. Son beau sourire est froid comme la glace.

— Non, dit mon père quelque part au loin. Non.

Cependant, je ne peux pas détourner le regard. Personne ne m'a jamais scrutée avec une telle intensité. Mon cœur tambourine.

L'intrus lève un doigt et je peux en voir la pulpe épaisse. Une ligne blanche scinde en deux l'intérieur de ses articulations. *Blessure défensive*, pensé-je automatiquement. J'en vois beaucoup dans mon travail.

Lentement, il le passe dans la salive sur sa joue, puis le lève devant mon visage pour que je le voie. Il semble heureux. Un ange furieux, déchaîné, avec de la bave sur son doigt, le revolver baissé sur son flanc.

La panique me submerge comme un brouillard. Il va essuyer ce doigt sur mon visage ou sur mes lèvres. Au mieux, il va me frapper. Il va très probablement me tuer.

Qu'ai-je fait ? Je lui ai facilité la tâche.

Il tourne la main et regarde simplement son doigt.

Mon pouls est comme un océan dans mes oreilles.

Il lève à nouveau les yeux et envahit mon regard avec le sien.

Puis, il fait quelque chose que je n'aurais absolument jamais pu prévoir. En regardant au plus profond de mes pupilles, me figeant ainsi sur place, il suce son propre doigt. Il lèche ma salive.

Mon ventre se contracte à cause de la dangereuse sexualité de ce geste.

Cependant, il ne s'arrête pas là. Non, il continue, poussant son doigt entre ses lèvres épaisses, l'enfonçant lentement, inexorablement. Son regard me glace sur place.

Le brouillard s'intensifie. Le moment se poursuit éternellement. Je me tiens, désespérée, face à toutes ces choses qu'il éveille dans mon esprit par ce geste.

De la domination et du danger. Des doigts invisibles plongent en moi.

Puis il commence à sortir son index, avec seulement l'ombre d'un sourire dans les profondeurs de ses yeux sombres. Il le retire lentement. Ce mec veut m'en faire ressentir chaque seconde. Chaque centimètre.

Et je le sens.

Je ne peux pas détourner le regard de cet inconnu dange-reux avec juste une lueur rieuse dans les profondeurs de ses yeux couleur chocolat.

Je comprends quelque chose à ce moment : personne ne s'en sortira indemne.

— Choisis-*moi*, déclare mon père. Tue-*moi*. C'est pour ça que tu es venu.

Je ne l'ai jamais entendu si effrayé. Tout est en train de dériver de son axe.

Le barbare n'arrête pas de me regarder.

— Te choisir ? Sur quelle planète es-tu plus amusant que Chaton ?

Ces lèvres maléfiques forment un sourire diabolique. Ça aussi, c'est une arme.

— Mais il y a une chose que tu peux faire, dit-il.

— Quoi ? demande mon père.

— Notre frère. Tu nous donnes la localisation de notre frère et on sera d'une humeur un peu meilleure.

Mon père semble confus.

— Et je connais ton frère ?

Je me raidis quand Viktor s'approche de mon père. Je me dis qu'il va à nouveau lui faire mal, mais il lui tend juste une photo. Un genre de vieille photo.

Mon père la prend. Même à plusieurs mètres de là, je peux voir le petit rectangle blanc trembler dans les mains de mon père. Il observe Viktor, puis mon ravisseur. Je le connais suffi-samment pour voir les rouages de la compréhension... et de l'horreur tourner dans son crâne.

— On dirait que je ne suis pas mort, après tout.

Mon ravisseur fait un signe de tête en direction de Viktor.

— Celui-ci a été envoyé à l'autre bout du monde. Je l'ai trouvé l'année dernière.

— Que se passe-t-il ? demandé-je. Papa...

Mon père est perdu dans cette histoire. Quoi que ce soit, c'est important.

Viktor prend la parole.

— On n'arrive pas à trouver notre petit frère. Notre *bratik*.

Il le prononce vraiment à la russe, en roulant le *r. Brlod-dy*. Il arrache la photo des mains de mon père et jc l'aperçois. Trois petits garçons. Dont deux bébés.

Des frères. Quelque chose dans cette photo fait frémir les contours de ma mémoire.

Le Russe dit :

— On retrouve notre frère en vie ou on tue ton chaton, compris ?

Je prends une grande inspiration. J'ai suffisamment vécu cette vie pour savoir qu'il n'y a rien de vide dans cette promesse.

— Un nom et une adresse, exige mon ravisseur.

— Je ne les ai pas, je le jure ! s'exclame mon père.

Et je ne le crois pas.

Quand, dans ma vie, mon père ne s'est-il pas plié en quatre pour moi ?

Une horreur glacée me transperce.

Chapitre Trois

Aleksio

ALDO NIKOLLA SEMBLAIT BEAUCOUP PLUS grand quand il massacrait nos parents. Néanmoins à ce moment-là, j'étais petit. J'avais juste neuf ans.

Et il y a Mira. J'ai cet étrange sentiment qu'elle m'a presque reconnu. Ça me chiffonne un peu.

Je laisse tomber. Aucune femme ne me fait perdre ma concentration. Pas même elle.

Je reprends Mira, me rappelant qu'elle est son point faible. Je la tiens un peu plus fermement que je ne le devrais et elle me lance un regard noir.

Peut-être qu'il lui reste encore du courage.

Cela affecte Aldo. Je le vois dans ses yeux. Bien.

Je fais glisser mon doigt rêche et balafré sur l'étendue intacte de sa joue couleur crème – une métaphore pour nous deux, désormais.

Mira était là, en arrière-plan de nombreuses photos de surveillance au fil des ans, la fille chérie dans le château que sa famille nous a volé. Nous étions amis avant l'attaque, autant que deux enfants de neuf ans peuvent l'être. J'observais ses expressions lorsque de nouvelles photos arrivaient. Toujours souriante.

Elle sourit, si heureuse, disait Konstantin. *Elle a la vie que tu devrais avoir. Elle fait du shopping avec tes millions pendant que tu te caches comme un chien.*

Konstantin imaginait que je la détestais pour ces sourires. Parfois, c'était le cas, mais d'autres fois, j'agrandissais sacrément ces photos et j'étudiais son visage. Me demandant ce qu'elle faisait. Me demandant si elle savait que son père était capable de massacrer ses chers amis de sang-froid.

Inutile de dire que je n'admettais pas ça devant Konstantin. C'était un vétéran endurci de la guerre du Kosovo et il recherchait sa vengeance sanglante. Il aurait dit que je faisais une fixette sur elle. Il aurait pensé que je ne pouvais pas faire ce qui devait être fait. Il aurait eu tort.

Au fil du temps, ces sourires se sont intensifiés et Mira s'est transformée en princesse de plastique, une poupée Barbie aux cheveux noirs. Tandis que moi, je me suis transformé en quelque chose de froid, de sombre et d'à peine humain.

Nous avons tous les deux été moulés par les vies qu'on nous a données.

Je la tiens un peu plus fermement que je ne devrais.

Je me suis toujours demandé quelle serait la sensation de sa peau. Désormais, je le sais.

Je sens son pouls marteler. La princesse en plastique a peur, mais elle fait bonne figure. Pour lui ? Je continue à suivre sa clavicule et m'arrête juste avant que cette ligne parfaite disparaisse dans son haut blanc vaporeux. Je l'effraie pour briser ce vieil homme. La fin justifie les moyens.

Ce n'est pas censé m'atteindre.

— Je vais te tuer, déclare le vieil homme.

Je souris. Je commence à l'ébranler.

Il va mettre la vie de Mira en jeu... jusqu'à un certain point. Je dois le pousser jusqu'à ce point-là.

— Laisse-la partir, grogne-t-il.

Je le vise avec mon revolver.

— Mira est à moi jusqu'à ce que nous récupérions Kiro. C'est fini. Ce que tu fais maintenant détermine à quel point ça tournera mal pour elle. C'est tout ce qu'il y a sur la table...

Mais pourquoi je pointe mon arme sur lui ? Je la remets sur elle. Ce qui le pousse à se redresser.

— Enlève ta culotte, Chaton, dis-je.

Sa poitrine tressaille lorsqu'elle prend une grande inspiration.

C'est ça, pensé-je. *Je suis le salaud qui va franchir toutes les lignes pour retrouver mon petit frère.* Je tourne la tête et grogne à son oreille.

— Enlève-la.

Viktor me lance un regard approbateur. Il aime quand les choses deviennent vraiment tordues. Les mecs de la mafia qu'il a ramenés et lui, ils sont tous fous.

Papounet prend enfin la parole.

— Je ne sais pas où est ton frère. Tu pourrais essayer quelque chose.

— Je pourrais essayer quelque chose ?

Bien sûûûûûr. Pendant ce temps-là, il nous pourchasse et nous tue.

— Tu penses que je suis en train de rigoler là ? Enlève-la, Chaton. Maintenant. C'est ta culotte ou la rotule de papounet. Quelque chose doit partir.

Cette déclaration aide Mira à s'activer. Elle passe la main sous sa jupe rose, attrapant sa culotte par en dessous. Elle commence à se dandiner, le regard plein de peur et d'émotion.

Je détourne les yeux, me rappelant qu'elle n'est qu'une princesse gâtée de la mafia maintenant, pas le garçon manqué loyal et heureux qu'elle avait un jour été. Elle a probablement un string en dentelle rose incrusté de diamants là-dessous ou quelque chose du genre. Elle n'est plus la même, tout comme je ne suis plus le même.

Elle se penche et la fait passer par ses pieds. C'est une culotte bleue. Simple.

— Jette-la par terre. Tu n'en auras pas besoin là où tu vas.

Les lèvres de Viktor se tordent d'un plaisir sombre.

Elle hésite. Je sens l'attention de tout le monde sur moi, se demandant à quel point je peux être détraqué. Mais nous sommes à court de temps. Nous avons besoin de réponses. Rapidement.

Ce qui veut dire que je dois être très, très détraqué.

Elle la jette sur l'herbe.

— Récupère-la, papounet, grogné-je.

— Pervers, chuchote-t-elle.

— Je suis bien pire qu'un pervers, Chaton. Comme tu le découvriras bientôt.

Elle a l'air dégoûtée.

Bien. Je serai aussi tordu que nécessaire pour retrouver notre petit frère. Je souillerais mon âme même pour le sauver.

— Si mon père dit qu'il ne sait rien de plus, il ne sait rien de plus.

— Je ne le redemanderai pas, déclaré-je.

Il se penche et récupère la culotte par terre.

— Bien, dis-je. Notre frère. Kiro. Son adresse.

— Je n'ai qu'un nom. L'agence d'adoption.

J'ai besoin de plus. J'appuie le revolver sur la tempe de Mira et elle écarquille ses yeux sombres. Dans un éclair, elle me rappelle la fille que je connaissais. Toutefois, ce n'est qu'un jeu de l'esprit. Il colle des souvenirs sur ce qui se déroule vraiment.

— Tu ne veux vraiment plus revoir ta fille, hein ?

— C'est tout ce que j'ai. Je le jure ! Elle n'est pas impliquée. Elle est innocente !

— Tu me dis que tu n'as pas pris la peine de surveiller notre petit frère ?

— L'agence Worland insiste sur l'anonymat. C'est là que je commencerais si je devais le trouver.

— Que se passe-t-il ? demande Mira. Que quelqu'un me dise ce qu'il se passe ! Papa ?

L'horloge tourne. Est-ce qu'il met la vie de sa propre fille en jeu ? Je ferme les yeux et essaie de réfléchir, mais tout ce que je vois, c'est Konstantin, dans son fauteuil roulant, me lançant cet avertissement : *Une fois que tu commenceras ce combat avec Nikolla, ce sera un combat à mort. Une fois qu'il saura que tu es de retour et que Viktor est avec toi, tout le pouvoir de feu de Chicago sera tourné vers toi. Leurs flics, leurs malfrats.*

Seuls les trois frères Dragusha réunis peuvent gagner un tel combat.

Sauf que Kiro est quelque part dehors et qu'il a besoin de nous.

Viktor ne se souvient pas de Kiro, mais moi si, ne serait-ce que dans des flashs des plus brefs. Un bébé joyeux agitant ses mains minuscules en l'air. De grands yeux. Une nature douce. Pas comme Viktor et moi.

Si Kiro est mort, je détruirai le monde. J'attrape les cheveux bruns de Mira pour l'attirer vers moi.

— Ne la touche pas.

— Je vais la toucher autant que je veux, dis-je. Elle est à moi, n'est-ce pas ? N'as-tu pas dit que je pouvais obtenir de toi tout ce que je souhaitais ?

La lèvre du vieux parrain tremble, mais rien ne sort. Le grand patron – le *krye* – du clan du Black Lion se sent enfin désespéré. On dit que quand notre ennemi est à genoux, on commence à se sentir désolé pour lui. Toutefois, je ne me sentirai jamais désolé pour Aldo Nikolla. Il est aussi dangereux qu'un cobra royal, même avec son cœur soi-disant fragile.

— Si elle est à moi, poursuis-je, je peux faire ce que je veux avec elle, n'est-ce pas ?

J'appuie mon visage contre ses cheveux.

— Tu es un homme mort, grogne Nikolla.

Pourtant, il ne lâche rien de plus.

— D'accord.

Je jette un coup d'œil à Viktor. Il est temps de passer au plan B. Viktor et moi, nous sommes des frères de l'ombre, nous n'avons pas besoin de parler. Viktor appelle quelqu'un sur son téléphone.

Je passe un bras autour de Mira.

— C'est probablement le bon moment pour revoir tes attentes à la baisse quant à ton week-end, Chaton.

Elle reste parfaitement immobile. Elle ne s'est jamais laissé effrayer facilement.

— Chaton, dit Nikolla en lançant un regard plaintif à sa fille, tout ira bien.

— Je doute que ça aille *bien*, dis-je.

— Son cœur est fragile, abruti.

Elle se dégage de mon bras et s'écarte comme si elle allait me frapper.

J'attrape ses bras et la reprends sous mon contrôle. Je lui lance un long regard sévère qui lui laisse entrevoir les parties froides de mon âme et je la sens enfin trembler. Je vois dans un éclair comment ce serait de l'avoir nue, à mes pieds, tremblant ainsi. Je chasse cette pensée de mon esprit.

Le bruit de verre brisé dans la maison m'indique que les hommes de Viktor sont là-dedans, en train de tout piller. Mira semble abasourdie.

— Attachez-le, bâillonnez-le et emmenez-le, dis-je.

Tito fait bouger le vieil homme et enfonce une aiguille dans son bras. Mira crie et se dégage d'un coup sec. Le vieil homme s'endort en un clin d'œil.

— Où l'emmenez-vous ?

— Ne t'inquiète pas, déclaré-je. On ne le laissera pas mourir.

Elle lève les yeux vers moi et ils sont remplis de ce qui ressemble à de l'espoir.

— Pour l'instant, ajouté-je.

Tito le charge dans la voiturette de golf ridicule et l'emmène en haut de la colline.

— Note à moi-même, dis-je à voix haute. Que Viktor me tire dessus si j'achète un jour un de ces trucs.

Viktor sourit.

D'autres de nos gars sont arrivés, parcourant le terrain comme des ombres. Les Russes qui travaillent pour Viktor.

— Allez.

Je la pousse vers la maison.

Elle s'arrête et se retourne.

— Dis-moi simplement ce qu'il se passe.

— Tu ne sais pas ?

Je suis un peu surpris qu'elle n'ait pas déjà compris, mais après tout, elle a cru que nous étions morts ce jour-là. Tout le monde le pense. Sauf son père et Lazarus.

— Dis-moi, insiste-t-elle.

— C'est le moment où on prend toutes les armes, l'argent et autres objets de valeur chez toi. Peut-être qu'on saccagera quelques trucs. Je crois que le terme technique est *piller*. Ou est-ce *détrousser* ? On pourrait penser que je me serais renseigné.

Mira me regarde fixement avec un air étonné.

— Qu'est-ce qui ne va pas ? grogné-je. Il y a un flic derrière moi, ou quoi ?

— S'il meurt, alors tu meurs. Quel est l'intérêt ?

J'entends à nouveau l'avertissement de Konstantin. *Si tu frappes le nid de frelons, si Viktor et toi vous montrez ensemble, toute la puissance de feu de Nikolla se retournera contre vous.*

Comme si j'avais donné un signal, les fenêtres se brisent. Puis des coups de feu résonnent.

— Ils ont trouvé la collection de vieux revolvers, je crois, commente Viktor.

Je pousse Mira.

— Vas-y.

La princesse lève les yeux vers son précieux château.

— Est-ce que je peux garder... une chose ?

Je pense à des bijoux. Des chaussures, peut-être. Elle parle toujours de sa collection de pompes sur Instagram.

— Ça dépend. Est-ce que cette chose peut tirer des balles ? Parce que, aussi indulgent que je sois...

— C'est juste une tasse. Personne ne s'y intéressera.

Une autre vitre se brise. Les hommes de Viktor cassent beaucoup de choses, mais ils garderont ce qui peut se vendre. Ils sont venus avec des camionnettes pour le butin.

— Elle est facile à trouver. C'est une tasse ébréchée avec une tête de chat. Elle est dans le placard du bas, dans la cuisine. Non... elle est sur le plan de travail...

Je fais signe à l'un des gars de Viktor pour qu'il aille chercher la tasse.

— Dépêche-toi.

Dans un éclair, je vois l'ancienne Mira, avec des couettes et des taches d'herbe. À la rescousse des insectes piégés et des gamins harcelés. Avec tout ce qu'il y a dans la maison, elle veut récupérer une tasse à café.

Je ricane. Comme si je trouvais ça stupide. Peut-être que c'est un piège. J'essaie de ne pas penser à ce que je pourrais être obligé de faire pour sauver la vie de Kiro.

Chapitre Quatre

MIRA

Nous sommes dans l'allée devant la maison.

J'implore à maintes reprises d'avoir des nouvelles de mon père, ne serait-ce que pour savoir qu'il est toujours en vie. Mon ravisseur se contente d'envoyer des messages.

Je peux à peine regarder ces malfrats emporter les beaux objets que ma mère a collectionnés : les fauteuils d'époque, les peintures de Warhol, les chinoiseries. Je réprime un sanglot alors que j'aperçois la harpe incrustée de ma mère. Maman adorait cette harpe. C'est comme s'ils m'arrachaient les dernières petites traces de ma mère.

J'entends un bruit sourd à l'intérieur. Ils démolissent cet endroit.

— C'est inutile.

Puisqu'il ne me prête pas attention, j'attrape son poignet.

— À quoi ça te sert ? Franchement !

Il observe ma main, puis lève les yeux vers moi. Pendant un moment, je crois qu'il ressent également cette étrange familiarité entre nous. Comme si nous nous connaissions en rêve. Il range son téléphone dans sa poche et attrape mes poignets.

— Tu dois arrêter de te concentrer sur ta belle vie ici et commencer à prier pour que papounet crache le morceau.

— Aïe, soufflé-je.

— Bien. Tu commences à comprendre le programme. Je ferai tout ce qu'il faut pour retrouver mon frère. Est-ce que je veux te faire du mal ? Non. Est-ce que je vais le faire ?

Mon cœur s'accélère.

— Est-ce que je vais le faire ?

— J'ai compris, chuchoté-je.

Sa poigne est trop forte, son regard trop intense, comme s'il voyait tout en moi.

Les gens me regardent rarement sévèrement. Quand ils finissent par me regarder, ils acceptent la version de moi-même que je leur offre. La princesse de la mafia accro du shopping. L'avocate dévouée à lunettes.

— Papa est innocent. Il te le dirait s'il savait autre chose.

— C'est faux, Chaton. *Papa* parie sur ses chances.

— Ne m'appelle pas comme ça.

Un bruit métallique retentit. Il me lâche et range son téléphone dans sa poche. Une bataille typique du vingt et unième siècle.

Peu importe ce que la personne à l'autre bout lui a envoyé par message, ça le trouble.

C'est ma chance. Je commence à courir, m'échappant vers les arbres et la route principale.

Je parcours peut-être trois mètres avant que les malfrats semblent se matérialiser autour de moi en me saisissant par les épaules. Je me retourne et me bats. Ils me soulèvent et me portent vers mon point de départ.

L'intrus étrangement familier est toujours au téléphone, m'observant avec intensité et me regardant lutter. On aurait pu le prendre pour un mannequin entre deux séances photo si on ne le connaissait pas mieux.

Ils me replacent devant lui. Il baisse son téléphone et me scrute en silence.

— Fais-le. Vas-y, Mimi, refais-le. Tu verras ce qui arrivera.

Mimi.

Un souffle s'échappe de ma poitrine.

Mimi. Seule une personne m'a déjà appelée Mimi : Aleksio Dragusha. Mon ami d'enfance. Mais Aleksio et sa famille ont été massacrés par un clan rival quand nous étions enfants.

Cinq cercueils s'enfonçant dans le sol. Trois petits, deux grands. J'étais envahie par le chagrin. On avait dû me donner des somnifères.

Je me concentre sur la tache de rousseur familière sur sa pommette. Cet homme est bien plus grand. Bien plus sévère et méchant. Mais sa tache de rousseur... ses yeux...

— Aleksio ? m'enquis-je d'une petite voix.

— Ding ding ding, nous avons une gagnante.

On dirait que tout ça est une plaisanterie.

— Oh mon Dieu ! Aleksio ?

Son regard reste fixé sur le manoir avec ses ailes en pierre majestueuses s'étirant des deux côtés. L'endroit où il avait un jour vécu. Le prince d'un empire mafieux.

J'attrape son bras, j'essaie de le secouer. Il est comme un roc.

Mimi, c'est ainsi que son petit frère, Petit Vik, m'appelait. Petit Vik n'arrivait pas à prononcer les *r*. Aleksio le taquinait à ce propos et ce nom est resté. Un surnom. Son frère. Viktor Dragusha.

— On croyait que vous étiez morts. On vous a enterrés !

— Vous avez enterré quelques cailloux. Peut-être des choux cuits, qui sait.

Je n'arrive pas à croire qu'il soit si... ironique.

— Aleksio ! On vous a enterrés.

Je me répète.

— Je croyais qu'ils t'avaient tué.

Si ma vie était représentée par des cartes postales sur un tableau d'affichage, l'image du cercueil d'Aleksio Dragusha recouvert de terre serait au centre, affectant tout le reste autour. Il était mon meilleur ami. Je doute d'avoir été la sienne. Aleksio avait beaucoup d'amis. Tout le monde aimait Aleksio.

— Et Viktor. Petit Vik ! Oh mon Dieu. Vous êtes *tous les deux* vivants...

Il se concentre sur son téléphone, dirigeant ses gars.

— Nous sommes allés à vos funérailles. C'était si, si...

« Triste » n'est pas le mot. « Triste » effleure à peine ce que c'était. Il était mon meilleur ami au monde. Nous vivions des aventures ensemble, nous étions liés, nous avions creusé une petite niche ensoleillée dans un monde d'obscurité et de secrets que nous percevions sans le comprendre. Je crois que c'est ce qui a fait que nous étions amis – cette impression d'être des réfugiés à la frontière de quelque chose de maléfique.

— Aleksio, chuchoté-je.

Je pense à sa voiture télécommandée, *Rangermaster*. Je l'ai prise quand il est mort et je l'ai gardée dans ma chambre. Je n'avais pas la télécommande, juste la voiture. J'avais l'habitude de lui parler comme si je parlais à Aleksio.

— J'ai gardé *Rangermaster*. Tu te souviens de *Rangermaster* ?

Il me regarde comme si j'étais un peu folle.

Je recule.

Il ne se souvient pas ? Comment peut-il ne pas s'en souvenir ?

— Tu dois arrêter de croire que tu me connais, déclare-t-il enfin. Tu m'as connu autrefois, mais plus aujourd'hui. Compris ?

— Pourquoi es-tu si en colère contre mon père ? Il t'aimait.

— Avait-il l'air ravi de me voir ?

J'en ai la tête qui tourne quand je revois l'air horrifié de mon père lorsqu'il a compris.

— Eh bien, tu n'étais pas vraiment courtois.

— Parce qu'il ne veut pas nous dire où est Kiro. Et c'est lui qui l'a envoyé loin d'ici.

Kiro. Le bébé.

Pourquoi papa aurait-il envoyé le petit Kiro loin d'ici ? Avait-il éloigné tous les garçons ?

— S'il vous a éloignés, Aleksio, c'était pour vous sauver la vie. Pour vous protéger.

— Ton bon vieux père, protecteur des enfants sans défense. Comme on a envoyé le petit Moïse dériver sur le fleuve pour lui sauver la vie. C'est vraiment ta version ?

— Mon père est devenu complètement fou avec les Valchek après ce qu'ils vous ont fait. Lazarus et lui ont vengé votre mort. Il vous aimait.

Nous vous aimions tous.

— Ouais.

— Il aurait fait n'importe quoi pour toi.

— Il aurait fait n'importe quoi pour ce que nous avions.

La chaleur me monte aux joues.

— Excuse-moi ?

— Ton père a pris ce que mon père a bâti et s'est débarrassé des Valchek, un ennemi qu'il a toujours haï. Je sais que tu es une princesse de la mode, mais tu peux certainement trouver la logique de l'équation.

— C'est quoi ce délire, Aleksio ? Ton père était son mentor, son partenaire, son plus grand ami.

— Alors pourquoi il ne nous a pas élevés comme ses garçons ?

Dans un éclair, je trouve la réponse.

— Peut-être pour te protéger. Tu te souviens de cette vieille mégère ? La vieille bique à l'œil diabolique, mademoiselle Ipa ? Tout le monde pensait qu'elle avait l'œil du diable, avec les visions et tout ça ?

Pas de réponse. Je sais qu'il se souvient. Mademoiselle Ipa était comme Elvis et le Père Fouettard en une seule personne, descendue des montagnes du Pinde avec son foulard coloré sur la tête. Les mots de mademoiselle Ipa à l'œil maléfique avaient plus de pouvoir que ceux du parrain des parrains.

— Tu te souviens de cette prophétie qu'elle avait faite sur tes frères et toi ? C'était lors de cette gigantesque soirée du Nouvel An et elle n'arrêtait pas de vous montrer du doigt en disant : *Vous les garçons. Ensemble, vous régnez... vous les garçons, vous les trois garçons.* Peut-être que c'est pour cette raison que papa voulait vous envoyer loin d'ici. Vous étiez une menace pour tous les clans, pas seulement les Valchek.

J'attends qu'il lève les yeux de son téléphone, ayant besoin de voir mon vieil ami sous cet homme beau et froid.

— Tu ne comprends pas ? Si mon père t'a envoyé loin d'ici, c'était pour te protéger ! Les gens croyaient toujours dans ses folles prédictions.

Aleksio reçoit un autre message.

— Regarde-moi !

Il ne le fait pas.

— Tu étais comme un frère pour moi...

Avec mon cœur tambourinant, je revois la façon dont il a glissé son doigt dans sa bouche. Ces pensées torrides et sombres qu'il a instillées dans mon esprit.

Pas comme un frère.

Une mèche de cheveux tombe sur son front alors qu'il se concentre davantage sur son téléphone.

Je déglutis malgré ma gorge sèche.

— Et maintenant tu détruis ta propre maison de famille ? C'est *ta* maison à présent que tu es de retour. Tu es vivant. Tu es fabuleusement riche. Les gens vont avoir envie de savoir que tu es de retour !

Il ricane amèrement.

— Tu penses que j'aurais dû simplement entrer ? Avec une corbeille de fruits peut-être ?

La glace dans son cœur me refroidit. *Aleksio.*

Ce dernier été, nous avions une forteresse secrète dans le jardin. Nous nous assoyions dedans et dessinions pendant que nos mères buvaient et que nos pères géraient leur empire du crime ensemble. À l'époque, nous ne comprenions pas que notre richesse était bâtie sur une montagne de sang et de violence. Pas consciemment, en tout cas. Mais je pense que nous sentions le poison. Aleksio dessinait des voitures robots. Je dessinais des chevaux. Peut-être que nous imaginions tous les deux notre fuite.

Notre lien est toujours présent. Il doit l'être.

— Tu ne vas pas me tuer, Aleksio.

Un muscle se contracte dans sa mâchoire.

— Je sais qui tu es vraiment. Je sais que ton cœur est bon.

— Ce n'est pas une théorie que tu veux vérifier.

— Peut-être que ce n'est pas une théorie que *tu* veux vérifier.

Il me regarde droit dans les yeux. Il est si froid.

— Les gens changent, Mira, et parfois, ils perdent leurs foutues âmes.

L'honnêteté dans ses mots me frappe. Puisque je travaille dans des tribunaux pour enfants, j'ai vu de mes propres yeux comme les enfants peuvent être privés d'espoir et transformés en monstres. En prédateurs. Mais il leur reste toujours un éclat d'humanité. Je dois le croire pour faire ce que je fais.

Nous avions neuf ans quand j'ai vu le petit cercueil d'Aleksio être mis en terre. Ce n'était pas trop tard pour noircir une âme d'enfant.

Je n'arrive pas à croire qu'il va me tuer. Je refuse de le croire.

Mais qu'en est-il de papa ? Qu'Aleksio trouve Kiro ou pas, il n'aura pas le choix, pas après la façon dont il a traité mon père aujourd'hui. On ne s'en prend pas à Aldo Nikolla et à sa fille à moins d'être prêt à aller jusqu'au bout.

Je scrute ses cils noirs comme de la suie. Ses sourcils foncés. Si familiers.

Il jette un coup d'œil à notre manoir, comme s'il détestait le bâtiment en lui-même. Les mecs musclés s'éparpillent sur les côtés, vers les voitures. Il est impossible qu'Aleksio pense que papa est impliqué dans ce que les Valchek ont fait. Et qu'en est-il de Petit Vik, Viktor ? L'accent russe, l'attitude barbare.

— Si papa a quelque chose à voir avec le fait que tes frères ont été envoyés loin d'ici, c'était pour leur sauver la vie. Ne sois pas si bête, Aleksio, réfléchis-y. Tout le monde sait que c'était un coup des Valchek.

Il ne répond rien.

Je prends difficilement une inspiration.

— Leksio D, Leksio D, le coureur le plus lent que vous ne verrez jamais.

Je ne sais pas pourquoi je dis ça. C'est une raillerie stupide sortie des toiles d'araignée de ma mémoire.

Son regard est aussi froid que l'acier.

— Concentre-toi pour ne pas m'agacer davantage et surtout arrête de faire comme si j'étais le garçon dont tu te souviens.

Un rugissement familier résonne derrière moi. Je me retourne.

Viktor et un autre mec effrayant viennent d'arriver dans la Maserati décapotable vert perle de papa.

Derrière moi, Aleksio dit :

— Tu dois surtout faire attention avec Viktor. Il n'a pas été bien élevé.

Quelqu'un arrive et met un sac en toile dans la main d'Aleksio.

Ce dernier me saisit par l'épaule et me pousse vers la voiture.

— Tu as trouvé ma tasse ? demandé-je.

Aleksio se tourne vers le mec. Celui-ci acquiesce.

— Merci, dis-je.

— Tu penses que je l'ai fait récupérer pour être gentil, Chaton ?

Il ouvre brusquement la porte arrière et me jette dans la voiture, puis il monte et se colle à moi.

— Tu ne devrais jamais faire savoir à tes ennemis ce qui compte pour toi.

J'attache ma ceinture.

— Tu n'es pas mon ennemi.

Il tend la main et écarte les mèches de cheveux de mon front, les coinçant derrière mon oreille.

— Je suis l'ennemi le plus dangereux que tu auras jamais, parce qu'à chaque fois que tu me regarderas, tu verras quelqu'un de bien. À chaque fois que tu me regarderas, tu te tromperas sur ce que je suis vraiment.

Mon pouls s'accélère. Le garçon que je connaissais ne m'a jamais semblé si dangereux.

— Qu'est-ce que tu es, alors ?

Aleksio ne dit rien, tandis que Viktor déboîte. Le premier se tourne pour regarder notre maison alors que nous atteignons la longue allée majestueuse.

Techniquement, c'est *sa* maison, maintenant qu'il est de retour parmi les vivants. Il y a quelque chose d'étrange dans la façon qu'il a de garder ses yeux fixés dessus. Puis il sort son téléphone et ouvre une sorte d'application.

— Tu es prête ? demande-t-il.

— Pour quoi ?

Il fait un signe de tête vers la maison.

— Regarde.

Je me retourne.

— Qu'est-ce que je regarde ?

Il appuie sur un bouton sur son téléphone. Un grand bruit sourd retentit à l'intérieur de la maison, puis deux de plus, précédant un rugissement et un éclair. Instinctivement, je baisse la tête tandis que la demeure explose en une boule de feu flamboyante – plusieurs même. La chaleur atteint mon visage malgré la distance. Je touche mes cheveux pour m'assurer qu'ils ne brûlent pas pendant que les flammes font rage. Les cimes des arbres près de la maison prennent également feu.

— Qu'as-tu fait ? chuchoté-je, horrifiée.

Notre belle demeure. Détruite.

— C'est une question rhétorique ? demandé-je.

— Notre maison.

— Plus maintenant.

Il y a un soupçon d'avertissement dans la façon dont il le dit. *Plus maintenant.* Ne le pousse pas à bout.

Je suis trop sidérée pour répondre.

Il tend sa main.

— Sac à main.

Je le lui donne et il fouille dedans. Il jette mon téléphone et ma bouteille de gaz lacrymogène, puis il me rend mon sac à main.

La vie telle que je la connais brûle derrière nous.

Aleksio met une paire de lunettes d'aviateur, se coupant de ma présence, là, à l'arrière de la voiture où nous sommes exposés au vent, une tache foncée sur sa pommette droite tel un minuscule bijou noir. Il est juste à côté de moi, mais à des millions de kilomètres, ses boucles tels des étendards sombres, s'agitant au vent et au soleil.

Je ne devrais pas vouloir qu'il me regarde à nouveau. Je ne devrais pas vouloir revoir ses yeux, sentir cette intensité. Il n'est plus le garçon que je connaissais, qui voyait des formes impossibles dans les nuages. Je le comprends, désormais.

Nous nous dirigeons vers le sud, sur l'autoroute, et j'insiste pour qu'il me parle de mon père. Il me dit simplement qu'il est en vie et qu'ils prévoient de le garder ainsi.

Pour l'instant. Il n'a pas besoin d'ajouter cette partie. Nous savons tous les deux qu'elle existe.

Papa.

Papa m'a promis qu'il était réglo ces dix dernières années, mais je ne suis pas stupide. S'il est réglo, c'est seulement parce qu'il a cette relation avec des mecs comme Lazarus le Sanglant, qui gère les mauvaises affaires désormais. C'est moins de stress pour le cœur de papa.

Le vent colle son costume foncé sur son torse, soulignant ses muscles, paraissant presque les caresser. De temps en temps, il envoie des messages.

Nous nous dirigeons vers Chicago, au cœur des opérations de papa. Là où se trouve probablement Lazarus.

Les kilomètres défilent.

Juste avant la frontière de l'Illinois, nous nous garons à une station essence rattachée à une supérette, un avant-poste solitaire au milieu des champs envahis par les mauvaises herbes. Je pense à mes chances de prendre la fuite. Impossible qu'Aleksio ait des gros bras dans les environs, prêts à sortir des hautes herbes.

Ou peut-être que si ? Il a vingt-huit ans à présent. Il a constitué son armée, c'est ce qu'on fait quand on se prépare à affronter un homme comme mon père.

Ils sortent tous. Je sors aussi, vérifiant simplement jusqu'où ma laisse me permet d'aller. Viktor commence à remplir le réservoir d'essence. Aleksio donne de l'argent à l'autre mec et écrit une liste de choses qu'il veut dans la supérette.

Tito, ils l'appellent. Tito porte un genre de bonnet sur ses cheveux, qui serait entièrement noir s'il n'était pas délavé au bout.

Je me glisse vers un pilier carré qui retient le toit au-dessus des pompes.

Aleksio se retourne vers l'endroit où je me trouve, ses lunettes de soleil perchées sur sa tête. Elles pourraient tout aussi bien être baissées, puisque je n'arrive pas à déchiffrer son regard.

— Tu vas quelque part.

Je recule. Heurte le pilier.

— Qu'y a-t-il, Chaton ? demande-t-il.

— Je t'ai dit de ne pas m'appeler comme ça.

Il incline la tête.

— Je t'appelle comme je veux.

— Je veux des nouvelles de papa, insisté-je.

— Je veux savoir ce que tu penses.

La colère éclate dans ma poitrine. Il ne peut même pas me donner de nouvelles de papa ?

— Tu veux savoir ce que je pense ? Je pense que tu es devenu un véritable salaud, Aleksio. C'est triste.

Un soupçon d'amusement se lit sur son visage alors qu'il scrute mon regard.

— Je t'amuse ?

— Je ne dirais pas que tu m'amuses, Mira.

Je ne peux m'empêcher d'avoir l'impression qu'il voit clair en moi, qu'il lit mes secrets comme les pages d'un magazine. Je m'aplatis contre le pilier en ciment, attendant, ayant besoin d'échapper à son regard.

— Quoi, alors ? m'enquis-je.

— Tu dois le demander ? Cette connerie de blog ? Mira Mira ? Tu te fous de moi ?

Je pose un doigt sur son torse.

— Recule.

Il m'attrape le doigt.

— Tu n'as pas le contrôle.

— Aïe.

Il referme sa poigne. Il tord mon doigt.

J'ai le sentiment qu'il se teste, pour voir jusqu'où il peut aller. Je veux lui dire qu'il ne le fera pas, que ce n'est pas lui. Mais si *c'était* lui ?

— Ne fais pas ça, chuchoté-je.

— Ne fais pas quoi ?

— Je crierai à l'aide.

— Tu pourrais le faire, dit-il. Tu pourrais probablement essayer de fuir d'ici. Je ne sais pas quel genre de coureuse tu es maintenant. Tu n'es pas assez rapide pour m'échapper, mais tu pourrais causer des problèmes si tu avais la bonne personne à tes côtés, n'est-ce pas ?

Mon pouls s'accélère lorsqu'il lâche mon index et appuie sa paume contre la mienne avant d'entrelacer nos doigts.

C'est si étrangement intime. Comme des amants.

— Tu y songes, Mira ?

Oui.

— Tu pourrais même impliquer les flics et leur raconter l'histoire. Ils te garderaient pendant qu'ils passeraient des coups de fil. Les fédéraux pourraient être impliqués au point où on en est.

L'ombre d'un sourire est visible dans ses yeux alors qu'il examine nos mains jointes. Nos mains entremêlées sont une perversion de ce que nous sommes.

Ça ne devrait pas être excitant.

— Mais tu ne peux pas savoir avec certitude quels flics sont à moi, n'est-ce pas ? dit-il. Et tu dois te demander à quel point les autorités s'inquiéteront d'un salaud qui attaque la famille de l'ennemi public numéro un ? Beaucoup d'entre eux seraient dans l'équipe du salaud.

Mon cœur s'effondre. Bien sûr qu'il a raison. Les flics que mon père ne paie pas seraient probablement amusés. Ils aideraient, comme les flics peuvent le faire quand ils ne devraient pas aider.

Je dois m'échapper. Me sauver.

Un homme et une femme sortent de la station-service avec des sodas géants. Ils sourient et Aleksio affiche un sourire radieux comme le soleil. Il est à couper le souffle.

Cela me trouble de le voir, mais j'imagine que je ne devrais pas en être surprise. Il galvanisait tout le monde, même quand il avait neuf ans. Il n'avait jamais été le meilleur coureur, ni le footballeur vedette, mais les enfants voulaient toujours être dans son équipe.

Le couple qui sort de la station-service ne me voit même pas. Ils ne remarqueraient jamais que je suis ici contre ma volonté. Tout ce qu'ils voient, c'est un homme incroyablement beau dans un costume, à une station essence au milieu de nulle part.

— C'est un joli couple, déclare doucement Aleksio.

Il appuie le dos de ma main sur le pilier en ciment rêche.

— À quel point ce serait craignos si la situation s'enflammait ? Si tous ces gens sympas mouraient à cause de ta stupidité ?

Je déteste avoir aussi conscience de sa présence. Je le sens autour de moi, sur ma peau. Mais il agit comme un prédateur, évidemment que j'ai conscience de sa présence. La proie sait toujours que son prédateur est là.

Une autre voiture se gare. Un homme à l'air débrouillard portant un T-shirt avec un insigne de pompier en sort. C'est proche d'un flic. En quelque sorte.

J'ai le souffle coupé quand Aleksio prend ma joue droite en coupe et me regarde droit dans les yeux.

— Tu ne joues pas à la loyale, déclaré-je.

— Vraiment ? C'est de ça que tu te plains ? Je ne joue pas à la loyale ?

— C'est l'un de mes griefs.

Sa main sur ma joue est électrique.

Il étudie mon regard. Il pense que je me fous de lui.

— Tu ne veux pas tenter quoi que ce soit, crois-moi. Encore moins avec ce mec. S'il est impliqué, ça tournera mal pour tout le monde.

J'observe mon vieil ami avec un regard sévère. Comme si je m'en moquais. Comme si je n'étais pas effrayée.

— Sérieusement, Aleksio, tu ne peux pas simplement kidnapper l'homme le plus puissant de Chicago. Et sa fille.

Il sourit. Nous kidnapper est exactement ce qu'il a fait, bien sûr. Son sourire crée une vive sensation qui m'atteint jusqu'au cœur. C'est perturbant que je le trouve canon. Je le pousse et il recule. Souriant comme si nous étions juste en train de jouer.

J'entends un bruit sourd près de la voiture. Le bruit du pistolet de la pompe à essence qu'on remet en place. Le cliquètement de la trappe du réservoir.

— Aleksio.

Viktor.

L'autre mec, Tito, sort avec un sac en plastique blanc.

Aleksio me prend la main et me dirige vers la voiture comme un amant, ouvrant la porte pour moi d'un geste si chevaleresque. À moins de sentir la force de sa poigne.

— Les dames d'abord.

Je monte en voiture.

Nous partons et Aleksio attrape le sac. Il distribue de l'eau et des bonbons. Il me donne une bouteille, un petit sac de toffees anglais et des culottes.

Je tiens les sous-vêtements, abasourdie.

— Désolé, Chaton. *Made in China* était la meilleure marque qu'ils avaient.

Il pense que je suis surprise par les culottes, mais ce sont les barres de caramel nappées de chocolat qui m'étonnent. C'est ma friandise préférée. Ça l'a toujours été. C'est une gourmandise que je ne m'autorise plus ces jours-ci, parce que si je commence à en manger, je ne m'arrête pas.

S'en souvenait-il ?

Il se tourne pour regarder les champs de maïs.

— Vas-y.

— Merci, dis-je.

Les culottes sont en synthétique, du genre trois pour le prix d'une, et sont attachées par un petit bout de plastique traversant un carré en carton. Je les sépare et en enfile une, me dandinant pour la passer sous ma jupe. Je sens la chaleur de son regard sur ma peau.

Je jette un coup d'œil dans sa direction. Je le surprends à m'observer et une vague de désir me traverse. Je me dis qu'il est un monstre désormais. Je me dis qu'il ne devrait pas m'exciter.

Il est tout ce que j'ai essayé de fuir.

D'un air ennuyé, il entame son Snickers.

Je déchire l'emballage d'une barre de caramel. C'est le genre de friandises qu'on trouve dans le rayon tristounet des articles divers d'une station-service de campagne.

— Pourquoi as-tu choisi ça ? demandé-je.

— Quoi ?

— Tu lui as fait acheter des toffees anglais.

— Il faut se contenter de ce qu'on a.

S'en souvenait-il ou non ? Je mords dedans et mâchonne avec indifférence. Je dois me mettre dans la tête que je suis véritablement en danger. Je dois être maligne. Pour m'échapper.

Je demande plusieurs fois où nous allons, ce que nous faisons, mais Aleksio ne parle que lorsqu'il en a envie. Il se replonge dans son silence renfrogné.

Les gens changent et parfois, ils perdent leurs foutues âmes, a-t-il dit. Peut-être que c'est le mieux qu'il puisse faire, me prévenir de qui il est maintenant.

Nous traversons Chicago et les zones que mon père contrôle – ou contrôlait. Je ne suis pas certaine de son statut désormais.

Mais si Lazarus le Sanglant a appris ce qu'il s'est passé, il va y avoir du grabuge. Ça, je le sais.

Nous sommes samedi après-midi. Il n'y a pas d'heure de pointe. Aleksio passe des coups de téléphone. Il mobilise ses troupes.

Nous nous garons dans une allée jonchée d'ordures à l'extrémité pauvre d'un quartier d'affaires où œuvrent beaucoup d'organisations caritatives. Les bâtiments de chaque côté sont des immeubles de bureaux quelconques, pas suffisamment vieux pour être cool, mais pas suffisamment neufs pour être beaux. L'un des vans blancs qui étaient à la maison se gare derrière nous. Quelques mecs avec des fusils d'assaut en sortent, certains sont russes, d'autres albano-américains.

Je suis seule dans la voiture pendant une seconde, puis Aleksio revient avec des menottes. Il m'attache à la portière. L'effleurement de ses articulations envoie de l'électricité onduler sur ma peau. Je lève mon regard vers le sien, luttant contre cette sensation.

— Ça va nous prendre quelques minutes.

Il marque une pause, puis poursuit.

— Tu as encore une chance de t'en sortir en vie. Ne la gâche pas en appuyant sur le klaxon ou quelque chose du genre.

— D'accord, soufflé-je.

Il m'observe étrangement, comme s'il avait ressenti la même chose que moi, puis il se tourne en grognant.

Leur groupe se trouve devant une porte sur le côté, dans l'obscurité. Une alarme retentit, puis s'arrête, et ils entrent. Sauf Tito, qui reste à l'extérieur et monte la garde.

Je me penche le plus possible, essayant de deviner où je suis, de voir s'il y a quelqu'un aux alentours que je pourrais avertir. J'aperçois une petite plaque de métal au-dessus de la porte. Worland.

C'est l'endroit dont mon père leur a parlé. L'agence Worland, a-t-il dit.

Ils avancent vite. Ils ne sont même pas partis en repérage dans le bâtiment. Cela m'indique qu'ils pensent que Kiro est en danger. *Évidemment.* Pour quelle autre raison prendraient-ils un risque comme celui qu'ils ont pris aujourd'hui ?

Et qu'advient-il de moi s'ils ne peuvent pas le trouver ? Pire : et s'il s'avère qu'il est mort ?

Chapitre Cinq

Aleksio

L'AGENCE d'adoption a une odeur de moquette neuve et de Lysol. Deux rangées de box sont entourées par des salles de réunion et un paquet de modules de classement et d'ordinateurs.

Les mecs ouvrent les tiroirs à la volée et soulèvent les couvercles des boîtes de rangement, embarquant tout ce qui pourrait nous mener à Kiro.

Kiro est sacrément vulnérable à l'heure actuelle.

Il n'a probablement aucune idée de sa véritable identité. Il pourrait être un mec travaillant dans une station de lavage de voitures en banlieue ou un étudiant assis à un cours de comptabilité pour débutant. Il n'a aucune idée de ce qui l'attend. Si quelqu'un découvre ce que nous sommes en train de faire, de gros poissons vont le chercher.

C'est un miracle qu'Aldo Nikolla et Lazarus ne les aient pas tués, lui et Viktor, à cette satanée soirée, étant donné la prophétie. Je devine que Nikolla n'avait pas les tripes pour tuer deux minuscules enfants. Il pensait pouvoir s'en défaire. Pensait qu'ils resteraient éloignés.

Et nous pensions avoir le temps.

Tito et le reste de mon équipe savaient que j'avais trouvé Viktor. Nous avons essayé de garder le secret, mais nous avons récemment découvert que toute la mafia russe lançait des rumeurs sur mon arrivée aux États-Unis pour trouver Viktor. Comment je l'avais étreint en lui disant qu'il était mon frère. Comment je lui avais demandé de m'aider à prendre notre revanche et à trouver Kiro.

Putain de pieuvre mafieuse.

Les mecs prennent chaque dossier et chaque morceau de papier déchiqueté en rapport avec l'année où notre famille a connu sa fin. Certains téléchargent les fichiers informatiques. Nous allons également prendre les ordinateurs portables. J'aide à empiler les cartons à côté de la porte. Je reçois les rapports des mecs qui surveillent de l'autre côté de la rue. Pour l'instant, tout va bien.

Worland est une organisation caritative avec une branche adoption et conseil en procréation. Je me suis renseigné pendant le trajet jusqu'ici. C'est le genre d'endroit où les gens apportent des bébés dont ils ne veulent pas, sans qu'on leur pose de questions. C'est ce qui apparaît sur la page d'accueil de leur site. Et apparemment, c'est également le genre d'endroit où un mec envoie un bébé qu'il veut faire disparaître.

Il est véritablement probable qu'Aldo Nikolla ne sache rien de plus que le nom de l'agence. L'agence a pu définir ces termes pour se protéger.

Les dossiers s'entassent. Certains de mes gars vérifient le sous-sol et j'en ai envoyé d'autres commencer à charger le van. C'est incroyable de se dire que la clé pour trouver notre petit frère pourrait être cachée dans tous ces papiers.

Kiro.

Ma mère m'a laissé le prendre quand elle l'a ramené de l'hôpital, si minuscule et gigotant. Tellement minuscule. Il a levé ses grands yeux marron vers moi, et je l'ai aimé instantanément.

Viktor voulait aussi tenir Kiro, néanmoins maman a dit qu'il était trop petit. En fait, c'est qu'il était trop téméraire. Viktor était un petit garçon d'un an qui démolissait tout sur son passage. Alors il a posé une main délicate sur le petit ventre de Kiro.

Kiro a besoin que tu sois un bon grand frère pour lui, m'a dit ma mère. *Kiro a besoin que son frère le protège.*

Mon cœur a presque jailli hors de ma poitrine tant je me sentais fier quand elle a dit ça. Je lui ai promis que je le ferai.

J'ai tenu cette promesse comme une flamme dans mon cœur.

Le massacre a eu lieu peu après. Maman avait-elle senti les problèmes arriver ?

C'est douloureux de se souvenir d'elle, mais de là où elle est, peut-être qu'elle peut voir que je me bats pour Kiro. Elle doit voir que je ne le laisserai pas tomber.

Petit Kiro.

Il pourrait même être dans l'armée, vu le peu que nous savons, mais j'en doute. Marcher en formation n'est pas dans l'ADN des Dragusha.

Viktor ignorait totalement ses racines, mais partant de rien, il est devenu un assassin incontournable de la *Bratva* – la mafia russe – à Moscou. Pendant ce temps-là, je gérais mon propre gang juste sous les radars de Nikolla et j'ai développé mon clan. C'était comme si de chaque côté du globe, Viktor et moi vivions des vies parallèles de criminel sans le savoir.

Viktor vient vers moi et je lui donne une claque sur l'épaule. Kiro. En vie. Peut-être.

— Il y a beaucoup de papiers à examiner, remarque-t-il.

Je grommelle. Il y en a beaucoup, mais nous allons tout de

même les feuilleter, parce qu'ils n'ont peut-être pas numérisé les dossiers plus anciens. Un endroit minable comme celui-ci. À moitié illégal.

— Heureusement qu'on a des hommes.

Viktor lit un message sur son téléphone.

— Le vieux est toujours inconscient.

Les gars de la *Bratva* de Viktor détiennent Aldo Nikolla dans le sous-sol d'un garage clandestin.

Il secoue la tête. Il n'aime pas ça. Nous espérions une affaire rapidement réglée et nous tournons en rond. Le père de Mira n'est pas un homme qu'on peut retenir trop longtemps. C'est comme kidnapper le président des États-Unis : même si vous réussissez à l'enlever, vous savez que vous ne le garderez pas très longtemps. C'est trop dangereux.

— Tous ces papiers, poursuit-il. Je dis qu'Aldo doit aller se faire foutre.

Mes entrailles se tordent. Envoyer des parties du corps de Mira était un plan de secours.

— Voyons voir ce qu'on trouve. Pas besoin de dévoiler tout notre jeu maintenant.

— *Brat.*

Je ne me lasse jamais d'entendre Viktor m'appeler ainsi. C'est le mot « frère » en russe.

— Ce n'est pas bon que tu te sois souvenu de sa friandise préférée. Je pense que ça ne sera pas facile de lui couper le doigt.

Je hausse les épaules.

— Je couperais mes propres doigts pour sauver la vie de Kiro.

Il grogne et attrape un carton. Mais en effet, c'était beaucoup plus facile de parler d'envoyer des morceaux de son corps à son père de manière théorique.

Un SMS arrive. Une voiture suspecte a fait deux fois le tour du pâté de maisons. Ce n'est pas bon.

Viktor n'a pas besoin de voir le message pour comprendre qu'il y a un problème. Il peut le lire sur mon visage. Un an ensemble et c'est comme si nous n'avions jamais été séparés. Il dit à tout le monde de se presser avec les derniers cartons.

De retour dans l'allée, je détache Mira, la fais sortir de la Maserati et la jette à l'arrière du van avec les dossiers et les cartons remplis d'ordinateurs portables. Puis j'agrippe Tito.

— Tu la surveilles. Personne ne la touche.

Nous continuons à charger. Quand c'est fait, Viktor se glisse à l'avant du van et je prends le volant. Je n'aime pas mettre Mira entre les mains de quelqu'un d'autre, néanmoins si la situation dégénère, Viktor et moi devons être aux commandes. Nos talents de salauds criminels ne connaissent aucune limite.

Le lieutenant de Viktor, Mischa, part devant nous dans une voiture de sport tape-à-l'œil. Si quelqu'un nous surveille, Mischa éloignera cette personne pendant que nous disparaîtrons avec le van rempli de dossiers.

À cette heure-ci, Lazarus le Sanglant et le reste de l'équipe de Nikolla doivent savoir qu'il y a eu une attaque, mais ils ne sauront pas qui est derrière et pourquoi. Les gens vont se concentrer sur la maison et se demander si Aldo était dedans lorsqu'elle est partie en fumée.

Toutefois, aucun plan n'est sans faille.

— Tu as quelque chose à dire ? demandé-je en déboîtant.

— Non, *brat*.

Ouais, d'accord.

Nous conduisons en silence.

Dans les livres, la sensation d'être suivi fait toujours apparaître un picotement le long de la colonne vertébrale ou alors vos poils se dressent sur la nuque. Mais pour moi, c'est plus un bourdonnement de la conscience. Il est si faible qu'on ne le remarque pas à moins d'y être attentif.

En sortant de la ruelle, c'est ce que je ressens, ce bourdonnement. Même si en regardant d'un côté et de l'autre, je vois que, techniquement, personne ne nous suit, le bourdonnement est présent et j'ai le sentiment qu'on nous observe. Pourraient-ils déjà être après nous ? Ont-ils deviné notre but ? Nikolla n'a pas réussi à arriver où il en est aujourd'hui en s'entourant de personnes stupides.

Viktor fronce les sourcils, mais ne remet pas mes manœuvres en question. Il se contente de se renfrogner. Il est toujours prêt à voir la situation dégénérer. Il a été arraché à l'orphelinat à un jeune âge et élevé par des criminels. Je ne sais pas s'il ressent encore quelque chose quand il tue.

Quand je suis certain que nous ne sommes pas suivis, je fais entrer le van sur un terrain vague au bord des voies ferrées et me gare à l'ombre d'un centre commercial délabré et abandonné. Auparavant, il y avait une garderie et une boulangerie ici, fermées depuis longtemps, mais la boutique de prêt sur salaire au bout du pâté de maisons fonctionne toujours à plein régime. Nous avons déjà utilisé cet endroit auparavant. Le champ de vision et les chemins pour nous échapper sont parfaits. Un autre de nos véhicules se gare.

Je saute du van et envoie quelques gars surveiller les angles à proximité, puis je fais le tour et ouvre la portière arrière.

Tito saute. Mira reste blottie dans un coin au fond, lançant un regard noir en plissant les yeux, ses longs cheveux foncés balayés d'un côté descendant sur son épaule comme une cascade onyx, scintillant sous la lumière des lampadaires.

— Ça a été ? demandé-je à Tito.

— Ouais.

Je grimpe à l'arrière et sors quelques dossiers, sachant que son regard est sur moi.

Elle m'observe toujours comme si j'étais ce gosse qu'elle a connu. Lorsqu'elle me scrute comme ça, j'ai envie de la secouer. Je n'ai pas besoin qu'elle me regarde comme ça. Je dois sauver Kiro.

Tito, quelques autres mecs et moi sommes à l'arrière avec elle. Je me suis placé à l'opposé d'elle, aussi loin que possible, et nous sommes séparés par des cartons de dossiers et des piles de feuilles, comme pour m'envoyer un signal à moi-même qu'elle n'est pas à moi.

Un SUV noir se pointe avec deux de mes gars les plus intelligents. Ils reculent et ouvrent le hayon arrière. Entre l'arrière du van et celui du SUV, nous avons une petite zone de travail pour nous six.

Le problème avec les dossiers devient rapidement évident : tous les noms des enfants sont noircis. Le nom des familles également. Chacun des dossiers contient des informations effacées. Il y a des codes et des nombres en haut de beaucoup de papiers qui ne veulent pas dire grand-chose. Nous échangeons nos dossiers pour comparer.

— Ce sont des conneries, dit Viktor. Si le vieux pensait que nous étions sérieux, nous aurions une putain d'adresse. Il gagne du temps.

— Est-ce que tu peux m'enlever les menottes ? demanda Mira. Les bords s'enfoncent dans mes poignets...

— Tu as de la chance que les menottes soient devant toi, grogné-je.

Elle me lance un regard noir et quelque chose d'étrange fuse dans ma poitrine. J'aime qu'elle rende coup pour coup.

— Je pourrais aider, propose-t-elle.

— Non.

Je ne la regarde même pas. J'aimerais être encore en train de porter mes lunettes de soleil. Mes menaces à la station-service se sont clairement retournées contre moi. À quoi je pensais en l'appuyant contre ce pilier ?

C'était dangereux de jouer au petit ami. Lorsque j'ai appuyé ma main sur sa joue, j'ai cru que j'allais m'enflammer. Elle provoque des envies indésirables chez moi. Primitives. Possessives.

Toutes mauvaises.

Mira est tout ce que je ne devrais jamais vouloir.

J'ai imaginé appuyer mon visage là, pour sentir sa peau avec mes lèvres. Elle m'aurait aussi laissé faire. Pas par désir, mais parce qu'elle n'aurait pas voulu que des passants innocents soient blessés.

Contrairement à moi, elle est encore quelqu'un de bien.

Je me souviens de Konstantin et moi lisant beaucoup de livres dans les endroits délabrés où nous nous cachions. Généralement, il ne me laissait lire que des merdes comme *L'Art de la Guerre*, puisque je devais grandir pour devenir un tueur compétent, mais parfois, je mettais la main sur des histoires normales.

Je me rappelle avoir lu un très vieux livre : *Le Portrait de Dorian Gray* par Oscar Wilde. Le mec restait toujours jeune alors que des peintures de lui vieillissaient.

C'est l'impression que j'avais avec Mira et moi.

Elle est restée en sécurité et heureuse dans ce manoir pendant qu'on m'enfonçait dans quelque chose de sombre et de mortel. Elle vivait la vie que j'aurais dû avoir. On a juste tout bousillé pour moi.

Il n'y a rien sur les fichiers numériques, comme nous le craignions.

Nous feuilletons plus de dossiers papier. Les impasses me mettent en colère et me troublent.

— À quoi servent les dossiers si tout est noirci ? Il doit bien y avoir des noms et des adresses quelque part ? Sinon pourquoi les garder ?

Enfin, nous trouvons quelques véritables noms et adresses, mais ils ne nous aident pas. Ils semblent tous avoir un numéro, comme un code. Des centaines de codes, peut-être des milliers.

Nous décidons que nous devons commencer à établir des correspondances, puis j'aperçois Mira suivre nos progrès avec intérêt. Comme si elle comprenait quelque chose qui nous aurait échappé. Elle sait. Elle écoute. Elle suit nos traces.

— Tu as une idée ? Quelque chose à partager avec tout le monde ?

— Tu veux nous libérer mon père et moi ? demande-t-elle.

J'attrape la feuille suivante. Je me dis que c'est stupide de penser qu'une princesse de la mafia qui a passé ses dernières années à faire des sorties shopping dans le monde entier pourrait nous aider.

Kiro est quelque part et dès que quelqu'un apprendra que nous cherchons à le retrouver, il sera foutu.

— C'est une agence d'adoption illégale, déclare Tito. Peut-être qu'ils ne gardent pas de véritables dossiers.

— Non, il doit y avoir un suivi, craché-je. La réponse est là-dedans.

Nous parcourons chaque dossier, l'un d'entre nous lisant les numéros et les autres fouillant. C'est comme faire correspondre des numéros de série sur des billets de banque ou quelque chose du genre.

Nous envoyons un mec acheter des pizzas.

Je n'arrive pas à me débarrasser de l'idée qu'elle pourrait aider, qu'elle n'est pas aussi stupide qu'elle l'affiche sur ce blog. Quand la pizza arrive, je rejoins Mira au fond du van et lui offre une part.

Elle la prend de ses deux mains, attachées comme elles sont, et me remercie.

— Si tu peux aider, tu devrais le faire, dis-je.

— Et pourquoi devrais-je t'aider ?

— Parce que si ça ne fonctionne pas, nous déclencherons le plan B.

Elle mâche, regardant pensivement par la fenêtre. Est-ce qu'elle a une idée du plan B ? Je suis son regard.

— Qu'est-ce que tu regardes ? demandé-je.

— Les dessins de bébés animaux en train de rire. Sur le côté de cet immeuble.

Je repère l'horrible fresque sur le côté de la vieille garderie. Des images d'animaux souriants à moitié désagrégées au loin, de l'autre côté d'un terrain vague rempli de gravats et de détritus.

— Pfff.

— J'aime bien. C'est mignon. Quelque chose de joli parmi toute cette décrépitude.

Mon visage se réchauffe. Mira Nikolla avec ses robes, ses fêtes sur les bateaux et ses sourires ensoleillés.

— Mais si on les regarde trop longtemps, les joyeux bébés animaux commencent à avoir l'air détraqués. Tu ne vois pas ? Si tu les regardes trop longtemps, tu ne vois que la mort, déclaré-je.

Je sens son regard sur moi.

— C'est sympa, répond-elle. Tu gâches des dessins de bébés animaux pour moi ? Merci. Y a-t-il autre chose que tu aimerais gâcher ?

Je suis ravi qu'elle soit agacée, parce que j'en ai trop dit et que je détesterais ça si elle m'offrait de la compassion en plus de tout le reste. Je saisis ses mains menottées et les tourne, ignorant le crépitement d'électricité entre nous. J'inspecte ses doigts et repère une cicatrice irrégulière sur son auriculaire.

— C'est une cicatrice très caractéristique. On va commencer par celui-ci. Ou peut-être celui avec la bague.

Elle blêmit et tente de dégager sa main, mais je ne la laisse pas faire.

— Quoi ?

— Pour l'envoyer à ton père.

— Tu ne peux pas.

Elle tente de m'arracher sa main.

— C'est une bague très reconnaissable. Tu penses qu'il la reconnaîtra ?

— Tu ne ferais pas ça.

— Si nous retrouvons Kiro, nous n'aurons pas à le faire.

Elle observe les dossiers.

— Si je vous aide à retrouver Kiro, tu nous laisseras partir, mon père et moi ?

— Si l'aide que tu nous fournis nous rend Kiro, on te laissera partir.

— Et pour mon père ?

— Disons-le comme ça : beaucoup de personnes vont commencer à pourchasser Kiro. Et si quelqu'un atteint Kiro en premier et réussit à le tuer ? Et que ton père retenait des informations ? Si tu l'aimes, tu n'as pas envie de savoir ce qu'on lui fera.

— Détache-moi.

J'ouvre ses menottes, essayant de la traiter comme un ennemi. Mais je n'ai jamais été traversé d'un éclair de désir brûlant face à un adversaire.

Elle se frotte les poignets et tend une main vers une boîte. Je fais glisser le carton vers elle. Elle sort un dossier et l'ouvre, étudiant les papiers à l'intérieur. Elle en sort un.

— Ces zones qui sont noircies ? Ça fait partie d'un processus connu sous le nom de dépersonnalisation. Ces dossiers sont dépersonnalisés. Anonymisés.

Elle repose le papier et parcourt le reste du dossier.

Comment diable une princesse de la mafia pourrie gâtée sait ça ?

Elle examine un papier.

— Je ne sais pas quelle était la législation dans l'Illinois il y a vingt ans, mais il devait y avoir des protocoles en place afin que ce soit difficile pour des personnes comme toi de tracer ce genre de choses. Et c'est comme ça qu'ils ont fait. On fait encore ça aujourd'hui, mais avec des ordinateurs. Ils le font pour qu'on ne puisse jamais identifier les familles et les enfants uniquement avec les dossiers. Il y a probablement une clé pour le code hors site, ou peut-être sur un ordinateur. Une personne digne de confiance la détient. Tu as besoin des deux pièces du puzzle : la clé du code et le dossier, si tu veux le lire.

— Comme avec une voiture blindée ? demande Tito. Pour laquelle on a besoin de deux clés ?

— Exactement, dit-elle.

Je ressens un élan de fierté. Maligne, cette Mira. Cependant, lorsqu'elle se tourne vers moi, je fronce les sourcils.

— Qui aurait la clé du code ? demandé-je.

— Je ne sais pas. Quelqu'un qui a travaillé là-bas quand Kiro y a été amené. Probablement pas la personne la plus basse dans la hiérarchie, mais probablement pas la plus haute non plus.

— Nous n'avons pas le temps de trouver des gens qui travaillaient là-bas il y a vingt ans, dis-je.

Elle tord ses lèvres, perdue dans ses pensées. Dans un éclair, je suis de retour avec elle, à l'ombre du fort, la regardant dessiner ses chevaux, la bouche pincée. En pleine concentration.

— J'ai un gars, déclare Viktor. Son père était un déchiffreur de code du KGB. Il pourrait lui demander de jeter un œil.

Je me tourne immédiatement vers Mira, pour voir ce qu'elle va dire.

— Un déchiffreur de code du KGB, tu dis.

Elle incline la tête.

— Eh bien... si *ça*, c'est tout ce que tu as...

J'essaie de ne pas sourire.

Viktor fronce les sourcils.

— Ce sont des maîtres du déchiffrage de code, au KGB...

— Elle plaisante, commenté-je. Faisons-le. Vite.

Elle me jette un coup d'œil et je détourne le regard. Notre connexion brûle plus que la cigarette de Konstantin.

Nous envoyons un groupe faire des copies des dossiers et en préparer un jeu pour le mec, gardant celui-ci pour nous. J'envoie un autre gars réserver plusieurs chambres dans l'un des hôtels bordant le lac. Ce n'est pas sûr pour elle de savoir où nous habitons et nous devons rester en mouvement et au cœur de l'action pour retrouver Kiro.

Il fait nuit quand nous arrivons à l'hôtel, l'un des nombreux établissements clinquants le long de l'étendue d'eau.

— Chicago m'a manqué, dit-elle.

— Quoi ? Paris et Milan ne font pas le poids ?

— Eh bien, ce n'est pas chez moi.

Mira traverse le hall de l'hôtel avec moi, se comportant parfaitement grâce au revolver dans la poche de la veste de mon costume. Elle va bientôt essayer de prendre la fuite, mais pas d'une façon qui pourrait mettre les clients en danger. C'est une femme avec un code, aussi. Elle l'a toujours été. Je me dis que c'est facile d'avoir un tel code quand ça ne vous coûte rien. Quand votre code de conduite ne vous pousse pas dans des endroits où vous ne voulez pas aller.

La première fois que Konstantin m'a fait tuer un mec, j'avais douze ans et je tremblais comme un fou. Je ne l'ai pas atteint entre les deux yeux du premier coup, comme je l'aurais dû. Je l'ai d'abord touché à l'épaule, puis au ventre et il était au sol, suppliant pour sa vie, implorant. C'était un tueur qui méritait de mourir plutôt deux fois qu'une, mais vous ne savez pas ce que c'est d'avoir un homme suppliant, les bras tendus comme si vous étiez Dieu ou le diable.

J'ai levé le Glock, me suis échappé de moi-même – comme si je n'étais pas chez moi – et j'ai fait exploser sa tête.

Il faut juste le faire. C'est comme ça qu'on accomplit les choses difficiles : il faut juste les faire.

Nous nous installons tous les six dans la suite centrale, qui est un genre de salon classique avec une belle vue sur le lac Michigan, apparaissant maintenant comme une étendue sombre tachée par des points lumineux et le croissant de lune qui se réfléchit dans les vagues.

C'est bêtement pittoresque. Comme la vue de quelqu'un d'autre.

Nous nous partageons les noms et commençons à parcourir des pages Facebook, à regarder des photos. Comme si nous allions avoir de la chance et reconnaître Kiro. C'est stupide, pire qu'une aiguille dans une botte de foin, mais c'est ce que les gens désespérés font.

Mira veut aider, mais hors de question que je lui donne accès à une connexion Internet. Alors elle est assise dans un fauteuil rembourré de l'autre côté de la pièce et observe la vue. Est-ce qu'elle cherche une porte de sortie ? C'est ce que je ferais. Si elle arrivait à prendre l'arme de l'un d'entre nous là, l'utiliserait-elle ? Mira était contre les armes étant petite. Mais les gens menacés peuvent vous surprendre.

Nous envoyons des gars remonter quelques pistes. Ça ne sent pas bon. Mira pense que nous devrions essayer de trouver le registre des employés de Worland de l'année où Kiro a été adopté.

— Nous pouvons trouver la clé du code de cette façon... J'en suis sûre.

Oui, c'est ainsi que nous procéderions si nous avions tout le temps du monde. Mais ce n'est pas le cas.

Il n'y a qu'elle, Viktor et moi quand l'appel arrive. L'homme de Viktor ne peut pas craquer le code. Il est apparemment biunivoque.

Mon cœur sombre.

Cela signifie que nous devons tout demander à Aldo Nikolla. Parce que Kiro court un grave danger et ce salaud sait où il est. Même Mira doit savoir qu'il retenait des informations.

Elle est pâle. Oui, elle sait. C'est une femme qui écoute et observe, quelque chose que les photos de surveillance n'ont jamais montré. Quelque chose que ces sourires artificiels n'ont jamais révélé.

Je raccroche.

Elle se lève.

— Papa ne jouerait pas avec ma vie comme ça.

C'est plus un souhait qu'une déclaration en laquelle elle croit vraiment. Je l'entends dans sa voix.

— Les magasins d'articles de cuisine ne seront pas ouverts à cette heure, mais les restaurants si.

Viktor parle de trouver un couteau. Un fendoir probablement. Il attrape sa veste. Déverrouille la porte.

Elle se jette dessus, mais je suis prêt. Je l'attrape, place ma main sur sa bouche et l'attire sur le canapé, gardant sa tête contre mon torse, ses lèvres bien fermées. Je sors mon flingue et le colle sur sa tempe. Elle a besoin de comprendre que je suis sérieux.

— Tu vas crier ?

Elle secoue la tête.

— Vas-y, ordonné-je à Viktor.

Il part. Je délivre la bouche de Mira, mais la garde contre moi.

— S'il te plaît, chuchote-t-elle en levant ses grands yeux marron vers moi. Tu n'es pas une mauvaise personne.

Elle a tort, mais pendant une seconde, c'est agréable de

savoir qu'elle le pense. Comme une bonne sensation que je n'ai pas le droit de ressentir.

— Tu es quelqu'un de bien.

— Non, chérie. Plus maintenant.

— Il t'a dit tout ce qu'il savait.

— J'en doute. S'il en sait plus, ça va lui rafraîchir la mémoire.

— Lui rafraîchir la mémoire ? De lui envoyer le doigt ensanglanté de sa fille ? Tout ce que tu vas faire, c'est le tuer.

Pas le choix. Une fois que Lazarus aura vent de l'effraction à l'agence Worland, il saura que nous sommes à la recherche de Kiro. Il pourrait être en train de se rapprocher de Kiro en ce moment même.

— S'il te plaît, il ne pourra pas le supporter. Son cœur est vraiment fragile. S'il te plaît. Essayons juste à ma façon. Trouvons la personne qui détient la clé. Papa ne pourra pas le supporter s'il pense qu'on me fait du mal. S'il reçoit mon doigt... il ne le supportera pas.

À ce moment-là, je me rends compte qu'elle est plus inquiète à l'idée que son père voie son doigt coupé plutôt que du fait *qu'on va le couper sur sa propre main*. Je n'arrive pas à croire qu'elle protège cette ordure. Ça me scotche. Il ne la mérite pas.

— Tu es en train d'y réfléchir, déclare-t-elle avec espoir.

— Ce n'est pas ce à quoi je pense.

Je me lève et place mon arme sur le côté. Le mouchoir que j'ai noué par-dessus ma brûlure s'est relâché depuis longtemps. Je le sors par ma manche, le mets dans ma poche et enlève ma veste de costume pour la poser avec précaution sur le dossier du canapé.

Elle me regarde furieusement.

— Tu veux boire quelque chose ?

— Va te faire foutre.

— Ça sera plus facile si tu es bourrée.

Je remonte mes manches.

Elle me regarde fixement, ses yeux marron écarquillés.

— Est-ce que tu as enlevé ta veste parce que tu ne veux pas mettre de sang dessus ?

Je ne réponds pas. Honnêtement, je ne m'imagine pas lui couper le doigt. Mais j'ai fait beaucoup de mauvaises choses que je n'aurais jamais pensé faire autrefois. On met un pied devant l'autre et on n'arrête pas tant que ce n'est pas fait.

Néanmoins là, c'est différent.

— Oh mon Dieu, s'exclame-t-elle.

Puis elle passe ses bras autour d'elle et commence à sangloter, là, seule, sur le canapé. Je détourne le regard, ne sachant pas vraiment quoi faire de cet élan protecteur qu'elle m'inspire.

Je m'assieds à côté d'elle et l'attire dans mes bras, la laissant trembler et sangloter. C'est la pire chose que je puisse faire. J'aimerais qu'elle soit ivre. J'aimerais être ivre. Je m'oblige à penser à Kiro. J'ai promis à ma mère que je le protègerais.

C'est le doigt de Mira contre la mort de Kiro.

— Ça va aller pour toi, dis-je doucement en la serrant fermement contre moi.

Je la réconforte parce que je dois me comporter en monstre avec elle.

Aldo doit voir que nous sommes sérieux. Nous devons le faire paniquer, l'encourager à faire plus d'efforts.

— Tu peux le prendre en photo ?

— Quoi ?

— En prendre une photo. Pour que je puisse m'en souvenir. Je n'ai pas de photo.

— De ton auriculaire ?

Elle lève sa main et en regarde le dos, puis la paume.

— J'aime comment il...

Je sens sa poitrine convulser à cause de ses larmes refoulées.

Penche, je pense, finissant la phrase pour elle. Il penche un peu vers l'intérieur au niveau de l'articulation.

Merde.

— D'accord, répliqué-je d'un air agacé.

Je la mets debout et l'amène vers la fenêtre. Devant elle s'étire le lac Michigan illuminé par la lune, dans toute sa gloire de fausse carte postale.

— Quel côté ?

Elle regarde sa main, la paume puis le dos.

— Dos.

— C'est le côté que je choisirais aussi, déclaré-je.

— Que t'est-il arrivé, Aleksio ?

Ton père a tranché la gorge de ma mère et de mon père, et il a envoyé mes frères à l'autre bout du monde. Mais je ne le dis pas. Nous lui faisons suffisamment de mal.

— Dis-moi...

— J'imagine que je me suis transformé en véritable salaud, répliqué-je. Un salaud qui va prendre cette belle photo pour toi. Appuie ta main ici.

Elle appuie sa main contre la fenêtre. Ses cheveux se sont relâchés, des boucles foncées retombent autour de son visage, un visage que je détesterais comme le diable si Konstantin avait réussi. Je capture un cliché avec mon téléphone.

Quand je lui montre la photo, elle recommence à pleurer.

— Allez.

Je passe mes bras autour d'elle. Elle tremble, se mue en véritable boule de nerfs. Finalement, je la porte et l'emmène sur le canapé. Je m'assieds tandis qu'elle reste sur mes cuisses.

Soudain, elle arrête de parler et semble se raidir.

— Est-ce que quelqu'un t'a torturé ?

— Quoi ? demandé-je, surpris.

Aussi légère qu'une plume, elle touche la zone à côté de ma cicatrice provoquée par la brûlure, traçant une petite ligne.

C'est une brève caresse.

À peine existante.

Mais elle envoie clairement une décharge de chaleur à travers moi. Elle se retourne vers moi, ses yeux brillants de larmes. Même après avoir pleuré, elle est belle.

— C'est une brûlure de cigarette.

Un nouveau souvenir d'elle : la seule façon de la faire arrêter de pleurer était toujours de lui montrer que quelqu'un souffrait plus. Pour qu'elle s'occupe de quelqu'un d'autre qu'elle-même. Ce quelqu'un d'autre ne peut être moi.

— Ce n'est rien.

— Ce n'est pas rien, dit-elle, son souffle telle une plume sur mon nez. C'est une brûlure de cigarette. Quelqu'un a dû la tenir délibérément sur ta peau pendant un très long moment.

Quelque chose d'étrange me fait frémir.

— Tu veux un bon point ?

— Quelqu'un t'a fait du mal.

— Quelqu'un m'a *sauvé*.

— Peu importe qui t'a fait ça, Aleksio, cette personne ne t'a pas sauvé. Ce n'est pas ce qu'un sauveur fait.

Je baisse ma manche, ne sachant pas vraiment quoi faire de sa compassion. Je devrais la détester.

— Tu dis ça parce que tu ne sais pas.

Je l'ajuste sur mes cuisses, pour la laisser s'asseoir plus naturellement. Ses courbes sont douces et généreuses sous ma main. Je pose mon arme et mon téléphone sur le côté, juste hors de sa portée.

— C'était un accident, dis-je.

— Ça ne ressemble pas à un accident.

— Il ne savait pas. Il m'aidait à me cacher. Il jouait un rôle et je devais rester invisible. Ne pas bouger.

Pendant un moment, je me revois là-bas, laissant mon bras brûler. Essayant d'être un soldat pour le tout-puissant Konstantin, la seule personne qui me restait au monde. Je suis soulagé qu'elle ne puisse pas voir mon visage.

— Quel âge avais-tu ?

Ma main s'enroule de manière protectrice autour de sa hanche. Je ne raconte pas aux autres des histoires de cette époque. Jamais. Ce n'est même pas l'une des histoires sombres. Mais si son esprit est apaisé, les choses seront plus faciles avec le doigt. Je prends une mèche de ses cheveux entre deux doigts, songeant que je n'ai jamais rien senti de plus doux.

— Neuf ans.

— Nom de Dieu.

— Ce genre de conneries arrive.

— Ce genre de conneries arrive ? C'est ton analyse fine ? Ce genre de conneries arrive ?

— Tu te souviens de Konstantin ? Le vieux garde du corps ?

— Ils ont dit qu'il avait aidé les Valchek.

Les Valchek n'ont rien fait, mais je ne la contredis pas. Elle est suffisamment en colère.

— Konstantin m'a sauvé la vie. Il m'a fait sortir de là avant qu'ils me trouvent. Ils nous ont pourchassés partout. On ne pouvait pas arrêter de fuir, vois-tu. On n'avait pas d'argent. On s'est simplement enfuis avec les vêtements qu'on avait sur le dos. J'étais en pyjama.

— Mon Dieu...

— C'est mieux que d'être en sous-vêtements Spider-Man, n'est-ce pas ?

Je l'attire contre moi et pose mon menton sur sa tête. Je ne devrais pas avoir ces foutus gestes tendres, mais ce que je ressens en l'ayant contre moi m'envahit comme une drogue.

Je lui raconte l'histoire. Je ne devrais pas, mais soudain, je n'ai pas envie d'arrêter. La façon dont elle m'écoute est en quelque sorte nourrissante.

Dans ces jours sombres, je pensais parfois à nous deux, allongés sur la pelouse, à côté du filet de badminton, en train de couper des brins d'herbe en deux. C'était comme un refuge, je suppose. Le garçon que j'étais à l'époque avait besoin de la compassion qu'elle m'offre en ce moment.

Mais là, maintenant, sa compassion est un enfer pour l'homme que je dois être.

— Tu l'as fait. Tu as survécu, chuchote-t-elle.

— La survie n'est pas géniale, Mira. Les gens sont des animaux, au final, et tu fais ce qu'il faut pour rester en vie. C'est inné. Comme respirer. Tu veux croire au meilleur, mais c'est un mensonge.

Elle remonte ma manche et pose doucement un doigt sur la brûlure, comme pour la soigner avec sa putain de compassion.

— Ça fait mal ?

Je ferme les yeux. Le sol semble s'effondrer sous nous deux.

— Je ne sens rien du tout.

C'est un mensonge.

Sa compassion brûle plus que cette cigarette ne l'a jamais fait.

Elle est douce et chaude dans mes bras. Le son de sa respiration emplit mes oreilles. Peut-être que c'est de la peur ou de l'excitation. Je n'arrive pas à le dire.

Mon esprit affiche des images d'elle sous moi. Sa peau rougie. Les cheveux autour de sa tête comme un halo sombre. Cet éclat caractéristique de Mira dans ses yeux. Mira a toujours été prête à relever des défis, elle a toujours été prête à affronter le danger.

C'est probablement comme ça qu'elle aime se faire prendre. Aventureusement. Audacieusement.

Je m'imagine en train de la tenir, de la remplir, de la sentir. De me connecter à cet endroit, profondément en elle, où elle sait que tout est mensonger.

Que m'arrive-t-il ?

Arrête.

J'inspire l'odeur de ses cheveux comme une drogue. C'est

tout ce que j'ai. J'ai menacé de lui couper le doigt, nom de Dieu. Je ne peux pas aussi me la taper. De la sueur coule le long de ma colonne.

— Il a dû se sentir horriblement mal quand il l'a découvert.

— Quoi ?

— Quand Konstantin a appris ce qu'il a fait.

— Oh. Il ne le savait pas.

— Après, je veux dire.

— Pourquoi lui aurais-je dit ?

— Tu ne lui as pas *parlé* de la brûlure ?

Elle s'écarte.

— Quoi ? poursuit-elle. Genre, pas du tout ?

— Il se serait juste senti comme une merde.

— Alors tu ne lui as simplement pas dit ? La douleur a dû être infernale.

— Ce n'était pas comme si on m'avait arraché une jambe. C'était la guerre, Mira, on ne s'arrête pas pour quelque chose qu'on peut guérir avec un pansement. J'ai grandi différemment de toi. Tu dois le comprendre. Je suis différent. Je suis allé là d'où on ne revient pas.

Elle se réinstalle contre moi, se nichant contre mon torse et commençant à caresser du pouce la partie intacte de mon bras. Son toucher me donne des frissons.

Sa voix est rauque.

— Un tel endroit n'existe pas. Là d'où on ne peut pas revenir.

Mon cœur martèle et la façon dont je la tiens n'est pas bien. Comme le tordu que je suis, je l'attire vers moi, contre mon corps pour avoir un maximum de contrôle. C'est l'étreinte qu'on donne à un otage. Avec un ou deux changements, c'est l'étreinte d'un amant.

Je regarde l'endroit sur son crâne où j'aimerais appuyer mon visage, submergé par l'intensité que je ressens entre nous, écoutant son souffle irrégulier, sentant son doux contact. Si j'avais l'habitude de me mentir, je dirais qu'elle me touche parce qu'elle le veut, que ce n'est pas pour s'apaiser elle-même, ou pour se rendre service.

Durant les premiers jours de fuite, quand nous n'avions rien à manger, Konstantin me faisait passer à côté de restaurants et me disait d'inspirer l'odeur. Il me mentait et affirmait que les senteurs étaient aussi nourrissantes que les aliments si on les respirait bien. En fait, il m'y a fait croire pendant un moment.

Nous étions debout derrière certains des meilleurs restaurants des villes où nous nous cachions. Je me tenais là comme un idiot rempli d'envie, les yeux fermés, inspirant profondément ce dont j'avais désespérément besoin.

C'est ce que je fais maintenant. Je respire son odeur et essaie de m'en contenter. J'inspire son parfum quand ce dont j'ai vraiment envie, c'est de plonger en elle. De me perdre en elle.

Au lieu de ça, je vais prendre son doigt. Je le dois à Kiro.

— Tu aimes celui qui t'a protégé, déclare-t-elle. Tu voulais le protéger en retour.

— J'étais prêt à mourir pour Konstantin, expliqué-je en inspirant à nouveau son odeur.

Elle s'écarte et me regarde dans les yeux.

— C'est ce qu'on fait avec les gens qu'on aime.

Elle me regarde comme si elle voulait vraiment que je comprenne ce qu'elle dit.

— Il ne supportera pas de voir mon doigt, Aleksio. Tu dois trouver un autre moyen.

Je me raidis, le cœur tambourinant.

— Ça va le tuer, dit-elle.

— Est-ce que tu es sérieusement en train de nous comparer, Konstantin et moi, à toi et ton père ? Sérieusement ? Ton putain de père ?

Elle se lève de mes cuisses, alarmée. Ses genoux heurtent la table basse.

— Aïe !

Je lui attrape le bras pour l'empêcher de tomber en arrière, mais je ne la lâche pas.

Je la soutiens maladroitement, soit elle bascule en arrière, soit elle retombe sur moi et je suis un peu déséquilibré. Mon sexe s'emporte. Il aime ça.

C'est là que je trouve un plan. Une façon de ne pas avoir à prendre son doigt. C'est tordu. Ce n'est pas l'autre moyen qu'elle devait avoir en tête.

Mais c'est une autre façon.

Je raffermis ma prise sur ses poignets.

— Quoi ? s'exclame-t-elle.

Elle sent quelque chose.

Lentement, je l'attire vers le bas. Pas sur mes cuisses cette fois-ci, mais à genoux, devant moi. Parce que je suis un tueur tordu et, bon sang, j'ai plus envie de sa bouche que de mon prochain battement de cœur.

Elle me regarde dans les yeux quand je le fais, comprenant ce qu'il se passe.

— Tu veux garder ton doigt ?

Elle pose les yeux sur mon pénis, en furie dans mon pantalon. Elle prend une grande inspiration qui gonfle sa poitrine. Elle regarde à nouveau vers mon visage.

Je prends ça pour un oui.

Pas une seule fois elle n'a pensé à la douleur qu'elle ressentirait en perdant son doigt. Seulement au fait qu'Aldo serait incapable de le supporter. L'homme qui a tué son meilleur ami et qui n'a pas eu le courage d'en finir avec les bébés, non pas que je m'en plaigne.

Elle pose ses mains sur mes genoux, glissant vers le haut.

Mon cœur martèle et mon membre appuie derrière les couches de tissu.

— Tu penses que, peut-être, il y a un autre moyen.

Elle est partante. Ça changera bientôt.

Je passe mes bras derrière le dossier du canapé, comme si elle était une prostituée entre mes jambes. Ma bouche s'assèche quand ses doigts s'approchent.

— Peut-être.

Tout ce jeu de pouvoir ne devrait pas m'exciter, mais c'est le cas. J'aime l'avoir à genoux devant moi. J'aime cette mauvaise énergie entre nous.

La peau de Mira semble rougie. Pendant une seconde, je crois qu'elle me veut. C'est tout autant une hallucination que de s'imaginer que l'odeur d'un gros steak juteux et d'une corbeille de pain à l'ail est la même chose que de les manger, mais je vais l'accepter.

Elle glisse plus près de mon sexe. Je prends une inspiration silencieuse tandis qu'elle offre le plus doux des contacts à mon érection furieuse. Elle griffe légèrement avec ses ongles et me lance un sourire malicieux. Je ne lui offre rien.

Elle l'entoure de ses mains, applique une pression en demi-cercle.

Elle défait le bouton. Elle n'arrive pas à baisser la braguette, puisqu'elle respire difficilement maintenant. Elle lève les yeux et me laisse soutenir son regard, ou peut-être que c'est elle qui soutient le mien.

— Je savais que tu trouverais un autre moyen, déclare-t-elle.

Je me raidis lorsqu'elle décoince ma chemise de ma ceinture. Elle se penche en avant pour embrasser mes abdominaux, ses tétons appuyés contre mes jambes. Elle se prostitue pour un salopard, mais le message se perd dans mon esprit et tout ce que je vois, c'est qu'elle est une femme forte. Entre son père méprisable et elle, c'est elle qui se montre forte.

Elle défait ma braguette. Je décale mes hanches pour l'aider à enlever mon pantalon, la laissant faire tout le travail. L'air frais arrive sur mon sexe. Elle enroule sa main à la base. Serre. C'est si bon que ma vue se brouille. Je lui lance un regard d'acier. C'est tout ce qu'elle obtient.

Elle s'approche, poussant entre mes jambes. Comme si elles avaient une volonté propre, mes mains vont dans ses cheveux, si foncés et soyeux. Elle continue de serrer mon sexe. J'ai envie de donner des coups de reins dans sa main, dans son visage. J'ai envie de la retourner sur le canapé et de plonger en elle. J'ai tellement envie d'elle que j'ai l'impression que je vais exploser.

Elle respire au-dessus de mon membre maintenant. *Merde.* Je ferme les yeux, incline la tête en arrière.

Elle donne l'impression d'avoir envie de moi.

Ce ne sont que des odeurs vides, me dis-je, mais une part de moi, plus retorse, s'en moque. Elle se prostitue pour son misérable père, mais je m'en fiche également.

— Mira.

Je caresse ses cheveux.

— Attrape-moi à la base. Plus fort.

Ma voix semble étranglée. Je place mes deux mains sur ses cheveux.

Elle raffermit sa poigne et lèche ma verge, comme si c'était un cornet de glace, provoquant des vagues de chaleur et de désir en moi. Je n'ai jamais eu plus envie de quelqu'un.

— Je ne suis pas quelqu'un de bien comme tu en as le souvenir, la préviens-je.

— Mais tu ne me couperas pas le doigt ?

C'est une question.

— Si tu fais ce que je te dis.

— D'accord.

C'est torride. Ça ne devrait pas l'être.

J'attrape une poignée de ses cheveux et regarde durement ses yeux marron.

— Regarde-moi quand tu le fais.

Elle garde ses yeux de biche sur moi et me prend dans sa bouche. Juste un peu au début, mouillant l'extrémité. Je me mords l'intérieur de la joue, pour contrebalancer la situation avec un peu de douleur.

Je mentirais si je disais que je n'ai jamais imaginé ça. Konstantin s'était procuré une photo prise sur un yacht, avec quelques hommes de main de Nikolla à une fête de fiançailles. Une photo comme toutes les autres, si ce n'est qu'il y avait Mira, seize ans, en bikini, en arrière-plan. Disons simplement que je planquais cette photo. Mais ça, c'est bien mieux. Tout en couleur, totalement en 3D, sa bouche telle une grotte chaude et soyeuse. Le plaisir est si intense que j'ai envie de fermer les yeux, mais je ne le fais pas, parce que la regarder me rend terriblement puissant.

Je lutte contre l'envie de saisir une poignée de ses cheveux et de baiser sa bouche. Pas encore.

Je glisse un doigt sur sa joue et le long de son cou. Sa peau est parfaite. Ses lèvres sont deux fois plus belles quand elles sont étirées autour de mon sexe. Je la prends. C'est mal et de bien des façons.

J'enroule ma main dans ses cheveux, tirant légèrement, suffisamment pour qu'elle soit d'une humeur obéissante. Comme les rênes d'un cheval.

Elle agrippe ma cuisse avec sa main libre, son regard brûlant, comme si elle aimait aussi ce jeu de pouvoir. Je resserre ma poigne. Je guide ma verge plus profondément dans sa bouche creuse et chaude.

— Suce, grogné-je.

Elle s'active, suce plein régime.

Je me retire avant de m'enfoncer plus profondément, guidant sa tête.

Elle serre la base de mon sexe comme je lui ai dit, s'affairant sérieusement.

Ce n'est pas encore suffisant. Ce doit être bien fait. Je lui ai dit qu'il y avait un autre moyen et je tiens ma parole.

— Mira...

Je caresse ses cheveux.

— Je vais te tirer les cheveux avec mon poing et vraiment te baiser le visage maintenant. Ça va même être violent. Mais tu vas me laisser faire. Tu vas me laisser t'utiliser comme une pute.

Quelque chose change dans son regard. Elle est effrayée, mais également excitée. Ou peut-être que c'est mon imagination.

Je pousse dans sa bouche, allant plus loin, la testant.

Elle me prend, confiante. Elle n'est pas sûre de ce que je vais faire, mais elle va devoir se contenter de ce que je lui donne.

— Un mec t'a déjà violemment baisée jusqu'à la gorge ?

Quelque chose luit dans son regard.

— Oui ou non ?

— Han han, grogne-t-elle.

C'est un *non*. Bien sûr que non. Qui ferait ça à Mira Nikolla ? Moi, voilà qui.

Je tire ses cheveux avec mon poing, lui faisant un peu mal, la préparant.

— Tu vas être inquiète et te sentir étouffée quand je vais me glisser au fond de ta gorge. Mais j'ai besoin de ça. Tu vas te détendre et me laisser faire tout ce que je veux. Compris ?

Prudemment, elle grommelle son approbation.

— Ça va te sembler sauvage et bordélique, mais tu vas voir, c'est simplement un truc à passer.

Je donne un petit coup sur sa tête, m'enfonçant dans sa bouche. Elle a un haut-le-cœur et je me retire.

— Ferme les yeux. Détends-toi.

Je pousse à nouveau, plus lentement.

— Tu vas me prendre. Tu vas t'abandonner pour moi.

Elle détend sa gorge. Elle comprend.

— Tu vois ? C'est bon.

Je baise son visage avec plus de force, l'obligeant à me prendre plus profondément.

— Cette main, c'est un peu de la triche, non ? Tu dois me lâcher maintenant. Je veux que tu me prennes entièrement.

Elle me lâche et s'agrippe à mes hanches. Je resserre mes poings sur ses cheveux et plonge plus profondément. Elle fait un petit bruit, mais elle accepte. Je mentirais si je disais que la sensation n'était pas incroyable.

J'ai l'impression d'être un foutu animal, encouragé par une folie préhistorique.

Cela devient encore plus intense quand elle s'abandonne à mon contrôle total. Comme si elle renonçait à sa dignité, comme si elle n'était plus rien qu'un objet que j'utilise. C'est stupéfiant qu'elle soit si torride, acceptant mon pouvoir. Faisant confiance à un salaud tordu comme moi.

— Ferme les yeux. Concentre-toi.

Je tends la main et attrape mon téléphone ainsi que mon arme. Le téléphone pour enregistrer. Le revolver pour que ça ait l'air bien avec la caméra. Pour donner l'impression que je la force.

Elle va me détester. Mais ça sauvera son doigt.

J'appuie sur le bouton pour enregistrer et pose le téléphone sur la table basse, avec le bon angle pour qu'on me voie en train de lui baiser le visage.

— Tu aimes comme ça, hein ?

Je donne des coups de reins plus violents, j'entre et je sors. Des larmes coulent au coin de ses cils noirs.

Je suis sans pitié. Je dois l'être.

Je m'enfonce plus brutalement, rompant sa résistance. Elle a un haut-le-cœur.

— Ne t'étouffe pas, Mira. Prends-moi comme la pute que tu es.

Quelque chose en elle change, comme si son énergie s'accroissait et ses doigts s'enfoncent dans mes cuisses.

Le téléphone enregistre ma main en train de tordre ses cheveux à côté de l'arme. Elle en a les larmes aux yeux. Mon membre disparaît entre ses lèvres encore et encore.

— Suce plus fort, pétasse, dis-je. Je peux t'utiliser comme je veux. Quand je te dis de sucer plus fort, je le pense.

Elle s'exécute. Je gémis.

Ça a l'air violent. Comme si je la maltraitais, comme si j'étais vraiment en train de la malmener. Ce que la caméra ne capture pas, c'est l'énergie qui monte entre nous à chaque fois que je dis quelque chose. Comme si elle aimait sincèrement ça. Moi, je prends assurément mon pied.

— C'est ça, petite pute. Prends ça !

Je plonge ma verge dans de longs mouvements brusques.

— Tu vas la prendre dans tous les trous.

Ses doigts se resserrent un peu plus, ses tétons se frottent violemment contre mes jambes.

Je continue devant la caméra, sachant que je capture la force et l'horreur de l'acte, mais qu'il se passe bien plus que ça, comme une vague qui enfle et qui nous emmène tous les deux quelque part.

Aucune femme ne m'a jamais procuré cette sensation.

Comme si nous prenions tous les deux notre pied, comme si c'était réel pendant un moment.

Mais ça ne peut pas être réel... impossible.

— Je vais t'ouvrir et t'utiliser comme le morceau de viande que tu es, dis-je en haletant. Je vais te baiser dans tous les sens.

Je serre ses cheveux avec mon autre main. Elle se détend

pour moi, comme si elle savait que c'est ce dont j'ai besoin à cet instant. Elle est comme une poupée de chiffon avec moi, elle me laisse l'avoir complètement. La sensation est absolument incroyable.

Mon coude fait tomber le téléphone de la table et il atterrit par terre. Je m'en moque. Je me fiche de tout sauf de me perdre en elle et elle semble aussi se perdre en moi. Je m'en moque si c'est une illusion.

Elle est la beauté, le bien, le foyer et tout ce que j'ai perdu.

— Prends ça, pétasse.

Je déploie la main qui ne porte pas l'arme sur sa tête, la caressant, ayant besoin de la toucher, de baiser sa bouche, de bouger avec elle, de respirer avec elle.

Elle est si parfaite que ma peau me fait souffrir.

Chapitre Six

MIRA

LA FAÇON dont il m'utilise est violente. Primitive. Dégradante. Tout ce que j'arrive à penser, c'est *n'arrête pas.*

Il m'a prévenue qu'il allait être brusque. Il m'a prévenue que j'allais être inquiète quand il plongerait son membre tout au fond de ma gorge. J'étais prête.

Je n'étais pas prête pour les noms vulgaires dont il m'a affublée.

Ou prête à me sentir sauvagement excitée par tout ça.

C'est comme si nous avions traversé au-delà des limites du mal, et tout est trop torride, et son membre est trop énorme, et j'ai trop de vêtements. Je veux qu'il m'allonge et qu'il m'utilise. Je veux qu'il me fasse tout et n'importe quoi. Qu'il me fasse tout. Je veux qu'il m'allonge et m'utilise comme un morceau de viande, comme il a dit qu'il ferait. Ça se dit vraiment ?

Je recule sachant qu'il rejettera ma tête sur sa verge – *espé-rant* qu'il le fera – et il le fait, ses doigts plongeant dans mon cuir chevelu.

Mes tétons se frottent à ses jambes, chauffant à cause de la friction. Je suis sur le point de jouir. J'en suis sérieusement proche.

D'habitude, j'ai besoin de beaucoup d'aide.

C'est tellement mal. Mal, mal, mal.

Mais c'est Aleksio qui se comporte en Aleksio. Il allait toujours trop loin et je l'ai toujours aimé pour ça.

Je le sens quand il s'apprête à jouir.

— Pas de dents. N'essaie même pas...

Il éjacule dans ma gorge, m'obligeant à avaler. L'orgasme dure indéfiniment. Il tient fermement ma tête dans son poing, haletant.

Je bouge très légèrement ma langue et il serre mes cheveux.

— Bon Dieu ! Ne bouge pas.

Je me sens abasourdie. Mon cœur tambourine. C'était l'expérience sexuelle la plus sauvage et la plus puissante de ma vie et je n'ai même pas joui.

Pas encore.

— Allez, chuchote-t-il après un moment.

Il s'extrait lentement de ma bouche. Je m'assieds sur la table basse, essuyant ma bouche et les larmes sur mes joues.

Ses yeux brillent et je sais qu'il a senti la puissance de ce qui vient de se passer. Cette connexion insensée. Au fond de moi, je sais qu'aucun de nous n'a jamais vécu ça.

Il tend la main et écarte mes cheveux de mon visage.

C'est alors que je vois l'arme dans son autre main, sombre, froide et noire.

Il tenait une arme ? Pourquoi ? Pourquoi aurait-il eu besoin d'une arme ?

— Ne t'inquiète pas, la sécurité était activée.

Il pose le revolver sur le côté, détourne le regard, puis récupère son téléphone par terre. Il appuie sur quelque chose. Une lumière rouge s'éteint.

J'ouvre la bouche en grand.

— C'est quoi ce délire ? Qu'est-ce que tu as fait ?

— J'ai sauvé ton doigt.

Rouge. Une lumière qui signale l'enregistrement.

Il remet son pantalon et remonte la braguette.

Il nous a enregistrés ? Pourquoi nous enregistrer ainsi ? Pendant qu'il tenait une arme ? Pourquoi se donnerait-il l'air d'être un salaud violent me forçant à faire ça ?

Soudain, tout dans la pièce devient trop brillant, trop réel.

— Non !

Je tends la main vers le téléphone.

Il attrape mon poignet, m'attirant sur le canapé avec lui.

Laisse ça.

— Tu vas lui montrer cet enregistrement ? Non !

Je me tords pour me dégager.

— Tu ne peux pas ! ajouté-je.

Il peut et il le fera.

Je suis submergée par la honte tant j'ai apprécié l'acte. Et Aleksio l'a filmé ! Pour faire peur à papa !

— Merde ! poursuis-je.

Je tire d'un coup sec et me tords, essayant d'attraper le téléphone.

— Tu ne peux pas ! S'il te plaît.

— Désolé.

— Oh mon Dieu !

C'est alors que Viktor entre. Il nous regarde calmement, comme si c'était normal qu'Aleksio me malmène. Aleksio lance le téléphone à son frère.

— Regarde.

— Non ! Ne regarde pas !

Viktor tapote l'écran.

— Ne la regarde pas !

Je me jette sur Viktor à présent, mais Aleksio me retient.

— Tu ne peux pas envoyer cette vidéo à papa.

— On ne lui envoie pas ton doigt ensanglanté. Ce n'est pas ce que tu voulais ?

Aleksio. Si détendu, imperturbable. Comme si ça ne voulait rien dire pour lui. Et moi, comme une idiote, prenant mon pied pendant qu'il me rudoyait. Je me suis rendue vulnérable pour lui. Je lui ai montré quelque chose que je ne m'étais jamais montré à moi-même. J'ai envie de mourir.

Viktor met le téléphone dans sa poche.

— Son doigt coupé serait plus extrême. Plus pressant. Mais ça, ce sera plus douloureux pour le vieux.

— Vous êtes des animaux !

Aleksio raffermit sa poigne sur moi.

— Tu dois arrêter de t'emporter ou on va te menotter et te bâillonner.

— Tu dois l'effacer !

— Tu préfères le doigt ? C'est ce que tu es en train de dire ?

Je faisais confiance à Aleksio. Je l'ai suivi dans l'excès et il a déchiré mon cœur. La menace de couper mon doigt semble pâle en comparaison.

— Tu l'envisages ? Merde ! Non, déclare Aleksio en se tournant vers Viktor. Appelle et demande si ce tas de merde est réveillé.

Viktor sort son téléphone.

Finalement, Aleksio doit m'étreindre avec force pour m'immobiliser. J'essaie de le repousser. Je ne veux rien avoir à faire avec lui. Hors de question.

— Aleksio, gémis-je.

Imaginer papa voir cette vidéo me donne envie de vomir. Ce sera probablement la dernière chose qu'il verra avant de mourir.

Viktor parle russe. Il a l'air en colère.

— Qu'est-ce qui ne va pas ?

— Aldo est endormi, dit-il. Il le sera encore quelques heures.

— C'est quoi ce délire ? s'exclame Aleksio.

— Ils ont dû lui donner quelque chose. Il devait leur causer des problèmes.

— Merde !

Il me lâche.

— Ne me force pas à te bâillonner et à te menotter. Je le pense vraiment, me prévient-il.

— Est-ce qu'il a pris ses médicaments ? demandé-je à Viktor. Il en a besoin. Il les garde dans une boîte en plastique dans sa poche.

Viktor lève un doigt. Il reparle en russe. Puis il me fait un signe de tête.

— Il a eu ses médicaments. Il va bien. Il n'est simplement pas réveillé.

Il raccroche.

— Putain !

Aleksio balance une poubelle en cuir de l'autre côté de la pièce.

— Il a essayé de s'échapper ?

Viktor acquiesce.

— Tu es sûr qu'il a pris ses médicaments ? demandé-je.

— Oui, répond Viktor.

Il est endormi. Il nous reste encore du temps alors.

— Cherchons les employés. Mon plan. On va suivre mon plan. Ne l'envoie pas.

Aleksio regarde Viktor.

— Il va rester endormi six heures. Au minimum.

Viktor répond ensuite à sa question tacite.

— Probablement toute la nuit. Ils ont merdé.

Aleksio ferme les yeux.

— Je suis désolé, *brat*. Mes gars...

— Non, je sais. Ils ont répondu à la situation qui se présentait à eux.

Aleksio va jusqu'à la fenêtre et prend une inspiration. Il s'inquiète pour Kiro.

— Tu penses que Lazarus s'intéresse à quoi que ce soit d'autre qu'à nous trouver, mon père et moi ? demandé-je. Il s'en moquera de ton frère.

— Lazarus est une putain d'hyène, Mira. Je pense qu'il s'intéresse à beaucoup de choses différentes.

— On ne peut pas passer la nuit ici, déclare Viktor.

— Je suis d'accord.

Aleksio passe un coup de fil. Je me demande si c'est à Konstantin. J'ai toujours eu un peu peur de Konstantin. C'était le cas de tout le monde. Il avait une cicatrice sur le visage et un comportement de militaire. Un tueur retraité qui gérait la protection des garçons.

Aleksio passe un autre coup de fil et met un enquêteur sur le coup.

— Je veux les noms et les adresses de tous ceux qui travaillaient là-bas. Appelle-moi dès que tu les as, je m'en fous si ça arrive à deux heures du matin. On les trouvera et on examinera leur cas.

Il raccroche.

— Joyeux Noël. On fait ça à ta façon. Au moins jusqu'à ce que papounet se réveille. Non pas que nous ayons le choix.

Je me retourne et regarde le lac sombre, ne voulant plus qu'il voie à nouveau mon visage. Ne voulant plus jamais lui donner un bout de vérité.

Chapitre Sept

Aleksio

L'AUBE EST sur le point de se lever quand nous rejoignons la maison que nous a fournie un agent de change qui nous devait un service. C'est un endroit qui appartenait à l'un de nos usuriers jusqu'à il y a six mois. Un joli petit ranch entouré d'arbres, peut-être à une heure de la ville.

Un bon endroit pour faire profil bas.

Encore mieux, personne ne le connaît, ce qui est une bonne chose étant donné le genre de puissance de feu qui se trouve dans les rues en ce moment.

Notre enquêteur fait le point peu après. Il a localisé le directeur retraité de l'agence Worland dans une ferme dans l'ouest de l'Illinois et il s'y rend. Il est certain que cette personne détient la clé. Il fera tout ce qu'il faut. J'envoie l'un de mes gars pour l'aider.

Nous donnons à Mira la plus belle des chambres : la suite. Elle a une porte coulissante qui donne sur un patio et a le droit de sortir tant qu'elle se comporte bien.

Je vais courir pour m'éclaircir les idées. Je devrais chercher de nouvelles pistes pour trouver Kiro, mais je n'arrive à penser qu'à la sensation de sa bouche sur mon sexe, et celle de ses cheveux dans mon poing.

Je n'ai jamais ressenti ce genre de connexion avec une femme auparavant. La façon dont elle s'oppose à moi. Sa manière de faire sauter mes barrières.

J'ai baisé son visage, mais c'est moi qui ai été envahi.

Je retourne ensuite dans la cuisine. Viktor est là. Il me dit qu'Aldo Nikolla est toujours endormi et que l'enquêteur est toujours en route.

Le rire de Mira envoie une décharge dans ma poitrine.

Je regarde par la fenêtre de la cuisine et la vois, assise dans le patio avec Yuri et deux autres Russes.

Elle porte un jean une taille au-dessus de la sienne et une chemise nouée sur son ventre. Ses cheveux épais sont rassemblés en une queue de cheval au sommet de son crâne, dans le style pom-pom girl. Les mecs russes de Viktor et elle semblent plaisanter. Elle sourit même à un moment.

— On devrait arrêter ça.

— Elle est sous contrôle, répond Viktor.

Le contrôle n'est pas le problème.

Néanmoins, j'ignore comment expliquer correctement le satané problème donc je me retourne.

— Tu lui as proposé un café ? Dans la tasse qu'on a ramenée du manoir ? Et à manger ?

— Elle a pris un café. *Dans sa tasse.* Elle a dit qu'elle ne mangerait pas.

— Elle doit manger.

Viktor hausse les épaules.

— Une personne peut passer des semaines sans nourriture et survivre.

Évidemment qu'il dit ça. Même maintenant, il voit le fait de manger trois repas par jour comme une extravagance.

— Pas quelqu'un comme Mira.

— Si, quelqu'un comme Mira aussi.

Viktor se tourne vers moi.

— En revanche, personne ne peut se passer de sommeil. Tu dois dormir.

Il s'en va.

C'est ça. Dormir. Impossible d'avoir un sommeil paisible. Pas dans cette vie. À chaque fois que je ferme les yeux, je suis de retour avec Konstantin, dont les doigts à l'odeur de cigare couvrent ma bouche comme si ma vie en dépendait, me faisant taire. La façon dont ma mère a crié quand Lazarus l'a attrapée. Son regard terrifié qui se reflétait dans la fenêtre. L'éclat d'une lame dans les mains d'Aldo Nikolla.

Encore des rires. Ils lui apprennent le russe. Elle répète une phrase, essayant de la dire correctement. Ses yeux sont si grands ; ils me rappellent parfois ces dessins égyptiens dans ces tombes, sauf qu'ils ne sont pas troublants et mal faits. Ses yeux sont parfaits.

Je décide de lui préparer un véritable petit-déjeuner. J'inspecte le réfrigérateur et identifie tous les ingrédients pour une frittata.

Je verse le paprika dans un bol, portant mon attention sur le repas que je prépare, mais elle est toujours un fantôme sur ma peau. Les griffures qu'elle a faites sur mes cuisses m'ont brûlé quand je courais. Une brûlure agréable. Elle avait presque l'air d'apprécier. Elle jouait un rôle, je sais. L'animal humain ferait tout pour survivre, pour aider sa propre espèce.

Je coupe un citron et le presse dans le mélange.

Viktor revient et je sais ce qu'il va dire à la seconde où il pose les yeux sur le repas que je suis en train de préparer.

— Sérieusement, *brat* ? Quand je vois tout ça...

Il fend l'air de la main pour désigner la scène dans la cuisine.

— ... je ne pense pas à un homme prévoyant de montrer cette vidéo au père de cette fille pendant qu'elle pleurera.

— Est-ce que je me suis déjà empêché de faire ce qu'il fallait ?

Je lui lance un regard sévère. C'est simple de faire les choses dures et mauvaises. On apprend à bloquer ses émotions. À se rendre dense, comme du ciment, et à le faire simplement. Nous savons tous les deux cela.

Il acquiesce une fois.

— D'accord, alors.

Je me remets au travail.

— Et il y aura de la frittata pour toi aussi.

Il me regarde m'affairer. Son silence ne me trompe pas.

— Quoi ? demandé-je.

Il fait un signe de tête en direction du patio.

— Tu ne pourras jamais l'avoir. Elle est tellement hors de portée...

Je sais qu'il a raison, mais tout ce à quoi je peux penser, c'est la façon dont elle a levé les yeux vers moi pendant qu'elle me suçait. Ses lèvres serrées, le glissement de sa langue, toute cette dérision faisant monter la température à cinq cents degrés. Une pure flamme ardente.

Puis j'ai rendu cet acte horrible.

— Tu ne pourras jamais l'avoir, poursuit-il. Si tu t'autorises à le penser, ça te fera simplement souffrir.

— Est-ce que tu me remets en question, là ?

— Je te regarde faire une frittata.

J'en ai préparé pour lui, une fois, quand l'un de ses meilleurs hommes de main s'est fait tuer. Je lui ai dit que c'était mon repas magique.

Viktor prend son arme et le produit nettoyant.

— La princesse est dans le château. Son père nous a tout pris et le lui a donné. Elle ne mérite rien de bien. Tu devrais lui dire ce qu'il a fait. Ce que tu as vu.

Il l'a vu aussi, bien sûr, mais il n'avait que deux ans.

— On lui prend suffisamment de choses.

Il commence à démonter l'arme.

— Pas à côté de la nourriture, dis-je en montrant le lubrifiant. Je ne veux pas que ça en prenne l'odeur.

Je coupe les tomates cerises en deux. Elles sont plus faciles à manger de cette façon.

— Elle est l'ennemie.

— Tes mecs sont en train de sympathiser avec elle.

Il ricane.

— Ils lui apprennent des phrases de films russes de la pègre. Ils trouvent que c'est marrant.

Je m'approche de lui pendant qu'il s'affaire. Ils sont tous en train de faire tournoyer leurs armes désormais, apprenant à Mira comment faire.

— Mais pourquoi ils lui donnent une arme, bordel ?

— Détends-toi. Ils ne lui donneraient pas un revolver chargé.

Bien sûr que non.

— Ils lui apprennent à être Sergei Kazan. Dans les films, il fait tournoyer son flingue comme ça et dit : « Vas-y, essaie, bébé, et je vais tellement te remplir de plomb qu'il te sortira par le cul. » C'est drôle si tu connais Sergei Kazan. Très grossier. Ils lui apprennent ces phrases. C'est comme apprendre à un chat à parler.

Je lui lance un regard noir.

Il a un sourire en coin.

— Quoi ? Ils s'ennuient. Tu veux les laisser se la taper à la place ? Je suis certain qu'ils aimeraient aussi faire une vidéo pour son père.

En un éclair, je le bouscule de sa chaise et le colle contre le mur.

— Tu vois ? dit-il en haletant. Tu t'autorises à penser que tu peux l'avoir.

Mon sang ne fait qu'un tour. Je me vois agir comme un idiot, à le pousser contre le mur, nez à nez avec mon frère.

Son regard est calme.

Bon sang. Je le relâche.

Il reste debout, sans prendre la peine de se rajuster correctement.

— Je crois que Konstantin s'y est très mal pris pour certaines choses. Il n'aurait pas dû te montrer autant de photos de cette fille. Tu l'as vue grandir.

— Et donc ?

— Elle mangeait quand tu étais affamé. Elle riait quand tu pleurais. Elle était en sécurité pendant que tu te cachais. Mais je ne pense pas que c'est ce qui transparaissait, n'est-ce pas ?

— Peut-être que je me branlais ? dis-je.

Il sourit.

— Tu es doué pour ça.

— Qu'est-ce que c'est censé vouloir dire ?

— Tu es doué pour répondre à une question par une autre question. C'est ce que tu viens de faire. Comme un combattant. Esquivant le coup.

Il détourne le regard. Il a raison, bien sûr. J'ai passé de longues heures à la regarder, me demandant comment elle s'en sortait. Si elle avait trouvé d'autres amis.

J'essayais de me souvenir comment c'était de me sentir en sécurité. D'avoir des gens qui prenaient soin de moi. Je dois tout à Konstantin, mais nous n'étions pas comme une famille. Plus comme un armurier et un revolver.

Un appel retentit. L'enquêteur a retrouvé l'ancien directeur de Worland à un cours de yoga.

— Je l'aurai dans l'heure, annonce-t-il.

Viktor recommence à nettoyer son arme, comme l'excellent mafieux qu'il est.

Je sors le parmesan. Puis j'ai une idée quant à l'angle avec lequel poursuivre. J'appelle Tito.

— Le comptable dont le vieux Nikolla se servait... Ligne. Retourne le voir. Fais comme si nous avions quelque chose de nouveau. Essaie de le remuer comme ça.

— On avait décidé que Ligne ne savait rien, déclare Viktor une fois que je raccroche. Il était tenu dans l'ignorance.

— C'est juste une nouvelle stratégie. On a quelques heures.

Viktor tient la fenêtre d'éjection à la lumière. Il a tendance à se concentrer sur sa passion pour l'armement, tout comme Konstantin. Il se tape parfois des femmes, mais il s'intéresse vraiment aux armes.

— Tu penses vraiment que le vieux comptable cache quelque chose ?

— Je ne sais pas.

— Tu ne veux pas montrer la vidéo au vieux, observe-t-il.

Je laisse le bruit de mon couteau en train d'émincer remplir le silence.

— Ne laisse pas ce jeu de manipulation te briser, mon frère.

ELLE EST ALLONGÉE sur un transat quand je sors avec les assiettes. Un livre sur ses cuisses, face au soleil.

Elle est belle, mais pas autant que lorsqu'elle me suçait dans cette chambre d'hôtel, les yeux brouillés par le désir au-dessus des taches de mascara.

Les Russes sont invisibles autour du périmètre désormais, mais elle sait qu'ils sont là. En grandissant, Mira et moi avions toujours conscience des gardes du corps. Nous nous sommes liés grâce à notre haine d'être observés. Nous nous amusions à leur échapper, comme si c'était un jeu. Mira riait et courait, tout comme moi.

Je pose deux assiettes sur la table et tire une chaise.

— Viens, grogné-je.

— Des nouvelles de mon père ?

— Il n'est pas encore réveillé. Viens.

Elle observe le périmètre délimité par la forêt.

— Des pistes sur la personne qui pourrait nous donner la clé du code ?

— Notre mec est à ses trousses. Il l'a retrouvé dans une classe de yoga.

— Merci mon Dieu.

— Ça ne veut pas dire qu'il a le code. On va peut-être devoir passer au plan B.

Elle fronce les sourcils. Elle n'est pas fan du plan B.

— Papa t'a dit tout ce qu'il pouvait. Il ne mettrait pas ma vie en jeu.

Je meurs d'envie de lui dire qu'elle laisse son optimisme la rendre stupide. C'est tellement typique de Mira de croire en lui ainsi. De croire que les gens sont bons. C'est un luxe qu'elle a, puisqu'elle a grandi en paix.

Une part de moi veut le lui enlever.

Une plus grande part de moi veut qu'elle le garde, j'imagine, puisque je tire encore sa chaise bruyamment d'un centimètre.

Elle se lève. S'approchant, elle jette un coup d'œil à la nourriture.

— Ça aussi tu vas me l'enfoncer dans la bouche ?

Je souris. Juste un sourire et elle devient rouge. Elle sait que je m'en souviens. Que je rejoue la scène. Elle était si torride et continue de flotter entre nous.

— Assieds-toi, bordel, grogné-je.

Elle s'assoit.

Elle se raidit quand je touche sa queue de cheval brillante, incroyablement lisse. Toutes ces photos. La fille souriante dans la vie parfaite. Je mets sa queue de cheval sur le côté et touche sa nuque. C'est doux et secret. Sensible. C'est un bon endroit. Un endroit que j'aime.

— Peut-être que je *vais* te l'enfoncer dans la bouche, dis-je. Je parie que tu aimerais.

Le rouge lui monte aux joues et dans la nuque.

— Brusquement, rapidement, méchamment. Ça te dit ? Parce que tu aimes quand c'est tordu.

Elle se tourne pour me regarder.

— J'ai plutôt aimé quand c'était tordu, confesse-t-elle. Je ne sais pas quoi en penser.

Mon cœur tambourine. Seule Mira me livrerait une confession honnête. La plupart des gens s'accrochent à leur bouclier, mais pas Mira. Elle le baisse. Elle vous montre son cœur.

Tu ne pourras jamais l'avoir. Je répète les mots de Viktor comme un mantra. *Tu ne pourras jamais l'avoir. Jamais l'avoir.*

— Je vais être honnête, une part de moi est juste un peu horrifiée que j'aie été excitée, mais j'étais *tellement* dedans. En temps normal, je serais folle si un mec se montrait si tyrannique avec moi. Mais pendant le sexe ? J'ai adoré quand tu...

Elle baisse la voix.

— Quand tu as attrapé l'arrière de mon crâne et... tu sais, que tu me l'as enfoncée dans la bouche ? Je n'aurais jamais pensé que j'aimerais ce genre de choses. Mais c'était torride, tu ne crois pas ?

Je baisse les yeux vers elle, à bout de souffle. Je me dis : je vois des étoiles. Je me dis : je veux le refaire. Je suis censé me concentrer sur Kiro, pas sur le fait d'emmener Mira dans la chambre.

— C'était si sale et interdit. J'ai eu l'impression que nous étions partis ailleurs, ou que nous étions juste étrangement connectés de cette nouvelle façon et...

Je referme mon poing autour de la queue de cheval et tourne.

Elle entrouvre les lèvres. Ses yeux ont des petits points couleur caramel au soleil. Comme les éclats d'un verre de bière.

J'ai tellement envie d'elle que je vais peut-être m'enflammer. C'est un jeu dangereux et pas simplement pour elle.

— Une connexion ? grogné-je. Réveille-toi. J'ai baisé ta bouche et j'en ai pris une vidéo.

— Oui, je me souviens de cette partie.

— Alors ne transforme pas ça en sorte d'exploration sensuelle. Je crois que toutes ces émanations de colle à chaussures te sont montées au nez ou un truc du genre.

Je tords ses cheveux dans mon poing et les relâche.

Elle fronce les sourcils et pose sa serviette sur ses genoux avant de prendre sa fourchette. Elle la fait pivoter sur une dent, décrivant un petit arc.

— Oh, Aleksio.

— *Oh, Aleksio ?* Vraiment ? C'est ce que tu as envie de me dire, là ?

— Tu as toujours été *tellement* sérieux.

Elle chuchote et je repense à ce canapé, à l'hôtel.

Elle aime que ce soit brusque, elle me l'a dit. C'est mal qu'elle me l'ait dit, parce que maintenant, tout ce à quoi je peux penser, ce sont ses lèvres sur mon sexe. Ou la sensation que cela me procurerait de la tenir et d'être en elle.

Elle aimerait ça. J'aimerais clairement ça.

Kiro est dehors, en danger, et chaque mafieux de Chicago veut me tuer pendant que je suis obsédé par l'idée de coucher avec Mira. Comme si nous avions trouvé cette chose en commun, comme des drogués à une fête ennuyeuse se rendant compte qu'on pourrait peut-être se faufiler dehors.

Peut-être que c'est à cause de la pression que je pense tout ça.

— Ferme-la et mange ou je donnerai ton repas aux chiens.

Je m'assieds en face d'elle.

— Et ne joue pas avec tes couverts, grogné-je.

Elle arrête de jouer avec la fourchette et l'appuie sur le côté de la frittata.

Tito et Viktor ont mangé la leur avec leurs mains, mais elle a de parfaites manières en toute occasion. Je me rappelle qu'elle est la fille pourrie gâtée d'Aldo, avec ses sourires et sa vie en sécurité.

Peut-être que nous avons un genre de connexion, mais ça n'aura pas d'importance si la vie de Kiro est en jeu. Je vais faire ce que je dois faire.

Je fais toujours ce que je dois faire. Aucune femme ne changera ça. Pas même Mira.

Elle prend une petite bouchée.

Je devrais baisser les yeux, mais c'est trop tard. Je la regarde. Je retiens mon souffle.

Contrairement à ce que vous pourriez penser, quand quelqu'un goûte pour la première fois quelque chose qu'il trouve délicieux, vous verrez rarement un air béat sur son visage. Plutôt un air surpris et écœuré. Je ne sais pas pourquoi les gens affichent un air surpris et écœuré quand ils goûtent quelque chose de délicieux, mais c'est toujours le cas.

Alors quand je la vois afficher cet air, je me sens bêtement gratifié. Je baisse les yeux comme si je m'en moquais, mais mon cœur tambourine comme un foutu marteau-piqueur.

— Oh mon Dieu, dit-elle. Qui a fait ça ?

— Ne te l'ai-je pas dit ? On a également kidnappé Wolfgang Puck. On l'a ramené ici pour qu'il cuisine comme un dingue. Je vais le baiser avec une batte de base-ball tout à l'heure.

Elle ricane.

— Allez, Aleksio, sois sérieux.

Je ne réponds pas. Je ne devrais pas essayer de lui offrir de bonnes choses. Je devrais faire le contraire, c'est tout l'intérêt ici.

Elle prend une autre bouchée. Cette fois-ci, ses yeux se referment.

— Oh, waouh. Est-ce qu'il y a des noisettes ?

— Qu'est-ce que tu es ? Une journaliste de *Gourmet Magazine* ?

— C'est délicieux.

Je baisse les yeux vers mon assiette alors que mon cœur gonfle parce qu'elle se sent bien grâce à moi. C'est stupide. Ce sera encore plus difficile de lui faire du mal.

Ne laisse pas ce jeu de manipulation te briser a dit Viktor.

Chapitre Huit

MIRA

ALEKSIO A DES CILS injustement longs et sexy – des franges de girafe, comme ma mère les appelait – et quand il baisse le regard vers son assiette, ces franges dissimulent complètement ses yeux. Il le sait, bien sûr. Il veut me couper de son monde, m'ignorer.

Il n'est plus ce gentil garçon. Je le sais. Il n'est plus mon ami. Néanmoins, il m'a enlacée quand j'ai pleuré. C'était réel.

La façon dont il m'a parlé de sa brûlure semblait être un secret juste pour moi.

Et la sensation provoquée quand nous étions ensemble, sexuellement, ne ressemble en rien à ce que j'ai déjà connu.

Il ne devrait pas compter pour moi. Il est le dernier homme pour qui je devrais ressentir quoi que ce soit.

Je refuse de croire qu'il va me couper le doigt.

Mon Dieu, il ne peut pas le faire pour de vrai. Le choc de mon père à la vue de mon doigt pourrait le tuer. Aleksio ne le sait pas et je ne peux pas lui dire, mais papa devient sérieusement malade à la vue du sang. Et c'est le genre de choc qui s'avère dangereux pour son cœur.

Personne n'est au courant de l'aversion de papa pour le sang. C'est un secret qu'il cache même à ses plus proches associés. Un secret qu'il nous a demandé, à maman et moi, de ne jamais divulguer.

Un *mafioso* ne peut pas avoir une aversion pour le sang. Impossible. Ça lui donnerait l'air faible dans le monde des clans albanais et c'est surtout mauvais pour l'image du supposé féroce leader du clan vicieux du Black Lion.

Je devine qu'il a dû se retrouver face à du sang de nombreuses fois dans sa vie, mais qu'il ne le regarde jamais directement. Il fait semblant. C'est ainsi qu'il le dissimule. Mais s'il ouvrait une boîte avec mon doigt ensanglanté à l'intérieur ? Le choc serait bien trop fort pour son cœur. Le choc le tuerait.

Mais la vidéo pourrait également le tuer.

Non. On trouvera la clé du code. Elle est là, quelque part. Leur gars a déjà suivi la piste du directeur.

Personne ne peut voir cette vidéo.

Sauf peut-être moi. Comment ce serait de nous voir ainsi ?

Je revois la façon dont il a baissé les yeux vers moi quand je l'avais dans ma bouche.

Il m'a observée comme si j'étais la chose la plus incroyable qu'il avait jamais vue. Comme si nous étions connectés de cette façon insensée et malsaine. Aleksio, assis au-dessus de moi dans toute sa gloire brutale, mon ami, le gentil Aleksio devenu un homme dangereux.

Remonter les jambes d'Aleksio m'a semblé malsain et bon. J'ai aimé ne pas avoir le choix. C'était encore plus excitant.

C'est vraiment tordu, non ?

Toute ma vie, j'ai essayé de me défaire de l'emprise d'hommes comme lui, et soudain je rampe sur ses jambes, suppliant d'être utilisée. Mais c'est ainsi quand on n'a pas le choix. On le fait quoi qu'il en soit. On le fait même si on déteste, et on le fait même si c'est une chose tordue qui finalement nous plaît.

Ça m'a prise par surprise lorsqu'il m'a attrapé les cheveux et qu'il a pris le contrôle si violemment. Tout mon corps s'est mis au garde-à-vous. Sa verge avait le goût de la virilité, des secrets et de tout ce qui était interdit.

Tout ce que je voulais, c'était qu'il me pousse à aller plus loin et il l'a fait.

Mon Dieu, la façon dont il m'a parlé. Les noms vulgaires. L'intensité de son souffle. La façon dont nous avons échappé à tout contrôle.

Sa rudesse était un cadeau interdit. Aleksio allait toujours trop loin. Sa rudesse avait semblé... familière.

Je te connais, ai-je songé.

Puis, il a fait de ce moment quelque chose de répugnant avec la caméra et l'arme.

Je soupire et fais tournoyer ma fourchette.

Il n'a pas sa veste de costume, juste une cravate lâche par-dessus sa chemise blanche. Tout ce blanc en contraste avec ces cheveux chocolat un peu trop longs. Il est parti faire un footing plus tôt et apparemment il s'est rasé ensuite, ses joues sont douces et nettes, lui donnant un faux air innocent. Un air angélique.

— On va lui montrer dès qu'il se réveillera.

— Ça va le tuer.

Il met un coup de fourchette dans ses légumes.

— Tu devrais prier pour qu'on trouve la clé, alors.

— C'est juste une question de temps.

Il coupe un morceau de frittata et le lève, l'examinant.

— Comment une princesse pourrie gâtée qui fait du shopping à l'international comme si c'était un sport extrême peut connaître les clés d'anatomisation ou je ne sais quoi ?

Mon pouls s'accélère.

Aleksio est exactement le genre de personnes qui ne devraient pas être au courant de ma vraie vie.

Je hausse les épaules.

— Tu es en train de me dire que tu n'as jamais eu affaire à des informations inexploitables dans ta vie ?

S'il se rend compte que je réponds à sa question par une question, il ne le montre pas.

Je prends une autre bouchée du meilleur repas que j'ai mangé de l'année, même si Aleksio ne semble pas s'y intéresser.

Petit Vik sort. Peu importe ce qu'il a à dire, c'est mauvais.

Aleksio le voit aussi.

— Quoi ?

Il secoue la tête.

Aleksio se lève et attire son petit frère plus loin. Je sens les problèmes, le chaos. Des portes claquent à l'intérieur de la maison. Des mecs sortent.

Je regarde fixement le téléphone d'Aleksio, toujours sur la table. *Son téléphone.*

J'observe Aleksio et Viktor, puis le téléphone, et à nouveau Aleksio. Je pourrais l'attraper et supprimer la vidéo. C'est ma chance. Il l'a peut-être sauvegardée, mais j'ai le sentiment qu'il ne l'a pas fait, étant donné qu'il a été très occupé.

Il va être en colère. Et c'est un pari, mais je ne crois pas qu'Aleksio prendra mon doigt au final.

Je ne veux pas y croire.

Je saisis rapidement le téléphone. Je trouve le fichier, appuie sur supprimer, confirme la suppression. Et juste comme ça, il disparaît. Je le repose et prends ma fourchette.

Aleksio revient et attrape son téléphone ainsi que la veste de son costume. Il l'enfile et arrange les manches de sa chemise.

Le sang martèle dans mes oreilles. J'espère avoir pris la bonne décision.

— Que se passe-t-il ?

— Ligne est mort.

J'ouvre la bouche en grand.

— Frankie ? Frankie Ligne ?

Aleksio acquiesce.

— Tu en es sûr ?

— Il est très certainement mort, oui, affirme Viktor.

— C'était juste un gentil vieillard. Pourquoi vous...

— Nous ne l'avons pas tué, crache Viktor.

— Qui ?

— Lazarus le Sanglant, grogne-t-il.

— Pourquoi Lazarus tuerait quelqu'un de sa propre organisation ? Le confident de mon père...

Viktor me lance un regard blasé. Du genre *vraiment* ? Deux des Russes sortent, prêts et armés.

Ça ne peut pas être vrai.

— Lazarus ne tuerait pas Ligne. Ils sont du même côté.

— Vois ça avec les témoins que Viktor a rassemblés, répond Aleksio. Sinon, on a la clé du code.

— On peut lire les dossiers maintenant ?

— Oui, dit-il. Si nous avions les bons. Les dossiers d'adoption illégale étaient cachés au sous-sol dans le carton *dossiers de maintenance*.

— Vous avez fait toute cette descente pour prendre les mauvais dossiers ?

Tito sort, un Glock à la main.

— Attendez ! Qu'est-ce que vous faites ? Vous ne retournez pas à Worland...

— Jusqu'à ce que papounet se réveille, c'est tout ce que nous avons.

Bien sûr. Il ferait n'importe quoi pour trouver son frère et quand ce sera le cas, il l'aimera sauvagement et sans condition.

L'amour d'Aleksio est du genre dangereux et brise toutes les règles. C'est lui qui tue et kidnappe pour retrouver son frère.

C'est lui qui tire mes cheveux et m'enfonce sa verge dans la bouche.

Je ne devrais pas penser que c'est beau.

Il se retourne et s'en va avec ses hommes, passe la porte du patio et traverse la maison.

La porte d'entrée claque. Les portières de la voiture aussi. Je me tiens là, toute seule, bêtement mélancolique.

Chapitre Neuf

Viktor

La zone autour de Worland est silencieuse en ce dimanche après-midi. Nous nous sommes garés à quelques pâtés de maisons et nous sommes séparés, avançant dans le voisinage comme des ombres.

Les vieux bâtiments de Chicago sont très imposants. Les immeubles du vieux Moscou ont fait appel à plus d'imagination. Je me suis déjà disputé avec Aleksio à ce sujet.

J'avance à ses côtés. Tito et Yuri vont dans la direction opposée.

Nous sommes tous sur le qui-vive.

Frapper cet endroit une deuxième fois, c'est de la folie. Nous nous cachons dans l'obscurité, loin du soleil de l'après-midi, tels des vampires.

— Il n'a peut-être pas appris ce qu'il s'est passé hier, déclare Aleksio avec espoir.

Peut-être. Mais si Lazarus le Sanglant a entendu parler de notre raid d'hier, un raid le même jour que la disparition d'Aldo

Nikolla, il pensera sûrement à Kiro. Nous ne pouvons être certains de ce que sait Lazarus. Il a peut-être appris grâce à Ligne où se trouve Kiro.

Notre tentative pour sauver notre frère finira peut-être par le tuer.

Pourtant, nous devons tout de même le faire.

Nous avançons. Nous nous cachons. Nous écoutons.

On dit qu'un enfant qui a une vingtaine de mois ne peut se souvenir de rien, mais je me rappelle la violence. Je me souviens de la peur et de la mort. Mes souvenirs s'apparentent plus à des gribouillages foncés qu'à des photos. Ce sont quand même des souvenirs.

Cependant, je ne savais pas qu'ils étaient américains.

Lorsqu'Aleksio est venu dans notre garage à Moscou, je ne l'ai pas reconnu, mais lui, il m'a reconnu.

Avec ses vêtements qu'on ne voit qu'à la télé et ses cheveux négligés d'américain, Aleksio semblait vraiment étrange, vraiment hors de son élément. Je me suis demandé si je l'avais connu en tant que petit garçon à l'orphelinat. Puis il a commencé à parler. Un frère, a-t-il dit.

Yuri est arrivé derrière moi, étonné. *Brat*, a-t-il déclaré. Yuri n'avait rien entendu de ce qu'Aleksio avait dit, mais il a regardé nos visages et su que nous étions frères. Il a alors claqué une main sur mon épaule encore et encore, si heureux. Yuri et moi avions grandi ensemble à l'orphelinat, rêvant toujours d'une famille.

L'orphelinat était le terrain privilégié de la mafia russe pour le recrutement. Ils adoptaient les garçons costauds et nous élevaient comme des chiens de combat. C'était vicieux à l'extrême.

— RAS, visiblement, déclare Aleksio en ne voyant rien dans l'allée.

Tito nous fait un signe de la main tandis que Yuri et lui se trouvent sur le flanc gauche avec quelques-uns des hommes d'Aleksio. Nos deux groupes ont appris à bien avancer ensemble durant l'année qui vient de s'écouler. Nos techniques ont fusionné – son gang, mon gang.

À gauche se trouve une benne à ordures d'où dépassent des cageots provenant du restaurant de l'autre côté de l'allée. Nous la contournons furtivement, évitant les caméras, restant dans l'ombre.

Mon regard se fixe sur celui de Yuri, de l'autre côté de l'allée. Nous attendons. Nous laissons la zone nous parler.

Yuri et moi avons rapidement gravi les échelons au sein de la *Bratva*. J'étais censé rester un soldat de la *Bratva* jusqu'à ce qu'ils remarquent ma capacité à imiter les acteurs américains qu'on voyait à la télévision. Je comprenais ce qu'ils disaient alors que personne ne le pouvait.

Ils m'ont envoyé prendre des cours.

J'ai rapidement et facilement intégré l'étrange grammaire anglaise. Tout le monde était émerveillé.

Grâce à mon bon anglais, j'ai été nommé tueur à gages. Une fois, j'ai passé dix jours à New York afin de pourchasser un homme qui tentait de fuir la *Bratva*. Je n'avais jamais imaginé que j'étais né en Amérique et que j'avais passé mes vingt premiers mois ici – jusqu'à ce qu'Aleksio vienne dans notre garage et me parle d'Aldo Nikolla, l'homme qui a tué nos parents et volé nos vies.

Il a dit que nous le ferions payer et Lazarus aussi, parce que celui-ci l'avait aidé.

Et que nous trouverions notre petit frère, Kiro, avant de reprendre notre empire.

Avec la bénédiction de mes supérieurs, j'ai pris cinq de nos meilleurs hommes, y compris Yuri, et je suis allé à Chicago avec Aleksio. Évidemment, nos parrains de la mafia ne nous avaient pas laissés partir par charité. Avoir quelqu'un au sommet de l'une des organisations criminelles les plus puissantes de Chicago serait une bonne chose.

Al Capone ! C'est ce que Mischa et les mecs ont dit quand on leur a annoncé qu'ils m'accompagneraient. Chacun d'eux avait prononcé le nom d'Al Capone.

Chicago, c'était Al Capone pour moi aussi, jusqu'à ce que je rencontre Aleksio.

Yuri se glisse jusqu'à l'une des fenêtres. Il espionne l'intérieur en appuyant un dispositif d'écoute sur un petit carré de vitre incassable.

J'échange un regard avec Aleksio. Il incline la tête. *Pour l'instant, tout va bien.* Peut-être que nos ennemis ne savent pas.

Yuri se penche.

— Silencieux, dit-il. Trop silencieux.

Tito se place à côté du dispositif. Tito est le bras droit d'Aleksio. Son Yuri.

— Qu'est-ce que tu en penses ? demande Aleksio à Tito.

— On dirait un piège, ça sent le piège. C'est un piège.

Tito aime que les pointes de ses cheveux soient blondes. Il est vraiment impressionnant.

— Un piège, dis-je.

Nous avons des hommes dans le quartier et ils nous tiennent au courant. Personne n'observe.

Aleksio regarde le bâtiment imposant de haut en bas.

— Les dossiers sont juste à l'intérieur et nous avons la clé pour les décoder, déclare-t-il.

Hors de question qu'on prenne un risque. Aldo Nikolla peut parler ou non. Le dossier est sûr.

Nous discutons de ce que nous ferions si nous étions à la place de Lazarus le Sanglant s'il pensait que nous étions de retour.

— J'envisagerais de cramer cet endroit, dit Tito. Mais ensuite je me demanderais comment faire pour avoir un maximum de morts ? Pour moi, ça sent les explosifs. Et si je n'avais pas beaucoup de temps ? Des explosifs connectés à la porte.

— Ou au système d'alarme, interviens-je. Au son, aux vibrations.

Nous nous limitons à la porte. C'est plus facile, plus malin, plus rapide.

— Alors peut-être qu'on devrait passer sur le côté. Par ce vieil escalier de secours, montre Aleksio.

L'escalier de secours tombe à moitié en ruines, mais il tient toujours.

— Que se passe-t-il si nous brisons cette fenêtre ?

J'attrape une brique et la lance. Elle fracasse la fenêtre. Nous nous appuyons contre le mur, attendant une explosion.

Rien. Nous avons donc notre entrée.

Nous nous disputons pour savoir qui va entrer.

— Je n'envoie personne là où je ne peux pas aller moi-même, grogne Aleksio.

Il est comme ça, un leader puissant.

Mais la fille va lui causer des ennuis.

Aleksio s'approche furtivement et bondit sur le barreau le plus bas de l'échelle de l'escalier de secours. La ferraille couine alors qu'il commence à grimper, en parfait équilibre, tel le criminel chevronné qu'il est. Quand il arrive au troisième étage, il jette sa veste sur le rebord de la fenêtre et s'y hisse à la force de ses doigts.

Avec lui, on a l'impression que c'est facile. Mais ça ne l'est pas.

Aleksio est un allié puissant, néanmoins une fille comme Mira va l'affaiblir.

J'ai aimé une fille, un jour, puis j'ai dû la tuer.

Assassiner la fille que j'aimais m'a beaucoup affaibli pendant très longtemps.

Lorsqu'Aleksio est à moitié passé par la fenêtre du troisième étage, une explosion retentit à l'étage en dessous de lui. Les murs cèdent.

— Putain de merde !

Je bondis hors de l'obscurité, courant vers Aleksio alors qu'il retombe sur l'escalier de secours et s'agrippe au poteau rouillé. La structure se sépare du bâtiment pendant qu'Aleksio s'y accroche. Elle se tord et couine.

Aleksio retombe dans l'allée. Il se recroqueville et roule par terre. Je l'attrape, l'attire derrière la poubelle. Il est blessé. Sa cheville, je pense.

— Putain de merde, dis-je alors que le fusil d'assaut démarre.

Un piège, comme nous le redoutions.

Nos hommes tirent en retour.

— Mais d'où est-ce qu'ils venaient ? s'exclame-t-il.

— On gère, *brat*.

Nos hommes les contiennent. Les flics seront bientôt là.

— Tu peux marcher ?

Aleksio arbore un regard sévère. Oui, il pourra.

— Je le tiens, dit Tito. Aide-les à nous couvrir.

Tito veut que je tire puisque je suis le seul tireur d'élite ici. J'appuie mes avant-bras sur le couvercle en métal de la poubelle et focalise mes sens sur nos assaillants. Je me concentre et me calme, respirant, appuyant sur la détente, respirant, appuyant sur la détente. Mes balles trouvent leurs cibles alors que Tito s'éloigne avec Aleksio.

Ils reviennent sans tarder dans un crissement de pneus à bord d'une vieille Cadillac. Je plonge à l'arrière avec les autres.

Nous partons, semant rapidement nos opposants. Ils pensaient que nous serions à l'intérieur lors de l'explosion. Ils étaient prêts pour éliminer les survivants, pas pour un véritable échange de coups de feu.

Aleksio est à l'arrière avec moi. Il se concentre sur sa respiration, repoussant la douleur. Yuri nous jette le kit de premier secours. Je tapote ma cuisse et Aleksio soulève sa jambe pour la poser sur moi. Il grimace quand je commence à défaire sa chaussure.

J'ordonne à Yuri d'appeler son gars, celui qui retient Aldo Nikolla. Il est l'heure d'envoyer la vidéo.

J'enlève la chaussure. La douleur inscrite sur le visage d'Aleksio ne concerne pas simplement sa cheville. Oui, je sais ce que cette frittata signifiait.

— C'est juste une entorse, grogne-t-il.

— C'est ce que tu espères.

Je touche son talus. Il grimace. Je touche un autre endroit.

— Arrête. La cheville est foutue, d'accord ? Y a-t-il autre chose à savoir ?

Je déchire un vieux T-shirt et commence à l'enrouler autour de son pied.

C'est vraiment mauvais qu'on n'ait pas réussi à prendre les dossiers. Il n'y a plus qu'une source d'information désormais : le vieux. Aleksio ne veut pas montrer à Aldo la vidéo où il se fait sucer par sa fille. Néanmoins, il fera ce qu'il faut pour sauver Kiro.

Sa tête est inclinée en arrière. Il est accablé par des douleurs en tout genre.

— Aldo Nikolla est réveillé, déclare Yuri depuis l'avant de la voiture.

— Bien. On le fait maintenant, déclaré-je. On montre la vidéo. Dis-lui que ce sera bien pire la prochaine fois.

Aleksio siffle en expirant.

J'attrape son téléphone, le déverrouille et fais défiler l'écran. Il sait que ça doit être fait. Lazarus est en chasse désormais. Il a tué Ligne, cramé l'agence Worland. Il veut retrouver Kiro avant nous.

— Où est la vidéo ? demandé-je.

Aleksio prend le téléphone et fait à son tour défiler l'écran. Il fronce les sourcils.

— Quoi ?

— Attends, dit-il.

Il tapote davantage sur le téléphone, puis s'exclame :

— Merde.

Il renchérit :

— Merde !

— Quoi ?

— Elle n'est plus là.

— Comment ça ?

Il me jette un coup d'œil en coin.

— Elle l'a effacée.

Je ferme les yeux. Notre moyen de pression sur le vieux s'est envolé. Du moins, la vidéo.

Chapitre Dix

Aleksio

YURI NOUS FAIT AVANCER à toute vitesse dans la vieille Cadillac aux amortisseurs merdiques dans laquelle les Russes se déplacent. Chaque bosse envoie un éclair de douleur dans ma cheville et trouble ma vue, car oui, je me suis cogné la tête sur quelque chose pendant ma chute et me concentrer n'est pas si facile.

Viktor veut s'arrêter dans un magasin de fournitures de bureau. Il préfère le coupe-papier au fendoir.

— Non, dis-je.

— Le coupe-papier est plus propre, *brat*. Plus précis. J'ai vu les deux façons de faire. Le couteau de boucher laisse place à l'erreur. C'est bien si on n'a rien d'autre, mais...

— On ne peut pas...

— Tu laisserais Kiro mourir ?

J'ai la tête qui tourne, j'ai du mal à me concentrer.

— On va couper le vieux...

— Jusqu'à ce qu'il s'évanouisse sous le coup de la douleur ? rétorque Viktor.

C'est une information à connaître sur le vieux. La douleur ne le fait pas craquer. D'autres ont déjà essayé auparavant.

— Elle n'aurait pas dû l'effacer, dit-il comme si elle était la seule à blâmer.

— Va te faire foutre, grogné-je.

J'ai la tête qui tourne tant j'essaie de trouver un autre moyen de montrer au vieux que nous sommes sérieux.

La voiture tourne au coin et ma cheville s'enflamme comme si elle était transpercée d'éclats de verre.

Soudain, Viktor est juste devant mon visage, me collant à la portière. Il coince mes bras contre mon torse et halète à cause de l'effort physique que cela lui demande.

Il appelle Yuri et s'adresse à lui dans un flot de russe.

— Qu'est-ce que tu fais ? Qu'est-ce que tu lui as demandé ?

Yuri lui répond. La voiture ralentit. Yuri est en train de se garer. Devant, il n'y a que lui et Mischa. Ce sont tous les deux des hommes de Viktor.

Merde.

Je donne des coups violents à Viktor, m'attaquant à lui avec tout ce qu'il me reste, assénant chaque frappe à laquelle je pense, même un coup de tête. Il est prêt pour chacun d'eux. La voiture s'arrête. Mischa sort. Je lutte encore plus fort et donne un coup de coude dans la mâchoire de Viktor.

La porte sur laquelle je suis appuyée s'ouvre. Je tombe soudainement contre un torse si dur qu'on dirait qu'il est blindé et je sens un bras passer autour de mon cou, avec des muscles solides comme du fer. La pression est précise. C'est Mischa.

Je suis sorti de la voiture.

— On le fait pour toi, *brat*, commente Viktor en maîtrisant mes jambes pendant que Mischa continue de m'étrangler. Un triangle parfait appuie sur les veines qui font affluer le sang à mon cerveau. Les bords de mon champ de vision se troublent.

Merde !

Je me réveille, blotti sur le côté, enfermé dans l'obscurité. La vibration sous moi m'indique que je suis dans le coffre de la Cadillac et que nous sommes à nouveau en route. Je suis dans les vapes. Ma cheville hurle. Je frappe comme un fou avec ma jambe valide et mes deux poings. Rien.

Je tâte mes poches à la recherche de mon téléphone, envisageant d'appeler Tito pour qu'il mette fin à tout ça. Je ne peux pas les laisser faire du mal à Mira. Je dois la protéger.

Pas de téléphone.

Dans l'obscurité, je m'acharne sur le toit du coffre.

Chapitre Onze

MIRA

LES DEUX MECS qui sont restés pour me surveiller trouvent que c'est hilarant de lambiner près de la piscine et de m'aider à faire tournoyer mon revolver pendant que je dis la phrase de Sergei Kazan. Ils me disent qu'elle signifie : « Vas-y, essaie, bébé, et je vais tellement te remplir de plomb qu'il te sortira par le cul. » Une star de cinéma, un vrai dur à cuire apparemment, la prononce dans un film.

Plus je m'améliore, plus ils rient.

Je ne vois pas ce qu'il y a de si amusant, mais bon, les répliques de films américains ne sonnent pas bien non plus hors contexte.

Je les surveille à la recherche de signes montrant qu'ils auraient eu des nouvelles du raid de Worland. Sont-ils déjà arrivés là-bas ? Et si quelque chose se passe mal ? Le sauront-ils ? Ils ne semblent pas inquiets, mais je le suis. Si la situation devient dangereuse, Aleksio sera au centre de l'action. Il est comme ça. S'il y a des ennuis, il est en première ligne.

Les Russes ont enlevé leur veste de costume et remonté leurs manches. Ils paressent comme des serveurs peu recommandables dans un café de malfrats, fumant et buvant de la vodka Beluga comme s'il n'y avait pas de lendemain. Ils me demandent encore et encore d'imiter le personnage du gangster.

Il m'a fallu un bon moment pour réussir à faire tournoyer les deux revolvers. Au début, je les faisais beaucoup tomber. Évidemment, ils ne sont pas chargés. Mais j'ai continué de m'entraîner, tel un singe dressé amusant. J'ai même essayé de prononcer la réplique avec l'intonation qu'ils préfèrent. Ce n'est pas que j'ai envie de les amuser. Je dois croire qu'à un moment, l'une des armes qu'ils me donneront sera chargée. Ou qu'ils baisseront la garde d'une façon ou d'une autre.

Alors je m'entraîne à dire la réplique. Je l'arrange pour provoquer un choc maximal. Je m'améliore. Le but est de m'échapper, de revenir à qui je suis vraiment et de m'éloigner de l'orbite d'Aleksio. Il est comme un dangereux trou noir, prêt à vous aspirer si vous ne faites pas attention. Je peux sentir son attirance fonctionner sur moi à chaque heure que nous passons ensemble.

Le monde dans lequel je me suis réfugiée est un endroit où les lois surpassent les vendettas sanglantes. Dans lequel les gens travaillent ensemble pour protéger les faibles. Dans lequel même une seule victime de la violence armée signifie que tout le monde a échoué. Dans lequel les enfants peuvent encore être sauvés. C'est le monde dans lequel j'ai besoin de retourner.

Ce que j'ai dit à Aleksio est vrai. Chicago me manque. Mais je ne peux pas être qui je suis ici.

Soudain, les téléphones sonnent. On m'enlève les armes. On arrête de plaisanter sur mon imitation de Sergei Kazan.

— Que se passe-t-il ?

Les mecs enfilent leur veste. Ils agissent comme des hommes qui partent à leur poste de combat. Une riposte ? Lazarus ?

— Ils vont bien ?

Yuri jaillit sur le porche. Il a l'air intensément concentré. Il montre la table de pique-nique qui se trouve là.

— Assieds-toi.

Je m'exécute.

Viktor arrive avec une bouteille de vodka et il la pose sur la table, avant de mettre un verre à côté.

— C'est pour toi. C'est bon. Tu devrais le boire.

— Où est Aleksio ?

— Aleksio ne viendra pas.

— Il va bien ?

— Oui, il va bien.

Viktor verse la vodka dans le verre.

— Ce n'est même pas l'heure de dîner.

Viktor pose le verre devant moi.

— Ce n'était pas une demande.

— Que se passe-t-il ?

Viktor pousse la vodka vers moi.

Yuri le regarde d'un air sombre.

— Il est arrivé quelque chose à mon père ?

— Je te le dirai si tu bois.

Je prends le verre avec des mains tremblantes.

— Est-ce qu'il va bien ?

Viktor fait un signe de tête vers le verre.

Je le bois cul sec et le claque sur la table.

— Ton père n'est pas mort.

Il en sert un autre.

— Quoi alors ? Où est Aleksio ?

À nouveau, Viktor fait un signe de tête en direction du verre.

— Je ne veux pas en boire un autre.

— Pourtant, tu vas en boire un autre, *sistra*.

— Et ensuite te me diras le reste ?

— Oui.

Je prends le verre et le bois cul sec avant de le claquer sur la table, avec une étrange sensation de vertige.

— Ton père est réveillé. On va le tuer, bien sûr, mais pour l'instant, il vit.

— Salopard.

Je me jette sur lui, mais Yuri m'attrape par le bras, me retourne et me repousse sur le banc en bois rêche, me forçant à m'asseoir, utilisant tout son poids pour me maintenir immobile, et il n'y a rien d'agréable là-dedans.

— Un autre, dit Viktor.

— Que se passe-t-il ?

— Ton père doit nous en dire plus. Il doit être plus investi dans notre cause.

Il verse un autre verre.

— Qu'est-ce que tu vas faire ?

— Je pense que tu sais ce que je vais faire, répond Viktor. Maintenant que nous n'avons plus de vidéo à lui montrer. C'était stupide de ta part de faire ça.

Une vague d'étourdissement me submerge.

— Non.

— Tu es droitière, déclare Yuri.

Il inspecte mon auriculaire avec la tache de naissance. J'essaie de mettre mes mains sur mon ventre, mais il ne veut pas les lâcher.

J'en ai les larmes aux yeux.

— Va chercher Aleksio.

— Aleksio ne viendra pas.

J'essaie de me lever et de quitter la table, toutefois Yuri ne me laisse pas faire. Il semble savoir tout ce que je vais faire avant que je le fasse.

— Tu ne peux pas. Mon père ne le supportera pas. Son cœur ne le supportera pas. Vous avez besoin de lui en vie, non ?

— Son cœur, ricane Viktor. Il ne mérite pas que tu tiennes à lui. Il ne mérite *rien du tout.*

— Tu as mal compris. Ton père et lui étaient amis et partenaires ! Ils étaient comme des frères !

Il lève le verre jusqu'à mes lèvres, mais je secoue violemment la tête et le renverse sur nous.

— Je pense que tu vas vouloir l'ingérer.

Viktor remplit à nouveau le verre.

— Pourquoi tu fais ça ? Réfléchis ! S'il t'a vraiment envoyé loin d'ici, c'était pour te sauver.

— Tu es tellement stupide.

Il a l'air dégoûté.

— Aleksio ne voulait pas te le dire. Par gentillesse, il ne voulait pas te le dire. « On lui prend déjà assez, à cette pauvre Mira », a-t-il dit.

Un horrible frisson traverse ma poitrine.

Il sert un autre verre et le pousse vers moi.

— Je lui ai dit que c'était évident. « Elle va le comprendre », je lui ai dit, mais il ne pensait pas que tu le découvrirais.

Viktor hausse les épaules.

— Il avait raison.

— Tu ne sais absolument rien, rétorqué-je.

Le regard de Viktor s'assombrit.

— Bois.

— Va te faire foutre.

— On va te faire boire, alors.

Viktor fait un signe de tête à Yuri. Celui-ci attrape mes mains et les tiens derrière mon dos pendant que Viktor lève le verre jusqu'à mes lèvres. À nouveau, je le fais le renverser.

Viktor le remplit une nouvelle fois.

— Va chercher Aleksio !

— Ça, je le fais pour Aleksio. Bois.

Je reste assise là, les lèvres fermement scellées, comme si je me disais que si je ne buvais pas, ils ne me couperaient pas le doigt.

— La plupart n'ont pas la chance d'avoir de la vodka, déclare Yuri en le prononçant « wodka ». Ça arrive simplement. *Schlack.*

— Mon Dieu, vous êtes des putains de barbares.

— Quelqu'un va venir ici avec un coupe-papier dans quelques minutes, annonce Viktor. Sois tu seras ivre, sois tu seras sobre.

— Un coupe-papier ?

J'essaie sauvagement de me dégager, me tortillant dans ses bras. Je le frappe à la tête et dans ses bijoux de famille et il doit poser le verre pour aider Yuri à me maintenir immobile.

— Ça va arriver, *zolotse*, dit-il doucement contre mes cheveux. C'est tranchant. Ce sera rapide.

Il me laisse dégager l'une de mes mains et c'est ma chance. Je prends la bouteille par le goulot, envisageant de le frapper, mais il est trop rapide. Il me l'arrache. J'ai agi trop lentement.

— Merde.

Je baisse les yeux vers mon auriculaire, un peu plié au bout, avec la petite tache de naissance. *Ça va arriver*, me dis-je en luttant contre les larmes. Le pire c'est d'imaginer mon père le voir. Il va le reconnaître. Il saura que c'est le mien. Le sang va être trop difficile à supporter pour lui.

— Chut, dit Yuri. Tu vas survivre.

— Va te faire foutre.

Je renifle. Je devrais leur dire pour le sang. Ou alors, l'utiliseront-ils contre lui ? Mon esprit est embrumé.

Viktor me sert un autre verre. Cette fois-ci, je le bois.

— Je ne peux pas vous laisser faire ça.

— C'est l'adrénaline, déclare Viktor. Ce sera encore pire si tu es sobre.

— Aleksio va te tuer.

— Il pourra me tuer une fois qu'on aura trouvé Kiro.

Je bois et regarde mon auriculaire sur le bois sombre et rêche de la table de pique-nique, résistant à l'envie urgente de sangloter. Cela ne résoudra rien. Cela pourrait même aggraver la situation. Une porte claque quelque part, à l'intérieur de la maison. Je me redresse, espérant qu'il s'agit d'Aleksio. Mais non, c'est l'un des Russes qui arrive avec un sac... d'un magasin de fournitures de bureau.

Mon sang ne fait qu'un tour lorsque l'homme qui plaisantait avec moi à peine quinze minutes plus tôt sort une boîte. Il l'ouvre et en extrait un lourd coupe-papier dans son lit de polystyrène. Je me tortille, me tourne et crie pour qu'Aleksio vienne.

Viktor me dit :

— Le fait que tu appelles Aleksio est la raison exacte pour laquelle je me suis assuré qu'il ne puisse pas être là. Il ne viendra pas.

— Merde, dis-je, cédant à l'hyperventilation.

C'est à cause du choc de ce qui m'arrive. J'ai l'impression que je vais vomir.

— Oh mon Dieu.

Je me sens dans le cirage. Plus que je ne devrais après avoir bu quelques shots de vodka.

— Tu as mis quelque chose dans cette vodka ?

— Non, répond Viktor. Je ne ruinerais pas de la bonne vodka comme ça.

— Dans le verre ?

— Peut-être.

Autour de moi, les choses commencent à pencher. Comme si je n'étais pas vraiment dans mon corps.

— Prévenez mon père avant. Son cœur ne supportera pas le choc, mais s'il est prévenu...

— Ton bon à rien de père, crache Viktor. Je devrais ouvrir

son torse avec une machette et baiser son cœur pendant qu'il meurt. Si ce n'était pas pour Kiro, voilà ce que je ferais.

Je déglutis malgré la sécheresse de ma bouche.

— Ce sont les Valchek qui ont tué tes parents, Viktor. C'est envers eux que tu devrais être en colère. Et les Valchek sont morts. Pourquoi ? Parce que papa les a tués. Il a vengé la mort de tes parents et c'est comme ça que tu le remercies ?

— C'est ce que tu te dis ? Que c'étaient les Valchek ?

Viktor essuie le coupe-papier. Il est minutieux, réfléchi. De longs cils comme Aleksio, mais rien de sa chaleur.

— C'est ce qu'il s'est passé ! Tout le monde le sait.

— Aleksio a une version différente. Il a vu.

— Quoi ?

— Aleksio a vu ton père tuer nos parents. Ton père leur a tranché la gorge. Lazarus le Sanglant l'a aidé.

Ma gorge semble s'épaissir.

— Ton père a drogué notre mère et notre père et les a égorgés. Il les a tués pendant qu'ils suppliaient pour la vie de leurs bébés.

— Non, bredouillé-je. Mon père ne...

Mon cœur cogne à tout rompre.

— Il n'a pas pu faire ça !

Je m'apprête à lui révéler le secret de mon père, qu'il devient vraiment malade à la vue du sang, mais je n'arrive pas à le formuler.

Viktor approche son visage du mien.

— Nous étions tous là. Kiro avait un an. C'était un garçon minuscule.

Il se raidit.

— J'étais un bébé, mais pas si jeune. Je me souviens de la sensation. Du sang. Rien de plus.

— Mon père n'aurait pas fait ça. Ne l'aurait pas fait et n'aurait pas pu le faire.

— L'homme que tu connais maintenant, peut-être pas. Il est vieux, désormais.

Il m'observe avec un calme lugubre.

— Ton père a séparé ces enfants pour qu'ils ne se retrouvent jamais. Moi, il m'a envoyé dans le pire orphelinat de Moscou. Il a vendu Kiro. Aleksio s'est échappé. Mais pas avant de tout voir. Le vieux Konstantin l'a caché dans un recoin et l'a empêché de bouger. Une main sur sa bouche. Ils étaient planqués dans cette même pièce où mes parents ont été tués.

Viktor essuie la surface tranchante avec de la vodka.

— Il y avait beaucoup de cachettes dans cette salle de jeu, non ? Beaucoup d'endroit où se tapir. Il a vu la scène dans le reflet de la fenêtre. Ton père a drogué nos parents pour les rendre plus lents. Il leur a tranché la gorge, puis il a vomi tant il était dégoûté par ce qu'il venait de faire.

— Il a vomi ?

— Il a nettoyé, bien sûr. Il n'est pas stupide.

Je suis abasourdie, étourdie. *Il a vomi.*

C'est sa réaction face au sang. Le secret qu'il garde, le secret qu'ils n'auraient en aucun cas pu savoir. Est-ce que cela pourrait être vrai ?

J'ai l'impression que moi aussi, je vais vomir.

Viktor continue son histoire. Quand mon père n'a pas pu trouver Aleksio, il s'est dit que Konstantin avait dû l'aider à s'échapper... et il a mis un contrat sur leurs têtes.

Je pense à la brûlure. À la cachette. C'était mon père qui pourchassait Aleksio. Je repense à l'expression de mon père quand il a reconnu Aleksio. Est-ce que cela pourrait être vrai ? Mon Dieu, tuer une mère et un père *devant leurs bébés* !

— Ton père n'a pas cessé de pourchasser Aleksio. Tu sais quel était le prix sur la tête d'Aleksio quand il avait neuf ans ? Trois cent mille. Il n'en faut que quinze mille pour faire tuer quelqu'un. Mais pour ce jeune garçon, trois cent mille. Pareil pour Konstantin. Tous les meilleurs tueurs à gages le cherchaient. Ils ont augmenté le prix après. Trop peu et trop tard. N'est-ce pas ce qu'on dit ? Un bébé d'un an, poursuit Viktor. Notre mère suppliait pendant que ses bébés hurlaient.

Les larmes me montent aux yeux.

— Pourquoi détesterait-il autant votre famille ?

— Il y avait de l'animosité entre les partenaires. Konstantin l'a vu venir. Il a essayé de prévenir notre père.

Viktor positionne le coupe-papier devant moi.

Je laisse les larmes couler tandis que les détails s'imbriquent pour former une histoire parfaitement crédible. Elle sonne juste et pas seulement à cause de l'aversion pour le sang. Elle *a l'air* correcte, elle *a l'air* véridique. Elle fait écho aux contours de cette sombre période.

Est-il possible qu'il en sache plus à propos de Kiro ? Est-ce que papa retient des informations, même en sachant que je suis en danger ? Impossible.

— Nous nous soutenons l'un l'autre.

Ma langue semble épaisse.

— Il n'en sait pas plus... Il ne peut pas faire ça.

Les arbres sont flous. Un bébé de trois semaines est minuscule. C'est juste un petit paquet. Je suis en train de flotter.

— Lazarus le Sanglant pourchasse Kiro maintenant. Il ne peut pas laisser les frères s'unir.

— Mais Lazarus le Sanglant voudra trouver mon père en premier.

— S'il a une chance de tuer Kiro, il le tuera. Il a besoin que cette prophétie ne se réalise pas.

Il y a tellement de choses que je ne sais pas. Néanmoins je sais que son histoire est réelle – je peux le sentir au fond de moi. Elle s'emboîte avec l'histoire d'Aleksio.

— Est-ce que tout était un mensonge ? marmonné-je en regardant les arbres se balancer.

Ou est-ce le sol qui chancelle ? Ou la table ? J'observe le monde de loin.

Le massacre des parents devant leurs bébés ? Cela marquerait leur âme. Je ne peux pas croire que c'est vrai. Je ne l'accepterai pas.

Le visage de Viktor flotte devant moi.

— Comment tu te sens ?

Je fronce les sourcils.

— Les arbres...

Juste à ce moment-là, la porte-fenêtre coulisse pour s'ouvrir. Je relève brusquement la tête, mais ce n'est pas Aleksio. C'est un mec qui semble aimer la vie en plein air, avec une barbe blonde. Il porte un petit sac.

— Currie ! dit Viktor.

— Que lui est-il arrivé ?

— Rien, pour l'instant.

— C'est quoi ce délire ?

L'homme du nom de Currie semble étrange et lointain.

— Tu ne vas pas faire ce que je pense que tu vas faire avec ça.

— Tenez-le, déclare Viktor.

Deux Russes attrapent l'homme.

— Tu t'occuperas d'elle après.

— Bordel, s'exclame l'homme qui s'appelle Currie. Qu'est-ce qui ne va pas chez vous ?

— Allez.

Viktor s'approche de moi. Je halète alors que mon monde tourne. Il tord mes cheveux et les coince à l'arrière de ma chemise, puis il me prend la main et l'aplatit sur la surface fraîche et plate du coupe-papier.

Je transpire, je plane.

— Ne le fais pas, mec ! hurle Currie.

J'ai l'impression qu'il est sur une autre planète.

Viktor tire mon auriculaire sur le côté pour qu'il soit parfaitement au bord.

— Va-t'en.

J'essaie de le repousser. Un autre mec arrive pour maintenir mon poignet en place. Je peux à peine bouger. Ils sont trop forts, trop déterminés, trop expérimentés. C'est comme un rêve. Un cauchemar.

— Respire, dit Viktor.

Petit Vik. Un bébé ne peut pas comprendre ce genre de violence, mais elle s'inscrit quand même dans la psyché.

— Regarde Yuri dans les yeux, m'ordonne Viktor. Et respire.

Le visage de Yuri est flou. Je n'arrive pas à dire si c'est à cause de la drogue ou des larmes. J'entends un bruit net de métal frottant sur du métal tandis que la lame est levée. C'est en train d'arriver. Tout est trop brillant.

Puis un bruit sourd.

Ce n'est pas mon doigt, cela vient d'ailleurs.

Un cri déchire l'air.

Aleksio.

— Putain de merde.

Viktor lâche mon auriculaire et se redresse.

Aleksio claudique, courant à moitié en traversant le patio et passant devant Currie pour nous rejoindre. Nos regards se rivent l'un sur l'autre. Il est la seule personne stable dans mon monde nauséeux. Sa chemise blanche est ensanglantée, à moitié rentrée dans son pantalon.

Yuri marmonne quelque chose en russe, mais tout ce que je vois, c'est Aleksio. Il est venu pour moi.

Il tombe pratiquement sur la table de pique-nique, à côté de moi, sur le banc. Il prend mes mains dans les siennes et inspecte mes doigts. Ses articulations semblent roses et à vif.

— Est-ce que ça va, Mira ?

— Oui, dis-je.

Il semble légèrement irréel. Comme s'il était à moitié ici et à moitié ailleurs.

— C'est fini, maintenant.

Il regarde fixement mes yeux.

— Intacte, affirmé-je.

Je suis fière d'avoir trouvé ce mot. Il pose une main sur le côté de mon visage et appuie son pouce sur mon sourcil, m'obligeant à ouvrir un œil.

Je ris.

— Arrête, 'Leksio.

Il se tourne et lance un regard sauvage à Viktor.

— Mais qu'est-ce que tu lui as fait ?

— Ce que tu ne feras pas, répond Viktor au loin.

Aleksio part d'un coup. Tout est froid et je suis à nouveau seule. Où est-il ? Je lève les yeux et le repère en train de se jeter sur Viktor. Il le plaque sur l'herbe verte, une mer de soda au citron vert.

Il est sur Petit Vik, le frappant au visage. *Bam.*

Cela me fait me redresser.

— Arrête !

Un autre craquement.

Tito essaie de l'arrêter.

— Ne fais pas ça, mec !

Yuri s'en mêle. C'est un tourbillon de poings. Des chemises blanches, des vestes noires, du sang partout.

Je me lève, m'agrippant à la table. Tout le monde se bat !

Aleksio frappe Tito, puis Viktor est sur Aleksio, le cognant. Ils se battent sauvagement, roulant, agrippant les bras des uns et des autres. Un brouillard de mouvement. Du noir, du blanc et du sang partout.

Je chancelle sur mes pieds.

Ils se battent comme des animaux, ces frères. Ils ont été séparés si longtemps.

Le monde apparaît clairement, puis brouillé, rendu flou par les larmes. Je dois faire quelque chose.

Puis je remarque l'arme. Posée sur la table. En train de m'attendre.

Elle est fraîche et lourde dans ma main. Je passe ma paume autour de la crosse. La détente est sous mon doigt comme une moitié d'anneau.

Chapitre Douze

Aleksio

Nous ARRÊTONS de nous battre quand elle tire un coup de feu.

En un éclair, nous nous levons, les mains en l'air. La voilà, impressionnante, agitant ce revolver. Nous sommes tous en train de flipper.

— Pose l'arme, dit Viktor.

— Arrêtez de vous battre !

Les larmes coulent à flots sur ses joues.

— On a arrêté ! C'est bon maintenant, interviens-je.

Sauf que ce n'était pas bon. Mira chancelle avec un Glock chargé, le doigt sur la détente. Elle pourrait nous tirer dessus, même sans le vouloir.

Elle va nous tirer dessus, voilà ce que je pense, et je ne lui en voudrais même pas. J'ai fait exploser sa maison. Je l'ai kidnappée. Je l'ai humiliée. J'ai tourné cette vidéo. Viktor a failli lui trancher le doigt.

Je garde mes mains en l'air, lui montrant que je ne suis pas une menace.

— Chérie...

— Ne m'appelle pas comme ça ! Ou « Chaton » !

— Mimi, me corrigé-je. Pose cette arme.

Il y a dix mecs ici. Dr Currie, les Russes et mes gars, s'avançant, les mains à moitié levées. Merde, un paquet d'hommes ne va pas améliorer la situation. Je claque des doigts, signalant à tout le monde de reculer.

Ils reculent tous rapidement. À l'exception de Viktor. Je grogne... je ne peux pas le regarder.

Il recule enfin.

D'une voix douce, je déclare :

— Donne-moi le revolver.

Elle me regarde dans les yeux, la lèvre tremblante.

— Est-ce qu'il l'a vraiment fait ?

— Quoi, Mira ? Ton doigt ?

Merde. Est-ce qu'elle me demande si Viktor lui a coupé le doigt ? À quel point l'a-t-il droguée ? Je suis tellement en colère que je ne peux pas réfléchir.

— Mon père ! Est-ce qu'il a vraiment tué tes parents pendant que tes petits frères et toi regardiez ? Et il t'a pourchassé ?

Je grince des dents. Pas étonnant qu'elle soit troublée. Elle devait savoir que son père était un tueur, mais je ne peux qu'imaginer la scène que lui a dépeinte Viktor. Les jeunes parents. Les bébés qui pleurent. La façon dont son père a tué le mien, puis comme il a plongé sur ma mère alors qu'elle s'enfuyait en courant. Je m'en souviens parfaitement. Et ensuite Lazarus l'a maintenue pour la lame.

J'ai vu ses yeux. Le sang.

— C'est vrai ?

— Oui, dis-je.

— Il a simplement...

Elle regarde les arbres au loin, chancelante.

— Il les a simplement tués ? Devant vous, quand vous étiez enfants ?

— Il les a tués devant nous quand on était enfants.

Elle parle d'une petite voix :

— Tu en es sûr ?

Je déglutis.

— Il a mis de la drogue dans leurs verres, puis il les a pourchassés jusqu'au dernier étage de notre maison et leur a tranché la gorge. Lazarus et lui l'ont fait.

— Devant leurs bébés.

— Oui, c'est ce qu'il a fait. Ils ont couru là-haut pour nous protéger.

— Pourquoi tu ne me l'as pas dit ?

Pour ça, pensé-je.

Elle fronce les sourcils, se concentrant intensément sur moi. Le moment semble ralentir et je la ressens comme je l'ai toujours fait.

— Et il voulait te tuer aussi ? C'est vrai, ça aussi ? Il t'a pourchassé ?

— Il savait que je serais une menace pour lui. J'étais suffisamment grand pour comprendre. Pour m'en rappeler. Pour vouloir me venger. Konstantin m'a caché quand c'est arrivé. Il m'a fait taire.

Les larmes reviennent.

— Et tu as entendu papa vomir après ?

— Oui.

Ça me tue de la voir comme ça, blessée et troublée.

— Et c'était Lazarus et mon père qui te pourchassaient ? Quand tu as été brûlé ?

Mon pouls s'accélère.

— Et maintenant je suis de retour, comme neuf. Donne-moi le revolver. Tu n'aimes pas vraiment les armes, n'est-ce pas ? On va trouver une solution.

— Lazarus essaie de tuer le petit Kiro. Tu t'inquiètes pour le petit Kiro.

S'il n'est pas déjà mort.

Elle titube vers moi, le doigt toujours sur cette putain de détente. *Que personne ne bouge,* je me dis. *Que personne ne l'effraie.* J'efface de ma mémoire la douleur dans ma cheville, dans ma tête.

Ses cheveux sombres sont en bataille et ondulent sur ses épaules, comme s'ils se transformaient avec son humeur.

— Tu dois trouver le petit Kiro.

— On va le trouver. Tu te souviens de lui ? demandé-je, souhaitant qu'elle baisse l'arme. Tu te souviens de son petit chapeau ? De ses petits doigts ?

— Si minuscules.

— Oui, on doit trouver Kiro. Il est à court de temps. J'ai promis que je le protègerais.

— Tu tiens tes promesses.

— Oui. Et si tu me donnais cette arme, Mira ?

Elle est juste devant moi désormais. J'envisage d'attraper l'arme, mais n'importe quel mouvement brusque pourrait la faire tressauter. Soudain, elle fait quelque chose avec ses mains, enlevant une bague de son doigt et tenant toujours ce foutu revolver.

— Attention où tu pointes ça, dis-je calmement. Fais bien attention.

Elle continue de s'affairer sur la bague, le revolver pointant dans telle ou telle direction. On dirait qu'elle est coincée sur son majeur et elle tire, elle tire.

— Tu as besoin d'aide ?

— Non.

Finalement, elle arrive à la retirer et la presse dans ma paume.

— Elle est restée sur mon doigt pendant des années. Papa et

moi sommes même allés chez le médecin pour demander si on pouvait la couper. Mais j'ai perdu du poids récemment... Je ne lui ai jamais dit quand j'ai pu l'enlever, la remettre, l'enlever à nouveau et...

— D'accord... dis-je.

— Tu ne comprends pas ?

Elle titube.

— S'il voit la bague...

Elle formule ses mots avec difficulté, essayant de passer outre ce que Viktor lui a donné.

— S'il la voit, il ne regardera pas le doigt. On va le tromper. Prétendre que c'est mon doigt. Mais sans lui montrer de sang.

— De quoi parles-tu, Mira ?

— Il ne peut pas voir de sang. C'est pour ça qu'il a vomi. Il ne veut même pas le regarder. On va lui donner un faux doigt. Il ne le regardera même pas.

— Il n'est pas stupide. Il va regarder.

— Non. Il fera semblant. Il ne va pas le regarder. Le sang le rend malade.

— Attends.

Je me raidis, me souvenant de l'odeur de son vomi après qu'il a tué mes parents.

— Le sang le rend malade ?

— Tellement malade, Aleksio. C'est un secret.

Elle tord ses lèvres, se concentrant sur le vide, luttant contre le brouillard dans lequel elle est.

— Il va faire semblant de regarder, mais il ne regardera pas. Prenez le doigt de quelqu'un qui est déjà mort. Enveloppez-le dans quelque chose de sanglant. Quand il verra la bague...

Elle déglutit, chancelante.

— Quand il verra la bague, il acceptera le doigt. Sans poser de questions. Il ne le regardera pas. Il l'acceptera.

Elle lève les yeux.

— Tu ne comprends pas ?

— Je comprends.

Est-ce que ça peut fonctionner ?

— Il va demander à quelqu'un d'enlever la bague et de la lui donner. Il saura que l'anneau est vrai. Il saura que tu es sérieux. D'accord ? Tu n'as pas besoin de le tuer.

Elle a les larmes aux yeux.

— Promets-le.

— Que je te promette quoi, bébé ? chuchoté-je.

Son regard couleur cannelle m'hypnotise... et, je l'avoue, l'arme qu'elle agite aussi.

— Ne le tue pas. Tu ne peux pas le tuer. Jamais.

Merde.

— Promets-le, dit-elle en agitant cette arme. Elle a l'air si troublée qu'elle pourrait commencer à tirer tout aussi facilement qu'elle pourrait commencer à pleurer.

— D'accord. Je ne vais pas tuer ton père.

— Promets-le. Viktor non plus. Ni aucun de tes gars. Aucun de tes gars ne peut tuer mon père.

Viktor grogne.

Je lui lance un regard noir. On va se contenter de lui donner envie de mourir.

— Promets-lui, Viktor.

— Je le promets, dit-il.

Elle baisse l'arme. Comme d'habitude, elle s'est oubliée. Elle ne nous a pas demandé de ne pas la tuer, parce qu'elle est comme ça. Elle pense aux autres avant de penser à elle.

Elle a été élevée dans un nid de vipères et c'est ainsi qu'elle est devenue.

Je suis impressionné, mais également agacé. Je veux la secouer. Elle doit s'inquiéter de choses comme la possibilité de se faire tuer.

Je continue de lever les mains.

— Viens ici.

Elle s'approche de moi.

Je glisse un bras autour d'elle et attrape doucement le canon froid, le maintenant baissé. Je chuchote à son oreille :

— Lâche cette arme.

Elle desserre sa poigne et je lui prends le revolver, avant de le tendre à Tito, derrière moi.

J'appuie mon visage contre ses cheveux.

— Ça va aller, chérie.

Sa poitrine commence à trembler. Je me rends compte qu'elle est en train de pleurer. Ma cheville hurle, mais tout ce que j'entends, c'est Mira.

Je lui caresse les cheveux.

— Ça va aller. On va faire en sorte que ça aille.

Elle se recule, les yeux gonflés, toujours magnifique.

— Il a tué une mère devant ses bébés ! Mais c'est mon père. Promets-moi que tu lui offriras une aide médicale si le sang le fout en l'air.

— Mais il ne va probablement pas regarder, n'est-ce pas ?

— Ouais, mais *si*...

— Bien sûr.

J'écarte ses cheveux de son visage.

— Quel genre de gang criminel serions-nous si nous n'avions pas un médecin ou deux dans notre effectif ?

— Attends, quoi ? dit Currie. Moi ? Est-ce qu'on parle d'Aldo Nikolla ?

Je lui lance un regard. Nous nous sommes occupés de quelques problèmes d'usurier pour lui. Il nous doit la vie.

— Je porterai un masque, déclare-t-il. Pas question que je voie son père autrement.

— D'accord. Porte un masque alors.

Je fais un signe de tête à Viktor.

— La morgue. On a besoin d'un doigt et de sang dans une heure. Tito connaît un mec.

Viktor et Tito commencent à s'organiser. Nous devons arranger ça rapidement.

— Attendez, j'ai peut-être une source, intervient Currie.

— Trouvez une solution, dis-je.

Ça va nous coûter cher, connaissant Currie. Comme si je m'en inquiétais.

— On doit sauver le petit Kiro, déclare Mira.

— Oui.

Mon cœur tambourine dans ma poitrine.

— Je suis désolée.

— Tu n'as pas à être désolée. Nous sommes désolés. *Viktor* est désolé.

Elle plisse les yeux dans sa direction, essayant de se concentrer.

— Mais tu aimes Petit Vik.

J'entortille ses cheveux autour de ma main, elle me rend fou.

Elle tente de se concentrer sur mon visage.

— C'est ton frère, dit-elle.

Sa voix est gutturale et étrange, comme si elle était en transe.

— Tu l'aimes.

J'appuie mon visage contre ses cheveux et inspire son parfum.

— Chut, chuchoté-je.

Tito et Yuri vont s'introduire dans une école de médecine. Currie peut les faire entrer. Des corps donnés à la science.

Viktor me fusille du regard. Son visage ne ressemble à rien. Ses yeux sont gonflés. Sa lèvre enflée, un bazar sanglant.

Je lui retourne un regard noir sans aucune pitié.

Nous entrons et Currie tape la table de la cuisine.

— Ici, Aleksio.

— Mira a plus besoin de toi que moi. Prends son pouls et tout. Elle a été droguée et traumatisée.

Je serre les poings, résistant à l'envie de me jeter sur Viktor.

Currie la fait asseoir sur une chaise dans la cuisine et observe ses pupilles avec une petite lumière. Maintenant que l'adrénaline est redescendue, Mira fait l'idiote, répétant cette phrase stupide de la star de cinéma russe à un moment.

Viktor s'appuie sur le cadre de la porte, tabassé et provocant, sa coupe militaire bien lisse et nette.

— Et pour Kiro ?

— Regarde-moi brûler le monde entier pour lui, dis-je.

— Nous avons perdu du temps.

Il pose les yeux sur Mira.

Je m'avance vers lui et le jette contre le mur. Ses narines se dilatent.

— Tu vas me tuer, *brat* ? dit-il d'une voix grinçante.

Mira gémit.

— Sortez de là, bordel, aboie Currie.

Je ferme nerveusement les paupières. Je déteste la bouleverser. Je dois arrêter, je dois...

Viktor attrape ma chemise.

— J'ai peur pour lui.

Kiro. Il parle de Kiro.

— Est-ce que j'ai besoin de redonner cette arme à Mira ? demande Currie.

— Je ne me souviens pas de lui, dit doucement Viktor. Tu le connaissais. Tu as pu le porter.

Merde. J'ai laissé tomber Viktor.

— On va le trouver.

Nous regardons Currie écouter le cœur de Mira. Nous parlons à voix basse de comment présenter le doigt à son père. Qu'est-ce qui aurait le plus d'impact ? Une serviette ? Une boîte ? Nous savons que si nous le recouvrons de sang et que nous lui donnons la bague séparément, il ne regardera pas le doigt. Il nous dira ce que nous voulons savoir s'il a d'autres choses à dire.

C'est alors que l'on reçoit un appel du garage clandestin. Nos mecs qui retiennent Nikolla. Je réponds.

— Parle.

— Le salaud s'est taillé.

— Quoi ? Il est parti ?

— Le vieux s'est tiré. Enfui. On pense qu'il a retourné Driscoll pour l'avoir à ses côtés.

Mon cœur bat la chamade Driscoll est l'un de mes hommes, que j'ai envoyé pour aider les Russes de Viktor. Je pensais qu'il était loyal.

Viktor blêmit.

Mon homme continue d'une voix monotone.

— Dima est mort. On pense qu'il a retourné Driscoll, qu'il a tiré sur Dima et qu'il s'est enfui.

Dima. Le gars le plus jeune de Viktor. Ce dernier enfonce son poing dans le mur.

Currie nous lance un regard noir.

— Sortez.

Viktor a perdu un mec. À cause de l'un des miens.

— Je vais détruire ce connard.

Viktor fixe d'un regard maussade le cratère qu'il vient de faire. Je m'avance et pose une main sur son épaule. Il pose une main sur la mienne.

Avec ça, nous sommes de retour. Une équipe liée par le sang.

— Quoi ?

C'est la voix de Mira.

— Quoi ? Que se passe-t-il ?

Elle se redresse, l'air à nouveau inquiète.

Je prends une grande inspiration.

— Ton père s'est enfui.

Mira écarquille les yeux.

J'ai la nausée. Kiro est dehors, sans défense. Le vieux de Mira était notre seule façon de le trouver.

Elle plisse les yeux vers l'horloge, essayant de focaliser sa vision.

— Hmm… il sera à son restaurant dans deux heures. Vous pourrez le trouver là-bas.

Je me raidis.

— Tu penses vraiment qu'il se montrera là-bas après tout ce qu'il s'est passé ?

— Ex… actement.

Elle croise les bras sur la table et y pose sa tête. Elle va bientôt s'endormir.

— Il est obligé, ajoute-t-elle rêveusement. Il doit montrer qu'il a le contrôle. Il va clairement, absolument, sans aucun doute se pointer là-bas. C'est sa façon de faire.

— Quel restaurant ? demande Yuri.

— L'Agronika, dis-je. Sur la Quatorzième. Très vieille école. Un boui-boui albanais. C'est en quelque sorte sa salle de réunion. Je pourrais lui amener le doigt. Il ne s'y attendra jamais.

— Amener le doigt coupé de la princesse au roi, dans sa salle du trône, déclare Viktor. J'aime ça.

— Vous êtes fous ? aboie Currie. Vous êtes tous dingues ?

Mira ferme les yeux.

— Il est l'heure d'aller au lit pour elle, dis-je en la soulevant de sa chaise.

— C'est quoi ton délire ? Ta cheville ! dit Currie. Tu vas avoir des séquelles permanentes. Ta vie sera un enfer à cause de ça.

— On s'occupera de ça une fois qu'on aura Kiro.

Il grommelle. Il ne pense pas que Kiro soit en vie, mais je

sais qu'il l'est. J'ai le sentiment que Kiro est vivant, quelque part, dehors. Je l'ai toujours su.

Je l'emmène dans sa chambre et la pose sur le lit.

Elle sourit, puis elle semble se souvenir de quelque chose et fronce les sourcils.

— Je dois m'échapper de ton emprise, dit-elle.

— Je sais, bébé.

Je borde les couvertures autour d'elle.

— Je ne veux pas dormir.

— Ferme les yeux et compte jusqu'à vingt. Ensuite, tu te réveilleras toute fraîche avec une énergie agaçante pour me fuir.

Elle sourit.

— Est-ce que je peux juste fermer les yeux et ne pas compter ? demande-t-elle.

— D'accord, chuchoté-je.

Je n'ai qu'une envie : me mettre sous les couvertures avec elle.

Elle ferme les yeux.

— C'est plus sympa, de ne pas compter, conclut-elle.

— Je suis d'accord.

J'ajuste les couvertures autour de ses bras. Elle s'assoupit. J'appuie mon pouce sur sa lèvre inférieure, me souvenant.

Quand je sors de la chambre en claudiquant, Viktor est en train de préparer du café.

— J'ai parlé avec mon réseau. On a attrapé un gars de Lazarus. Lazarus a diffusé des informations sur Kiro, à la recherche de pistes vers lui, mais tu sais ce qu'il n'a pas fait ?

— Quoi ? demandé-je.

— Il n'a pas essayé de chercher le vieux.

Viktor me regarde longuement.

Je fronce les sourcils.

— Trouver le roi, sauver le roi. Ça devrait être sa priorité.

— À moins que Lazarus essaie de renverser le roi, répond

Viktor. Nikolla est vieux. En boxe, tu donnes des coups sur le corps avant de tenter le KO. Tu affaiblis ton ennemi. Peut-être que nous avons affaibli le vieux pour que Lazarus le mette KO. Lazarus veut être roi.

J'acquiesce. Viktor est bien placé pour le savoir.

Il a beaucoup vu ce genre de choses. Les gangs russes sont connus pour être des assassins. Les leaders ont tendance à ne pas durer.

— Peu importe ce que Lazarus a prévu, Kiro est en danger. Parce que Lazarus voudra effacer cette prophétie de la table.

— Pourquoi ? demande Yuri. Lazarus ne croit certainement pas aux superstitions. Lazarus, ce n'est pas l'un de ces vieux des montagnes, si ? Tito dit qu'il a grandi ici. Il ne croit certainement pas...

— Peu importe s'il y croit, dis-je. Il sait que d'autres personnes y croient. Les frères Dragusha qui s'élèvent tous ensemble, c'est *énorme*. Crois-moi.

— Comme les histoires de la Bible, réplique Tito. Les clans ne jurent que par ces putains de superstitions. Le roi Dragusha en sommeil. Les trois frères qui s'élèvent. Je connaissais ces trucs-là quand j'avais quatre ans.

— Quiconque tuera un frère Dragusha aura un avantage psychologique, déclaré-je. Et si nous pouvons tous rester en vie, nous aurons l'avantage.

Yuri acquiesce. Il comprend. Le crime est une question d'avantages psychologiques, bien plus que les autres business.

Les trois frères vont régner ensemble. Foutue Miss Ipa avec ses ongles comme des flèches rouges, pointant en direction de nos petits visages. *Séparés, ils sont faibles, ensemble, ils sont forts. Ils prendront tout.*

La vieille bique est morte depuis des années maintenant, mais le mal est fait avec sa prophétie. C'est probablement la raison pour laquelle Aldo Nikolla a séparé ma famille en premier lieu. Il voulait être le patron à la place de mes frères et moi.

— Les frères ensemble, grommelle Viktor. Aujourd'hui, nous serions ensemble si elle n'avait pas existé.

J'acquiesce.

— Si Lazarus pouvait tuer un frère Dragusha et Aldo Nikolla dans la même semaine... dit-il.

— Bingo, rétorqué-je.

Viktor fronce les sourcils.

— *Bingo* ?

— C'est un jeu. Peu importe.

Je regarde l'horloge. Quatre-vingt-dix minutes avant que le vieux arrive au restaurant.

— Ils ne s'attendront jamais à ce que je me pointe là-bas, dis-je.

— Ils ne s'y attendront pas puisque c'est insensé, marmonne Tito.

Je lève la main pour le faire taire.

— Nous avons sa fille en guise d'assurance.

— Mec, si Lazarus est là-bas, le fait qu'on ait Mira n'aura aucune importance. Lazarus se fout complètement de Mira. Ils vous tueraient tous les deux pour s'amuser.

C'est bien trop vrai.

— On peut envoyer le doigt par coursier, propose Tito.

Je secoue la tête.

— Je veux le lui donner. Le regarder dans les yeux.

— Je couvrirai tes arrières, déclare Viktor.

— Hors de question. L'un d'entre nous doit rester en vie pour trouver Kiro. En plus, c'est moi qui l'ai étudié pendant toutes ces années.

— Mais si Lazarus passe à l'action ? Comment saurons-nous si les mecs de Lazarus sont là-dedans ? demande Viktor. On ne connaît plus ses gars.

Viktor marque un point. Konstantin et moi étions concentrés sur Aldo, pas Lazarus.

— Je ne vais pas te laisser entrer dans le nid des gars de Lazarus, dit-il. Je te mettrai dans le coffre si j'y suis obligé.

— Non, tu as raison, rétorqué-je. Nous devons savoir quels mecs sont à Lazarus. On a besoin d'informations plus récentes que ces vieilles photos.

Viktor incline la tête, attendant que je le dise.

— D'accord. Mira.

Je me retourne et boite vers sa chambre.

— Vous vous foutez de moi ?

Currie se lève et me bloque le passage.

— Elle a besoin de dormir.

J'empoigne sa chemise.

— Et maintenant, j'ai besoin de la réveiller.

Il voit que je suis sérieux. Il grogne et se décale sur le côté.

Je me dirige vers le bout du couloir, la main sur le mur. J'ouvre la porte et entre dans la chambre obscure. Mira est allongée là, pratiquement comme je l'ai laissée, parfaitement bordée. Je m'assieds à côté d'elle sur le lit et pose une main sur son épaule.

— Mira, chuchoté-je.

Rien. Je la secoue.

— Mira.

— Hein.

— Réveille-toi.

Je la secoue à nouveau.

Elle résiste, mais je la secoue encore quelques fois et cela suffit. Elle se frotte les yeux et m'observe, encore dans les vapes. Ses yeux endormis s'écarquillent d'horreur au moment où elle se souvient.

— Mon doigt !

— Chut. Il ne s'est rien passé... tu vas bien.

Je raffermis ma prise sur son bras.

— D'accord ?

Elle commence à trembler. Elle est toute troublée et pleure désormais. Elle a été droguée jusqu'à devenir folle.

— Tu vas bien. Je suis là.

Ce qui est risible, quand on y pense. Un oxymore.

— Décale-toi.

Elle n'obéit pas, alors je la pousse. Je me mets dans le lit et passe un bras autour d'elle.

— Chut.

Elle commence à sangloter. Merde. Je me contente de la serrer fermement, me disant que j'aimerais pouvoir avaler toute cette tristesse pour elle. Finalement, elle se calme.

— Je dois te poser quelques questions. À propos de Lazarus.

— Hein ?

— Lazarus, qui apprécie-t-il ? À qui fait-il confiance dernièrement ?

— J'comprends pas.

— Qui est ami avec Lazarus ?

J'ai une idée, mais j'ai besoin de l'entendre de sa bouche.

— Qui préfère-t-il ? Dans tout le clan du Black Lion. Avec qui Lazarus est-il venu dîner vendredi ?

— Son frère, répond-elle. Ioannis.

Nous le savons, bien sûr. Lazarus aime son frère.

— Qui d'autre ?

— Ferit. Meilleurs potes.

La façon dont elle le prononce ressemble plutôt à *mieurpote*.

— D'accord, dis-je. C'est bien.

Elle semble s'assoupir un peu.

— Hé.

Je la secoue.

— Tu étais en train de me parler des amis de Lazarus.

— C'est vrai, chuchote-t-elle.

— Avec qui roule-t-il ? En plus de Ioannis ? Avec qui traînait-il à l'inauguration ?

— Engjell. Comme les quatre mousquetaires.

— Bien. C'est bien. Qui d'autre ? Qui lui doit une faveur ?

— Pourquoi tu veux le savoir ?

— Le salaud veut le savoir, chérie.

Elle rit doucement et me donne soudain un flot de noms. C'est comme si elle était hypnotisée ou quelque chose dans le genre et que les noms tombaient simplement de ses lèvres. Ce qu'elle me dit m'aide. J'attrape mon téléphone dans ma poche et envoie un message à Konstantin. Il doit savoir ce qu'il se passe. Il aura des photos des gars. Je pense que Viktor peut envoyer une équipe avant nous, comme des clients banals du restaurant. Ils feront le guet. Une couche de protection avant que nous y allions et ils pourront me prévenir si Lazarus a rempli la salle avec ses gars.

J'imagine bien Lazarus le Sanglant me tirer dessus et laisser Aldo se faire prendre dans l'échange de tirs. Ce serait un plan brillant. D'une pierre deux coups.

— Aleksio ?

Elle se retourne vers moi. Je touche son nez avec le téléphone. Elle essaie de l'attraper, mais ses réflexes sont altérés par les drogues.

— Tu devrais dormir, dis-je.

— Aleksio, chuchote-t-elle.

Je sais ce qu'elle va dire. C'est dans l'air, entre nous. C'est dans ses yeux. Elle étale sa main sur mon torse.

— Non, chérie.

— J'ai bien aimé, comme ça.

Mon sang s'accélère.

— Mira...

Je n'ai jamais autant désiré une femme. Mais non. Pas comme ça.

Elle tend la main entre nous. Je l'attrape avant qu'elle ne puisse toucher mon membre.

— Non, chérie.

— Allez, dit-elle. Refaisons-le comme ça.

— Tu vas dormir.

Je l'attire fermement contre moi.

— C'est un ordre.

— Faisons des bêtises, chuchote-t-elle à mon oreille.

Le désir me traverse. Ce n'est pas comme si nous n'avions pas le temps. Une heure au moins avant que son vieux père ne se montre à l'Agronika. Mais je ne vais pas le faire.

Elle se retourne dans mes bras, me tournant le dos. Je me décale pour éviter que ma verge tendue ne s'approche de ses fesses parfaites, parce que je ne peux pas en supporter autant.

— C'était quoi, ta question ? marmonne-t-elle. Tu avais une question ?

— Tu y as déjà répondu. C'est bon.

Sa respiration se calme et je crois qu'elle dort. Néanmoins, elle soupire ensuite. Si paisiblement. Je lui caresse les cheveux, me demandant comment c'est de ressentir cette paix.

J'ai passé des années à l'observer de loin, me demandant comment c'était.

Konstantin m'a transformé en tueur, oui, il m'a fait exploser la tête de mecs pendant qu'ils suppliaient, qu'ils pleuraient, pendant qu'ils vaquaient simplement à leurs occupations. Il m'a transformé en arme aiguisée pour la bataille avec le vieux Nikolla, mais il n'a jamais réussi à me faire détester Mira, malgré toutes ses tentatives.

Mira était la déesse intouchable. D'une certaine façon, c'était normal qu'elle soit dans ce monde. Comme c'est normal qu'il y ait des étoiles ou le soleil ou quelque chose du genre.

Quand vous êtes un tueur, horrible, sanglant et cabossé, vous ne détestez pas les étoiles parce qu'elles brillent. Vous êtes content qu'il y ait quelque chose de bien, là-haut.

C'est ce que j'ai ressenti pour Mira.

Je l'attire plus près de moi.

— Tu es en sécurité, comme tu l'as toujours été, chuchoté-je avant d'y réfléchir. Tu te souviens ? Juste une pelouse verte infinie. Un lac bleu. Des soldats sous ton commandement qui mourraient pour toi. Pas d'inquiétudes. Tu te souviens ?

— Oui, marmonne-t-elle paresseusement.

— C'était comment ?

— Je ne sais pas, dit-elle. Tu ne te souviens pas ?

— Non. Tu dois me le dire.

Elle ne bouge pas.

— Allez, insisté-je. Dis-moi.

Après un long silence, elle déclare :

— Je ne sais pas.

— Tu dois le savoir. Essaie, chérie.

— C'est une question difficile.

— Essaie.

— Quoi ?

— C'était comment, de se sentir en sécurité ? demandé-je, frustré.

Je la revois aux fêtes d'anniversaire, à faire des pique-niques par terre. Les sorties en bateau. Une sécurité complète et douillette.

Je veux juste vraiment savoir. J'ai toujours voulu savoir.

— Dis-moi comment c'est, répété-je.

Il a fallu un long moment à Konstantin pour se rendre compte que j'amassais les photos sur lesquelles elle apparaissait. Quand il l'a découvert, il m'a tellement frappé que j'ai failli me retrouver sans dents. C'était quand il était plus grand que moi.

À l'époque où il avait le contrôle.

Je crois qu'elle s'est endormie, mais elle reprend ensuite la parole.

— Je ne peux pas le décrire. Je ne sais pas. La sécurité... qu'est-ce qu'on ressent avec la gravité ? Qu'est-ce qu'on ressent avec l'air ? Je ne sais pas. C'est juste comme ça...

Elle s'assoupit.

— J'sais pas...

Elle ne sait pas.

Sa réponse est comme un coup de poing dans l'estomac. On est en sécurité quand on ne sait pas à quoi ressemble la sécurité.

C'est la seule réponse que je n'ai jamais imaginée, mais c'est évident, désormais. On ne peut pas décrire la sécurité quand c'est tout ce qu'on connaît. Quand on n'a jamais eu à s'enfuir au milieu de la nuit à cause d'un grésillement au téléphone ou d'une lumière dans l'allée. Quand on n'a jamais eu un faux grain de beauté qui gratte collé au menton ou qu'on ne s'est jamais pris une grande claque sur la tête parce qu'on essayait de l'enlever.

La sécurité, c'est marcher dans la rue sans avoir à s'inquiéter que quelqu'un vous ait reconnu.

La sécurité, c'est ne jamais penser à la sécurité.

On pense qu'avec toute cette sécurité, elle serait faible, mais elle est forte.

Je l'attire plus près de moi. Est-ce de là que vient son optimisme ? Si elle perdait sa sécurité, l'optimisme partirait-il également ?

— Tu te sens en sécurité, là ? demandé-je.

— Oui, chuchote-t-elle.

Sa respiration se calme, mais elle change ensuite et devient irrégulière.

— Sauf que papa a tué tes parents.

Elle commence à s'agiter.

— Il les a tués. Devant les bébés...

— C'est bon, maintenant, chuchoté-je.

— On est censés se soutenir l'un l'autre.

Je la serre plus fort. Même dans son état troublé, elle s'inquiète des règles. Elle veut que les gens soient bons. Elle veut penser que nous ne sommes pas des animaux.

— Maman me soutenait, mais elle est morte, ajoute-t-elle.

— Je sais, chuchoté-je.

— Elle a eu un cancer.

Sa respiration recommence à devenir irrégulière. C'est stupide de ma part de ne pas y avoir pensé. Comme si j'étais la seule personne à avoir perdu quelque chose.

— Je parie qu'elle t'aimait beaucoup. Je parie que ta mère t'aimait tellement, dis-je.

— Ouais.

Je la sens s'apaiser.

— Rappelle-moi comment elle était.

Je m'en souviens, mais là n'est pas la question.

— Elle aimait les vieux objets.

— Et ?

Je ne devrais pas la faire parler. Je devrais la laisser dormir.

— Elle était belle, chuchote-t-elle. Elle riait beaucoup. Pique-niquait. Elle aimait ABBA. Le Scrabble. Les parties de badminton près du lac.

— Un sport guindé.

Je vois à la forme de sa joue qu'elle est en train de sourire.

— *Tu* y as joué.

— Peut-être une fois.

— Le volant en l'air et maman qui riait. Et les dimanches...
Sa voix se brise.

— Les ombrelles au soleil, le dimanche. Les *tea party*. Avec des morceaux de sucre. Des fleurs dessus. Quelle était la question ? demande-t-elle après un moment.

Elle s'endort, mais je ne veux pas qu'elle parte.

J'appuie mon visage contre ses cheveux à l'odeur si douce.

— Dans la salle de jeu. Les joyeux bébés animaux ? Ils sont toujours peints sur le mur ?

Sa poitrine est secouée. J'imagine que c'est un genre de rire.

— Est-ce que les animaux y sont toujours ? Dans cette cachette secrète ?

— Tu es au courant pour les bébés animaux ?

— J'ai vécu là-bas, tu te souviens ?

Un autre tressaillement de sa poitrine. Elle rit, elle pleure. Ça n'a aucune importance en quelque sorte. Elle ne se souviendra de rien de tout ça demain, c'est l'idée que je me fais.

— Les joyeux bébés animaux, dit-elle. Ouais. Leurs visages éclairés par le soleil. Mais seulement en hiver.

Le choc de ce souvenir me traverse, le soleil illuminant ces stupides visages peints au plein cœur de l'hiver. J'avais oublié.

— Des visages ensoleillés. Mais tu as gâché les joyeux bébés animaux pour moi, déclare-t-elle. Aleksio, j'ai la tête qui tourne.

— Je te tiens.

Je la serre plus fort. Ce que je fais est mal. Je ferais aussi bien de me la taper maintenant, parce que je la viole émotionnellement, je lui arrache des souvenirs.

— Et le Chris-Craft ? Ce vieux bateau. Tu te rappelles ?

— Les pique-niques sur le Chris-Craft, marmonne-t-elle.

— Quel était le bruit du moteur ? Tu t'en souviens ?

Elle est silencieuse. Je la secoue.

— Dis-moi, Mira. Le Chris-Craft.

— Gargouillis. Il gargouillait.

Elle baisse la voix et semble ivre.

— Burg-burg-burg.

— C'est pas mal.

J'adorais ce gros et puissant moteur du Chris-Craft. J'aimais également ces peintures de bébés animaux.

Jusqu'à la fin.

Jusqu'à ce que Konstantin me cache dans ce recoin, avec sa main qui sentait le cigare et qui me serrait comme un étau claqué sur ma bouche pour m'empêcher de crier, me tenant fermement alors que Nikolla massacrait mes parents pendant que mes petits frères hurlaient. J'ai tout vu dans le reflet de la fenêtre. La rapidité avec laquelle Nikolla s'est attaqué à mes parents rendus apathiques par les drogues. Sautant sur ma mère. Comme un chien après une gorge.

Mon regard s'est fixé sur les bébés animaux pendant une heure après la fin des cris.

C'était dans le vin, m'avait informé Konstantin plus tard. Konstantin avait également été drogué. Un tueur à gages désarmé qui avait dépassé la fleur de l'âge, un vétéran de la guerre du Kosovo, trop drogué pour se battre contre un tueur comme Nikolla et un Lazarus d'une vingtaine d'années. Konstantin a fait la seule chose qu'il pouvait. Il m'a attrapé et m'a caché dans un recoin de la taille d'un enfant dont Nikolla n'aurait pas pu avoir connaissance, une niche dans le mur, un accident architectural rendu fonctionnel pour les enfants.

En y repensant, je m'émerveille parfois de la façon dont Konstantin a pu s'accrocher à moi pendant tant d'heures vu comment je me tortillais. Je voulais rejoindre mes parents. Ma mère et mon père étaient juste là. Ils avaient emmené mes frères dans un sac, mais maman et papa étaient juste là. Immobiles. Je ne pouvais plus les voir dans le reflet de la vitre, mais je savais qu'ils étaient là.

Au milieu de la nuit, nous sommes enfin sortis de là. Le premier jour de ma nouvelle vie vouée à faire de moi une machine vengeresse de violence pure.

Elle commence à sangloter, en silence maintenant.

— Chut, dis-je en lui caressant les cheveux. Ce n'est rien, chérie. Tu vas bien maintenant.

Je n'ai jamais beaucoup pleuré pour mes parents. Le vieux

Konstantin me frappait quand je le faisais. Ce n'était pas méchant, vraiment, il voulait juste que je canalise toute cette émotion dans mon entraînement et ma revanche. Il faisait du mieux qu'il pouvait.

Quand je suis certain qu'elle dort, je me démêle de son corps et descends du lit, dégoûté de moi-même.

Foutus joyeux bébés animaux. Qu'ils aillent se faire foutre.

J'envoie un message à Konstantin pour lui demander d'envoyer les photos des gars de Lazarus, puis je me sers une vodka dans la cuisine. Viktor et moi déteignons l'un sur l'autre depuis un an, depuis que nous nous sommes retrouvés. Ou plutôt, nous nous corrompons mutuellement.

Donc c'est de la vodka pour moi maintenant.

Il est à la table avec Currie.

— Tu as eu l'info ?

— Oui. Konstantin envoie les photos.

Je bois cul sec.

— Je suis content d'avoir fait exploser cette baraque. Je la détestais, dis-je.

— On part dans dix minutes, annonce-t-il. Tito te dépose. Currie reste avec Mira. Je serai dehors, à faire le tour avec mon équipe. À la minute où tu as une piste, tu envoies le message et on s'en occupe. D'accord ?

— Tu as vu ce qu'elle a fait ?

Je fais un signe de tête vers la pelouse.

— Oui, j'ai vu ce qu'elle a fait, *brat*.

— Merde. Avec ce flingue ?

Je boite jusqu'à la table.

— Nom de Dieu, Aleksio, s'exclame Currie. Tu as besoin de radios.

— Bande-la simplement.

— Tu as besoin de vrais soins. N'ignore pas ta blessure. Tu es foutu à vie si elle ne guérit pas correctement.

Je commence à enlever ma chaussette. Ma cheville est enflée, on dirait quelque chose qui vient du cosmos.

— J'ai juste besoin que tu la stabilises.

— Tu veux vraiment que ta cheville ne guérisse pas bien ? demande Currie. C'est ce que tu veux ? Parce que rester amoché est une façon débile de se racheter envers Kiro.

Je le pousse contre le mur.

— Est-ce que tu es soudain devenu psychanalyste ? Parce que tout ce temps, j'ai cru que tu étais un putain d'urgentiste qui a une Mustang et une résidence secondaire au lieu d'être six pieds sous terre.

C'est là où il serait sans notre aide avec ses dettes de jeu.

Il me regarde, effrayé. Je suis vaguement conscient que Viktor essaie de me calmer.

— Réponds ! Tu es notre urgentiste ou quoi ?

— Je suis votre urgentiste.

— Alors ne me fais pas une putain de psychanalyse. Sinon je t'arrache la tête. Est-ce que je vais devoir me racheter pour ça ?

— Calme-toi, bordel, s'exclame Viktor en me tirant en arrière.

— Et Kiro est en vie ! dis-je à Currie.

Puis je me retrouve face à face avec Viktor et le pousse contre le mur.

— Garde ta colère, dit-il.

Je m'assieds.

— Bande-la suffisamment pour que la douleur soit supportable, ensuite j'envisagerai la radio.

Currie commence à faire le bandage, retrouvant son comportement professionnel et assidu.

— Désolé, dis-je.

— Je comprends, répond-il. Je te comprends.

Les mecs arrivent avec le sang et le doigt. Il vient d'une

vieille femme et il est congelé. Il n'a pas l'air terrible jusqu'à ce que Currie le mette au micro-ondes avec un bol d'eau pour l'hydrater. Je note mentalement de ne plus jamais utiliser ce micro-ondes. On finira par vendre la maison.

Je regarde l'horloge pendant que Viktor et ses gars enferment le doigt dans un sac en plastique avec du sang qu'ils ont récupéré Dieu sait où. Ils le mettent dans un étui à lunettes avec la bague au-dessus.

Konstantin donne des instructions pour les hommes de Viktor. Ils vont aller au restaurant avant moi et prendre des photos, et il examinera lui-même les clients. Je le prends au téléphone et le remercie. Il n'est pas ravi de tout ça.

— On va ramener Kiro en sécurité, à la maison, puis on prendra ce qui est à nous dans une tornade de putains de balles... tu verras.

Je puise dans l'optimisme de Mira maintenant, non pas qu'elle approuverait.

— Les frères, ensemble, vont tout reprendre.

Cinq minutes avant le départ. Nous allons frapper Aldo et ses hommes au cœur de leur royaume. Exactement ce que Konstantin ne voulait pas qu'on fasse avant d'être réunis tous les trois.

Peut-être que j'aurais dû écouter.

Je fais comme si j'étais confiant, mais cette situation se dégrade très rapidement.

Je grimace quand Currie enroule ma cheville scotchée dans un bandage doux et élastique. Viktor envoie des messages, il guide les troupes.

La santé de Konstantin n'est pas terrible, mais il est installé dans un appartement chic avec une infirmière à temps partiel qui prend soin de lui. Je veux dire, vraiment chic, dans les quartiers ouest.

Ne laissez personne vous dire que le crime ne paie pas.

J'ai cette idée stupide de nous tous, à Noël, tous les trois et Konstantin. Pour lui offrir un Noël avec les trois frères.

Il est dix heures, dimanche soir, et l'Agronika est assez bondé.

C'est un endroit sombre et pas parce qu'il n'y a pas de lumières : il y en a beaucoup, mais elles luisent au lieu de vraiment illuminer cet endroit. Même chose avec les tables couvertes d'une nappe blanche. Elles luisent. Beaucoup de lambris en bois foncé. C'est typique de la mafia albanaise. Comme un vieux bateau.

Je passe à côté des clients qui parlent doucement devant leurs assiettes d'agneau rôti et de poivrons farcis, l'air est riche des arômes du pain chaud avec un soupçon de chou mariné.

J'arrange mes manches et avance dans la salle, facilement et avec force, comme si ma cheville n'était pas en train de craquer. Je sens les yeux de mes ennemis sur moi.

Le restaurant est organisé en L, le devant étant surtout ouvert au public, mais une fois qu'on tourne à l'angle, on arrive sur le territoire d'Aldo Nikolla.

Aller là-bas va totalement à l'encontre de mon instinct de survie. Toutes ces années passées à fuir ces visages. La cible dans mon dos donne l'impression d'être illuminée par des néons.

Les mecs de Viktor sont dans le coude du L. Ils sont restés en contact avec Konstantin, lui faisant voir le restaurant au travers de la caméra de leur iPhone. Jusqu'ici, aucun des mecs de Lazarus ne s'est pointé. Je ne les regarde pas dans les yeux quand je passe à côté d'eux. J'incline juste la tête en signe de reconnaissance.

Le bourdonnement dans l'air s'estompe dès que ses soldats

me voient. Je sens leurs putains de mains passer sous la table, les armes sortir de leur holster. Les doigts sur la gâchette.

La température semble descendre de dix degrés.

Aller là-bas, c'est du suicide, a dit Tito.

Je suis complètement vulnérable. Je n'ai même pas de gilet pare-balles, non pas que ça aiderait. Ces mecs visent la tête.

Je continue de marcher, le cœur tambourinant.

Tous ces hommes savent que ma tête est mise à prix pour un million. Il suffit qu'un homme ne sache pas que j'ai caché Mira dans un endroit secret pour se lancer. Un mec qui ne saurait pas que j'ai ce pouvoir de négociation.

Quelque chose en moi vrille quand je vois Aldo dans un box arrondi, au coin de la pièce, avec quelques-uns de ses mecs moins importants. Mes doigts s'étirent et se serrent avec le désir profond de le mettre en morceaux, du muscle au tendon, du tendon à l'os, articulation par articulation.

Ce besoin remonte tellement à la surface que ça me fait un peu peur.

J'entends toujours la façon dont ma mère a crié juste avant qu'il la tue. Mon père n'a émis aucun son. Il s'est battu contre Nikolla et Lazarus jusqu'à la fin, mais ma mère a hurlé jusqu'à ce qu'Aldo tranche son cri avec une lame, qu'il le transforme en un son guttural que je n'oublierai jamais. Puis il y a eu ce bruit sourd sur le sol. Suivi par le bruit de Nikolla en train de vomir. Les hurlements de mes frères s'estompant tandis qu'on les emmenait.

Ma peau est moite. C'est à cause des soldats autour de moi. Je sens leur peur et leur répugnance. Je ressens ce picotement dans mon dos qui m'indique qu'on me surveille.

Je repousse cette sensation et souris quand il m'aperçoit. Le vieux a l'air abasourdi. Ouais, c'est vraiment fou que j'avance dans le restaurant, avec de longues foulées paresseuses. Je baisse la main et ajuste mon sexe pour le narguer.

Il se lève et sort du box comme si quelqu'un venait de faire claquer un élastique sur sa tête.

Je ricane, comme si je n'avais rien à craindre.

Nikolla m'attrape et me pousse contre un poteau en bois entre deux box. Je le laisse faire et ris. Le rire est pour lui, mais un peu pour les mecs de Viktor aussi, qui surveillent.

— Qu'est-ce que tu vas faire, le vieux ? dis-je.

Ses yeux ressortent un peu, comme ceux des vieilles personnes parfois. Ses joues sont rouges et son haleine sent le whisky.

— J'ai quelque chose pour toi, annoncé-je. C'est de la part de Mira.

— Tu n'as pas...

— Tu le veux ou pas ?

Il tente de dissimuler son effroi, mais ce n'est pas facile parce qu'il ne sait pas de quoi je suis fait. Il se demande en ce moment même quel genre de salaud je suis. Est-ce qu'Aleksio Dragusha découperait sa petite fille ? Pire ?

Beaucoup de mecs disent des conneries dans ce genre, mais ne s'exécutent pas. Et leur valeur baisse à cause de ça. Il faut mettre ses menaces à exécution dans les affaires. C'est une question de loyauté, de dignité et d'honneur envers sa parole.

— Alors, tu le veux ?

Il scrute mon visage.

Je souris. J'ai envie de lui faire tellement de mal que ça me rend fou. C'est un petit miracle que mes mains ne soient pas autour de sa gorge.

Quelques-uns de ses gars se sont resserrés autour de nous, attendant ses ordres. C'est troublant d'être seul, entouré par tant de mecs qui meurent d'envie de me tuer pendant mon face-à-face avec Nikolla.

— Un peu d'intimité, dis-je aussi calmement que possible.

Il acquiesce et les mecs se détendent.

Il lâche ma chemise et recule, me signalant un box sur le côté. J'y vais et il me suit. Nous nous assoyons l'un en face de l'autre dans le box.

Je mets la main dans la poche de ma veste, sors l'étui à lunettes et le fais glisser sur la table.

— Un indice, déclaré-je. Ce ne sont pas des lunettes.

Il ouvre le couvercle. La bague est sur le dessus, le doigt dans un sachet en dessous, enveloppé dans un tissu. Il saisit la bague et l'étudie. J'attends, curieux de savoir ce qu'il fera du doigt, comment il dissimulera son aversion pour le sang. Il incline le boîtier vers lui, effleurant le tissu, faisant semblant de regarder le doigt, tout comme Mira a dit qu'il le ferait. Puis, il le referme, clairement secoué. La bague a fait l'affaire, comme Mira l'avait dit.

Il tient l'anneau entre deux de ses gros doigts.

— Je ne te tuerai pas rapidement, réussit-il à dire. Je vais te chasser. Je vais te trouver. Et je vais te tuer lentement.

— Ouais, eh bien, en attendant, tu dois imaginer que tu ne voudras pas un autre cadeau comme celui-ci.

Il scrute mon regard.

Je m'appuie sur le dossier de mon siège.

— Le service est lent ici.

— Qu'est-ce que tu veux ?

— Je vais prendre une vodka. Pure.

Ce n'était pas ce qu'il voulait dire, mais un verre me ferait du bien. Il fait un signe vers le serveur et donne l'ordre.

— Laisse-moi lui parler.

— Elle dort, dis-je. La journée a été chargée.

Silence.

— Tu l'as fait.

— Maintenant tu dois nous donner tout ce que tu as sur Kiro. Si tu aimes ta fille, tu voudras que je le retrouve en premier.

Il attend un moment, puis répond :

— D'accord.

J'ai immédiatement des soupçons. C'est trop facile.

— Ligne a un pote de beuverie, Archie Vega, poursuit Nikolla. Il refourgue une partie de son travail à Vega, mais il ne veut pas que je le sache. Il se confie à Vega. Et ce mec est du genre... disons juste qu'il aime savoir les choses. Il collecte des secrets et fait chanter les gens. J'ai envisagé de le kidnapper. Je ne sais pas ce qu'il sait, mais je l'imagine bien avec des infos en poche. J'ai toujours pensé que si je devais trouver ton frère, c'est Archie Vega qui m'indiquerait sa localisation.

— Son adresse.

Il sort son téléphone.

— Facile. Montre-moi.

Il lève les yeux et me laisse lire. Archie Vega. Coordonnées. Je mets son téléphone dans ma poche et envoie les détails à Viktor. Il l'attrapera dans les dix minutes.

La serveuse apporte un raki pour lui et une vodka pour moi.

— Tu n'aurais pas pu me le dire dès le début ? Qu'est-ce qui ne va pas chez toi ?

Le vieil homme sirote sa boisson. Toute la vieille génération boit du raki, un mélange entre le grappa et l'ouzo avec un soupçon de réglisse.

— Je vais rester assis là un moment et m'assurer que tu ne préviennes pas Vega.

Je bois cul sec le reste de ma boisson, puis je retourne le verre sur la table.

Quelque chose ne va pas. Tout est trop facile.

Chapitre Treize

Viktor

Voilà un secret sur les orphelinats que personne ne révèle jamais : quand vous y êtes, vous espérez toujours que vous étiez un enfant non désiré. Une grossesse accidentelle.

Parce que l'alternative est que vous êtes le produit de la violence, de la torture et de l'horreur. Que vous êtes horrible et détesté depuis votre naissance. C'est ce qu'on pense toujours, en tout cas.

Quand les familles passent à côté de vous sans vous adopter, vous pensez qu'ils voient votre horrible cœur. C'est pire quand ils vous ramènent à la maison seulement pour vous rapporter ensuite. En entrant dans la *Bratva*, je suis devenu un élève brillant dans l'étude de la violence. C'était une façon de me faire accepter par quelqu'un, au moins.

Désormais, avec ce talent, j'aide mes frères.

Nous découvrons qu'Archie Vega est seul chez lui, sur son vélo d'appartement, en train de regarder le journal de onze heures. La télévision et le vélo l'empêchent de nous entendre et quand il nous voit, cela l'empêche de se mettre à courir. Il tombe quasiment de son engin en essayant de s'enfuir. Je le fais descendre.

Yuri et Mischa le tiennent en joue pendant que je pose des questions sur Kiro. Il nous dit qu'il ne sait rien. Je vois dans son regard que c'est un mensonge.

— Tu as envie de nous le dire, déclaré-je simplement.

Il secoue la tête. *Ta quift bota nanen.*

Tito traduit :

— Que le monde entier baise ta mère.

— D'accord.

Nous l'attachons à un banc de musculation. C'est du métal. Bien solide.

— C'est moi qui vais te baiser alors.

Je lui découpe ses vêtements. Il doit se sentir vulnérable. Je dois obtenir rapidement des informations. Pour sortir Aleksio de ce restaurant.

Le jour où Aleksio est arrivé a changé ma vie. Un frère de sang.

J'avais ma place. J'avais envie de tomber à genoux et de pleurer dans le garage quand Aleksio m'a dit que j'avais une famille qui voulait vraiment de moi. Il était tellement en colère pour ce que j'ai fait à Mira. Je ne pensais pas qu'il le serait autant. Ça m'a troublé, comme Aleksio dirait. Mais je regagnerai son amour.

J'aurais aimé aller dans le restaurant avec lui. Bien sûr, ç'aurait été une folie d'y aller tous les deux. Si la situation dégénère, l'un de nous deux doit rester en vie pour Kiro. Pourtant, je déteste ça. Si Aleksio meurt, je veux être à ses côtés et mourir avec lui. Ce serait un privilège de mourir avec lui.

J'appuie mon couteau contre le ventre de Vega. Je sens que nous commençons à être à court de temps, mais je souris et même ris. On ne fait jamais savoir à son ennemi qu'on est pressé. Cela lui conférerait du pouvoir.

Les choses faciles d'abord. Qu'a-t-il mangé pour le dîner ? Il faut lui faire visualiser l'intérieur de son ventre et ce que je vais faire.

— Des pierogi, m'avoue-t-il. Avec des poivrons marinés.

J'envoie Mischa vérifier la vaisselle de son dîner.

Maintenant il commence à flipper. Pourquoi est-ce si important ? Pourquoi voudrait-on vérifier sa vaisselle du dîner ? J'attends, comme si je m'ennuyais. Effrayer un homme, ça se joue dans les plus petits détails.

Mischa revient et confirme tout, en russe, et je souris.

— Eh bien, d'accord.

Il appelle immédiatement sa bonne. Une vieille femme avec un foulard sur la tête. Elle se cachait. Elle guide Mischa vers un carton de dossiers papier. Elle dit que Lazarus a des images jpeg de ces dossiers. Ceux-ci sont les originaux.

Je trouve le dossier concernant Kiro. Un dossier Worland, comme ceux que nous avons volés, sauf que rien n'est noirci. Il y a une adresse.

J'envoie un message à Aleksio. J'ai l'adresse. Mais Lazarus également.

Yuri conduit comme un fou pendant que je fouille dans le carton. Il y a d'autres dossiers. Beaucoup de secrets là-dedans.

Chapitre Quatorze

Aleksio

Aldo Nikolla a fini son raki et on lui en apporte un autre sans qu'il ait à le demander. Il baisse la tête et dit d'une voix grave :

— Tu as tellement envie de me tuer que c'en est douloureux. Tu pourrais, tu sais. Tu as tout ce que je sais sur Kiro. Tu vas peut-être t'en sortir vivant. Je devine que tu as des mecs ici, n'est-ce pas ?

Il regarde autour de lui, puis m'observe à nouveau avec curiosité.

— Pourquoi tu n'oses pas essayer ?

Parce que je l'ai promis à Mira. Non pas que je l'avouerais. Je retourne mon verre de vodka sur la serviette. Quelque chose cloche.

— Est-ce que c'est Lazarus ? Tu ne veux pas qu'il prenne le contrôle ?

Il saisit son raki fraîchement servi, un liquide vaporeux dans un verre fin.

— Beaucoup d'hommes ont peur que Lazarus gère les affaires. Mais pas toi, n'est-ce pas ? Tu ne prends pas peur. Konstantin a dû te battre pour te la faire oublier.

— Redis son nom encore une fois et c'est un de *tes* doigts que je prendrai.

— Voilà. La loyauté. La sentimentalité. Tout comme ton père.

Je sais ce qu'il essaie de faire. Il tente de me déstabiliser. Nous sommes dans une impasse, ici dans ce box. Aucun de nous ne peut avancer vers l'autre. Je lui lance un regard froid.

— Tu ne sais absolument rien de moi, le vieux.

Un gamin arrive avec des cigarettes sur un plateau et Nikolla en prend une. Chicago a des lois contre le tabagisme en intérieur, mais l'Agronika est un autre monde.

— Tu utilises la stratégie d'un PDG, mais à l'intérieur, tu es lunatique et émotif, exactement comme lui. Il jouait le gros dur, mais les émotions l'ont transformé en marionnette. Les émotions ont fait de lui *ma marionnette*.

Son visage s'illumine.

Mon visage est en feu.

— Tu prétends que mon père était sentimental parce qu'il a fait confiance à son meilleur ami et partenaire supposé ? Tu es *I pa besa*, le vieux.

Sans loyauté, sans honneur.

C'est la pire chose qu'on peut dire à un homme comme Aldo. Et dans son cas, c'est la vérité.

Aucun signe montrant qu'il y accorde de l'intérêt. On dirait presque qu'il n'a pas entendu. Il y a un mouvement suspect sur mon flanc. Je n'aime pas ça.

— Ton père ne m'a jamais vu venir. Il ne l'a jamais imaginé. C'est comme ça que j'ai pu prendre l'avantage sur lui. Il n'a pas pensé stratégie, il a régné avec son cœur. Il a laissé ses émotions embrumer son esprit.

Reste calme, ne mords pas à l'hameçon, pensé-je au travers du feu qui me traverse. Je pourrais le rendre fou également. Je pourrais lui dire quelle était la sensation des lèvres de Mira, enroulées autour de ma verge. Mais, étant le salaud sentimental que je suis, je ne le fais pas. Je la protège. Cet enfoiré a raison.

Il lève les yeux, des yeux froids sous des sourcils broussailleux.

— Tu penses vraiment que tu trouveras Kiro en vie ?

Mon cœur tambourine. Je le sens. Je sais qu'il est en vie.

— C'est idiot de ta part de t'être attaqué à moi avant d'avoir Kiro. Réunir les trois frères t'aurait donné de la crédibilité. J'ai un petit dicton : tu dois tirer seulement quand tes menaces ne fonctionnent pas. Avec Kiro, tes menaces auraient été suffisantes. Mais tu n'as pas pu attendre. Tu devais m'affronter pour trouver ton frère. Konstantin ne l'aurait pas permis, mais il est vieux désormais, n'est-ce pas ? C'est toi qui mènes la danse à présent.

— C'est ce que je vais faire.

— Bah. Vous, les Dragusha. Vous êtes trop faciles. Ton père était trop facile. Ta mère l'était encore plus.

Je contrôle mon élan de rage.

— Elle est restée là avec la bouche ouverte. Les yeux ouverts. Personne pour les fermer. C'était ce qu'elle méritait.

— Je les ai fermés, rétorqué-je.

Ma déclaration le surprit.

— Tu ne savais pas ? J'étais là tout ce temps. Konstantin m'a attiré dans une cache près de la fenêtre. On a vu ce que Lazarus et toi avez fait. On a attendu que la maison soit sûre. Vous nous cherchiez sur le terrain. C'était tellement stupide de votre part de ne pas prendre un peu plus de temps. Je suis allé vers elle et j'ai fermé ses yeux ainsi que sa bouche. Et ceux de mon père. Et je me suis juré de te détruire. Tu es déjà mort, vieillard.

Je le dis calmement et donne l'impression que cette

promesse est immense, qu'elle n'a pas simplement été faite quand je marchais dans leur sang et que je touchais leurs paupières. J'ai tremblé en fermant celles de ma mère, j'ai eu envie de me jeter à terre à son côté. Puis j'ai poussé ses lèvres l'une contre l'autre, comme c'est la coutume. Konstantin m'a obligé à le faire. La bouche de mon père ne voulait pas rester fermée et j'ai failli perdre la tête – ce sont toujours les petits détails qui vous foutent en l'air. Peut-être que Konstantin l'a senti. Il a forcé la mâchoire de mon père à se fermer pour moi et nous sommes sortis.

— Pourquoi ne pas me tuer ? Tu es tellement chauffé à blanc que tu n'as plus les idées claires là, n'est-ce pas, Aleksio ? Pourquoi ne pas essayer ?

— Tu penses que je ne le ferai pas ?

Il incline la tête comme s'il comprenait quelque chose.

— Est-ce qu'elle t'a fait promettre de ne pas m'éliminer ?

Merde.

Il sourit.

— Et tu as plongé ? Tu ne peux pas la laisser profiter de toi comme ça.

— Profiter ? Nom de Dieu, tu es son père et tu nous as laissés lui couper le doigt. Pourquoi tu ne nous as pas simplement parlé de Vega quand tu étais allongé sur ta pelouse ? Pourquoi attendre qu'on t'envoie des morceaux de son corps ? Tu te fous de ta fille ?

— Qu'est-ce que j'ai, maintenant ?

— Quoi ?

— Qu'est-ce que j'ai ? répète-t-il. Regarde où je suis dans ce jeu. Comparons nos comptes, tu veux bien ? J'ai acheté le temps dont j'avais besoin, le temps pour trouver Kiro moi-même. Lazarus va trouver ton frère avant toi et faire taire cette prophétie. Quoi d'autre ? Je suis libre. Tu n'es plus un danger pour moi, n'est-ce pas ? Et toi, qu'est-ce que tu as ? Tu as pris le doigt de

Mira. Oh, je m'inquiète énormément pour elle. Je ne jouais pas un rôle quand j'étais allongé sur la pelouse, et *je te ferai payer*.

— Le doigt de ta fille…

— Je ne pensais pas que tu le ferais.

Il hausse les épaules.

— Nous avons menacé de la tuer si Kiro mourait.

— S'il te plaît, dit-il d'un air narquois. Tu ne la tueras pas. Quand Viktor a dit ça, j'ai su instantanément que vous n'en aviez pas discuté. Plus que ça, je me souviens de Mira et toi, ensemble, quand vous étiez enfants, probablement plus que tu ne t'en souviens. Vous aviez un lien rare. Je savais que plus vous passiez de temps ensemble, plus elle serait en sécurité. Bref, tu es comme ton père. Je le vois en toi. Guidé par tes émotions. Tu te ramollis quand des innocents sont impliqués. Le doigt de Mira. Je suis impressionné…

— Comment tu peux te regarder dans un putain de miroir ?

— Ce n'est pas moi le raté ici, Aleksio. Tu as tenté un coup contre moi sans l'avantage psychologique des trois frères réunis. Tu as fait passer les sentiments avant la stratégie et ça m'a dévoilé ton jeu. Tu vas sortir d'ici en me laissant en vie, parce que tu penses toujours avoir une chance de sauver Kiro et tu n'autoriseras pas Viktor à décider du sort de Mira. Lazarus va tuer Kiro s'il ne l'a pas déjà fait, puis on vous éliminera, Viktor, toi et tous les orphelins bons à rien de la *Bratva*, tandis que Mira retournera à sa vie. Tu seras juste un souvenir triste et haï.

Mon cœur galope. Le message arrive. Viktor. Il a l'adresse. Je suis rempli de rage. Il a raison. Je sens Kiro dans mon cœur. Je l'aime. Je sais qu'il est toujours en vie, il doit l'être. Et je vais le protéger, comme je protégerai également Mira.

Les yeux du vieux pétillent.

— Tu ne peux pas gagner cette guerre. Tu vas mourir, juste comme ton père.

Je me lève et glisse mon téléphone dans ma poche.

— Qu'est-ce que j'ai ?

Aldo plisse les yeux. Il ne comprend pas la question.

— Tu m'as demandé ce que j'avais. Ta foutue comparaison de comptes et tout ça. Eh bien, je vais te dire ce que j'ai. J'ai l'amour et j'ai l'honneur. J'ai une famille pour laquelle je mourrais sur-le-champ.

Il lève les yeux vers moi avec une expression indéchiffrable et je me fous de savoir ce qu'il cache. Parce que pour la première fois depuis cette nuit sanglante, il semble tout petit.

Je me retourne et m'en vais.

Viktor conduit comme un fou pour retourner à Stonybrook.

— Tu t'en es sorti en vie, *brat*, dit-il.

C'est véritablement tout ce qu'il y a à dire. Nous flippons tous les deux pour Kiro.

Nous avons un nom et une adresse pour la famille adoptive de Kiro. La famille Knutson est à Glenpines Grove, à quelques heures au nord-ouest. La région du soja, bordée par un fleuve, c'est là que la famille qui a obtenu Kiro habite. Étant donné qu'il a vingt ans, il est peu probable qu'il vive là-bas, mais on ne sait jamais.

S'il est là-bas, il pourrait être mort.

À cause de moi. De ma foutue sensibilité. De mon souhait d'avoir ma famille.

Le plan est d'attraper toutes les armes que nous avons et de nous rendre là-bas, en espérant que Lazarus le Sanglant n'a pas trop d'avance.

Nous nous disputons sur le fait d'emmener Mira avec nous. Viktor veut qu'elle reste cachée à la maison, mais c'est trop dangereux ici.

— Elle cause des problèmes, *brat*.

— Elle vient.

Je tente d'ignorer les paroles du vieux Nikolla qui résonnent dans ma tête. *Tu as fait passer les sentiments avant la stratégie.*

— Tu penses que parce qu'elle t'a appelé, elle t'aime ? Elle est à toi ? Qu'il y a quelque chose entre vous ?

Je vois les magasins défiler dans un brouillard.

— Elle était droguée, poursuit Viktor. Tellement droguée qu'elle n'avait plus toute sa tête. Elle aurait appelé le diable en personne si elle avait pensé que ça lui permettrait de garder son doigt.

— Et si tu te concentrais sur le fait de nous amener là-bas.

— Tu l'as kidnappée et lui as baisé la bouche. Tu penses qu'elle irait volontairement avec toi où que ce soit ?

Je n'ai rien à répondre à ça. Elle a toutes les raisons de me détester, mais elle est à moi. Cette pensée ne me surprend même pas. Elle est à moi. Elle l'a toujours été. Et je ferai probablement encore d'autres choses qu'elle déteste aujourd'hui, mais elle sera toujours à moi.

— On a trouvé quelque chose d'autre d'intéressant. Regarde sur la banquette arrière. Lis ce dossier que j'ai obtenu de Vega.

Je me retourne et attrape la chemise cartonnée. Un seau officiel. Le bureau du médecin légiste de l'État de l'Illinois. L'étiquette indique : Nikolla, Vanessa.

La mère de Mira.

— C'est quoi ce délire ?

Je l'ouvre et regarde. Ça vient du coroner.

— La mère de Mira. Quel est le rapport avec Kiro ?

— Ça n'a rien à voir avec Kiro, dit Viktor. Regarde à l'intérieur. Ils ont dit que sa mère était morte d'un cancer, n'est-ce pas ?

— Oui, c'est ce qu'ils ont dit. Mira était là.

Je feuillette. Il s'agit de documents médicaux.

— Cause du décès... qu'est-ce que c'est ?

Il est indiqué : homicide.

— Une toxine pharmaceutique. Intraçable. Intéressant, non ? C'était le rapport initial. Elle n'est pas morte d'un cancer. Elle a été assassinée. Aldo Nikolla a dû payer une petite fortune pour faire passer sa maladie pour un cancer. Pour que ce soit l'histoire officielle. Là, tu as le rapport du médecin légiste original. Archie Vega le faisait chanter avec ça. Son carton est plein de secrets. Konstantin va l'adorer.

— Aldo Nikolla a tué sa femme ? La mère de Mira ?

Viktor prend un virage sans ralentir.

— Mira n'appréciera pas, je crois.

Je referme le dossier.

— On ne peut pas lui montrer, c'est trop. On lui cachera.

— Pourquoi ne pas lui montrer ? Pense comme ça fera mal au vieux.

— Lui montrer va surtout lui faire mal à elle, dis-je. Et ça ne nous mènera pas jusqu'à Kiro.

Il me lance un regard sombre. Je soutiens son regard.

— Est-ce que tu sens qu'il est encore en vie, *brat* ? demande-t-il.

Il y a tellement de vulnérabilité dans sa voix que ça me tue.

— Je sens qu'il est encore en vie.

Chapitre Quinze

Je suis allongée là, dans l'obscurité, au milieu de la nuit, essayant de digérer cette nouvelle information sur papa. Je ne peux pas la faire entrer dans mon cœur plus que je ne pourrais faire entrer un jouet carré dans un trou rond.

Il a massacré ses plus proches amis ! Monsieur Dragusha était son mentor et madame Dragusha était une femme innocente. Une femme, une mère. Il les a tués de sang-froid.

Et il a envoyé les garçons loin d'ici avant de pourchasser Aleksio. Mon estomac se tord.

Et Aleksio est allé au restaurant, il s'est avancé directement au milieu de son bastion. C'est fou, même en me retenant comme otage.

Je glisse ma paume sur le côté du lit, là où il était, de haut en bas. J'ai l'impression qu'il était encore là il y a quelques secondes, en train de me tenir contre lui et de me parler. Je me sentais en sécurité dans ses bras. Comme si je rentrais à la maison.

Ce qui est insensé, puisque cette merde est tout ce que j'ai toujours essayé de fuir. C'est comme si j'étais aspirée par un genre de miroir enchanté, mais ce n'est pas ma vraie vie. Et la situation commence à s'envenimer.

Aleksio et Viktor respectent leurs promesses. J'en suis certaine. Aleksio a dit qu'il ne tuerait pas papa et je sais qu'ils tiendront cette promesse. Mais que fera papa ?

Et que fera Viktor ? Il a promis de me tuer si Kiro n'est plus en vie. Si Kiro est mort, Viktor devra tenir cette promesse. Il en aura besoin. Et Aleksio tentera de l'en empêcher.

Pfff, quel bordel. Dans les deux cas, je dois m'enfuir d'ici.

Je ne peux pas retourner au centre d'actions juridiques. Ce sera facile pour eux de me trouver là-bas. Cette fausse Mira ne fonctionne que si personne ne menace cette couverture.

Je décide de fuir dans le chalet de la famille d'une vieille amie de lycée, près du Mississippi. Avant, on partait là-bas en douce pour le week-end. Je sais où est cachée la clé. Personne ne me trouvera. Ni Aleksio, ni Viktor, ni les gars de papa.

Je retourne vers la porte et y colle mon oreille. Je me surprends à espérer que les frères s'unissent et complètent la prophétie. Qu'ils reprennent le clan du Black Lion. Aleksio sur le trône.

Mon esprit dérive vers Aleksio, sur le canapé de cette chambre d'hôtel, et la façon dont il me regardait d'un air concentré. La façon dont il me traitait.

La brutalité torride du moment.

Arrête ! Je frotte ma tête douloureuse. Je dois me sauver.

Ils reviennent un peu plus tard, frénétiques. Ça sent les problèmes. Je soupire de soulagement quand Aleksio pénètre dans la chambre.

Il tend la main, comme pour toucher ma joue.

— Ne t'inquiète pas, ton bon vieux père respire encore. On a une piste pour Kiro. Sa famille adoptive.

Mon estomac se retourne.

— Papa dissimulait l'information ? Non...

— Nous n'avons pas obtenu l'adresse directement de ton père, explique-t-il. Il nous a donné une piste.

— En d'autres mots, il a retenu des informations.

— Ne le prends pas...

— *Personnellement* ? Que papa ait joué avec ma vie ? Dis-moi que ce n'est pas ce que tu comptais dire. Que je ne le prenne pas personnellement alors que Viktor a failli me couper le doigt et que c'était un risque que papa était prêt à prendre ?

J'enroule mes bras autour de moi.

— Nous sommes censés nous soutenir l'un l'autre.

— Il ne pensait pas que nous le ferions vraiment.

— Est-ce que c'est censé me consoler ?

— En quelque sorte.

Aleksio se dirige vers la commode et me jette une chemise blanche ainsi qu'une jupe avec des fleurs roses. Vive et estivale, tout l'opposé de lui. Il n'y a rien de plus à dire. Il le sait. Je le sais.

Tito entre et lui lance un holster.

— En selle, *brat*, dit-il en utilisant le surnom que lui donne souvent Viktor et en le prononçant avec un accent russe marqué.

Cinq minutes plus tard, nous sommes en voiture. Il est environ deux heures du matin si on en croit l'heure sur le tableau de bord.

Je suis sur la banquette arrière sombre avec Aleksio.

— Où allons-nous ? demandé-je.

— On suit la piste, répond Aleksio.

— Vers Kiro ?

— On espère.

Tito est sur le siège passager et Viktor conduit. Son visage est vraiment amoché, un œil est si gonflé que je suis sûre qu'il ne peut pas voir au travers. Il sort sa flasque et boit une gorgée de vodka, même s'il conduit.

Je m'assure que ma ceinture est bien ajustée. Il n'y a malheureusement qu'un lien à la taille. C'est une vieille Jaguar et on voit qu'elle a été modifiée. Elle est probablement blindée. Nous sommes dans un convoi avec un Hummer devant et un SUV derrière.

Aleksio est concentré sur son téléphone. Dans son propre monde. Il a cherché son frère pendant tout ce temps et on s'approche du moment fatidique. Il fait défiler l'écran sans réfléchir. De temps à autre, il regarde par la fenêtre. Il est inquiet. Ils semblent penser que Lazarus est devant eux.

Finalement, nous sortons de la ville et arrivons sur une route à deux voies. Le terrain est plus sombre. Les panneaux moins fréquents. Il éteint son téléphone, mais continue de le regarder. Un écran noir et vide.

— Je sais qu'il est encore en vie.

— Il a de la chance de t'avoir, dis-je.

Aleksio détourne le regard, observant ce que nos phares éclairent sur le bord des plantations de céréales. Il arrive tellement à faire bonne figure, mais il y a bien plus en lui.

— À moins que Lazarus arrive en premier. À cause de nous. À cause de moi.

— Non, même dans ce cas, il a de la chance de t'avoir.

Il regarde un peu plus son téléphone. Viktor et Tito discutent doucement devant. C'est comme si Aleksio et moi étions dans un autre monde. Même quand nous étions enfants, nous réussissions à faire notre propre monde.

— Tu penses qu'il a de la chance de nous avoir, même s'il se fait tuer parce que nous essayons de le localiser ? Parce que je n'en suis pas si sûr.

— Tu risques ta vie pour le trouver, dis-je. Tu ne penses pas qu'il risquerait la sienne pour te retrouver ?

— C'est un choix qui devrait lui appartenir.

— Je risquerais ma vie pour revoir ma mère, déclaré-je.

Il acquiesce solennellement, les yeux ailleurs.

— Et tu risques ta vie pour trouver Kiro, poursuis-je. Pourquoi ne voudrait-il pas la même chose ?

Il me prend la main, touche le doigt que Viktor voulait couper.

— Je suis tellement désolé pour ce que Viktor a fait. Et pour ta bague.

— On s'en fiche, non ? dis-je.

Il garde ma main dans la sienne, là, sur la banquette arrière sombre.

Je me glisse plus près de lui et pose ma tête sur son épaule.

Il passe ses doigts dans mes cheveux.

— La mauvaise nouvelle, chuchote-t-il, c'est que je pense que tu as le syndrome de Stockholm.

— Tu aimerais bien, murmuré-je.

Il joue avec mes cheveux. La chaleur remonte dans ma colonne vertébrale.

— À ton avis, comment sera Kiro ?

Il relâche mes cheveux.

— Je n'en ai aucune idée.

— Devine, insisté-je.

— Je ne sais pas. C'était un grand bébé. Peut-être qu'il est joueur de football. Ou il pourrait être à l'université avec la chance d'avoir une belle vie. Ou peut-être qu'il est à l'école des officiers de police.

— Ce serait malheureux, plaisanté-je.

Aleksio ricane doucement.

— On devra le corrompre. Ça peut prendre du temps.

— Ou il pourrait être artiste. Ou musicien. Le chanteur principal d'un groupe qui reprend les chansons de Hootie & the Blowfish.

— Dans ce cas-là, on sera *obligés* de le tuer.

Je ricane.

— Je l'aimerais quoi qu'il soit, déclare Aleksio.

— Toi et Viktor vous êtes tout de suite bien entendus, je parie.

— Ouais.

— Vous vous ressemblez.

— Ouais, répond Aleksio. Les mecs qui travaillaient avec lui à Moscou, ils ont su dès que je suis entré que j'étais son frère. On a le même sens de l'humour aussi. On a été séparés enfants, mais on partage un cerveau.

— C'est une pensée effrayante, déclaré-je.

— T'as même pas idée, marmonne-t-il suffisamment près de mon oreille pour me chatouiller.

— Il y a un an ? C'est là que tu l'as retrouvé ?

— Oui. C'était magique, comme on s'est tout de suite liés. On a immédiatement été plus forts ensemble. J'ai trouvé mon *frère*, tu sais ?

Une voiture passe à côté de nous et illumine notre cocon sur la banquette arrière.

— J'imagine même pas, dis-je.

— Ça m'a fait halluciner. Je crois que j'ai ressenti toutes les émotions du monde.

Il baisse la voix pour ne me parler qu'à moi.

— Kiro doit être en vie.

— C'était un adorable petit bébé.

Après un instant de silence, il me demande :

— Dis-moi ce dont tu te souviens.

Son ton me brise le cœur.

— Juste des flashs. Kiro avec sa petite mèche de cheveux bruns. Kiro agitant ses poings dans tous les sens, toujours si alerte. En train de sourire. Un bon gros bébé heureux.

— Bon, gros et heureux.

Aleksio tente de ne pas sourire, mais je vois qu'il apprécie que je m'en souvienne.

— Il était... actif.

— Une petite boule d'énergie.

L'amour d'Aleksio pour un frère qu'il n'a pas vu depuis deux décennies est beau.

— Oui. Il jouait des poings. Tout comme son grand frère, hein ?

Son sourire s'éteint alors et il regarde fixement et sombrement l'horizon.

— J'ai promis à ma mère que je le protègerais. Je donnerais tout pour le voir en sécurité.

— Pourquoi tu devrais abandonner quoi que ce soit ? Peut-être que quand tu le trouveras, il sera ravi de te rencontrer et vous... je ne sais pas, vous irez boire une bière ou un truc comme ça.

Il fait un petit bruit comme si c'était ridicule.

— Quoi ? Ça pourrait arriver. Tu penses que tout doit être difficile. Tu penses qu'il faut donner un bras et une jambe pour avoir une bonne chose. Et si c'était facile ?

— Rien n'est facile.

— Peut-être que ça l'est. Pourquoi ne pas croire pour une fois que ça va aller ? Pourquoi l'Univers ne pourrait pas être bon avec toi ? Pourquoi les gens ne pourraient pas te surprendre ?

— Est-ce à ça que ressemble le monde depuis une suite de luxe à Rome ?

— Aleksio.

Je lève ma tête de son épaule, ne voulant plus de secrets entre nous.

— Je n'ai pas vraiment ces suites. C'est faux.

— Quoi ?

— Je vis dans le Bronx. Avec *deux* colocataires. Je suis avocate dans un centre d'actions juridiques.

Il se contente de me regarder fixement.

— Quoi ? le taquiné-je. Il y a un flic derrière moi ?

— C'est quoi ce délire ?

— Avocate. Le Bronx. Genre, à New York. Et pas la partie jolie.

J'aperçois son sourire à la lumière des lampadaires à côté desquels nous passons.

— Le shopping...

— C'est faux.

— Dis-moi que tu n'as pas non plus écrit ce blog.

— Non. Et si je ne m'en sors pas, tu devras le faire savoir au monde. Parce que ce blog, mon Dieu.

— Ne plaisante pas comme ça.

Il gigote à côté de moi, fort et solide.

— Une putain d'avocate ?

J'inspire son parfum comme si je le respirais pour la dernière fois. Comme si je pouvais le garder au fond de moi pour quand je m'enfuirai.

— Ouais.

— Mais pas le genre à travailler dans un grand bâtiment en verre. Non, ça ressemble trop à ton père. Ce serait comme voler des gens avec un attaché-case. Tu ne ferais pas ça.

— Un grand immeuble de verre n'est pas mon rêve, non.

— Des actions juridiques pour quoi ?

— Des familles en crise. Principalement à cause de la pauvreté. Tu ne peux pas imaginer la spirale dans laquelle les gens tombent. Juste à cause d'une chose qui s'est mal déroulée.

Il touche mon col dans l'obscurité.

— Je me souviens de cette fois, à la marina. Tu te souviens de cette plage ?

— Bien sûr, dis-je.

— Des enfants avaient fait un château de sable. Ils étaient partis et il n'y avait que nous deux. J'y suis allé et je l'ai démoli.

— Je n'arrivais pas à croire que tu avais fait ça.

— C'était tellement tentant de mettre un coup dedans, dit-il. Tu te souviens de ce que tu as fait ?

Je me mords la lèvre, imaginant le scintillement dans son regard.

— Non.

— Tu as passé toute la journée à le reconstruire.

Je ris.

— C'est vrai ?

— Tu as fait venir d'autres enfants pour t'aider, explique-t-il. J'ai même aidé. C'est toi. Tu reconstruis, tu répares. Tu améliores. J'aurais dû savoir que c'étaient des foutaises cette histoire de shopping. Que tu viserais la justice. Pour aider les gens. Aider les enfants. N'est-ce pas ? Ne me réponds pas, je sais que c'est vrai. Tu es là pour les enfants.

Aleksio.

Tout le monde a très vite mordu à l'hameçon de Mira, l'accro du shopping. Mais pas Aleksio. Personne ne s'est jamais concentré sur moi avec autant d'intensité.

— Tu es avocate pour enfants ? J'ai bon ?

— Droit juvénile et de la famille. Oui.

— Les enfants en difficulté, conclut-il.

— Disons plutôt que je fais sortir les enfants du système avant qu'il ne soit trop tard. Avant qu'ils finissent... tu sais.

Dans l'ombre, il répond :

— Comme moi.

— Peut-être, dis-je.

— Dieu nous en garde, plaisante-t-il.

Mais ce n'est pas vraiment une blague.

Ma gorge semble s'épaissir.

— Ils ont mis ton cercueil en terre devant moi, Aleksio. Ils t'ont *enterré.* Alors oui. Les enfants.

Il remue à côté de moi. Je le sens réfléchir, retourner les éléments dans sa tête.

— Quoi ? demandé-je.

— Tu te bats pour faire respecter la loi et je l'enfreins.

Il le dit légèrement, mais j'entends son émotion. Il marque nos différences.

Nous sommes proches à l'arrière de la voiture, filant à toute allure dans la nuit, mais en réalité, nous sommes loin l'un de l'autre.

— Tu as toujours cette photo de vous trois que tu as montrée à papa ? Je veux la regarder. Je veux la voir.

Il se penche en avant et demande à Viktor de la lui rendre. Aleksio l'éclaire avec la lampe torche de son téléphone. Je la tiens par les coins. C'est l'une de ces photographies de studio mises en scène. Aleksio est un petit garçon en costume, avec des cheveux foncés, assis sur un fond en velours avec ses deux minuscules frères. Viktor a été immortalisé en train de ramper et Kiro est sur le dos, devant eux, l'air vigoureux. Monsieur et madame Dragusha sont derrière. De jeunes parents.

— Regarde cette petite bouille joyeuse.

— Je me souviens de lui heureux comme ça, dit Aleksio. Une part de moi espère qu'il n'a pas fini comme nous. Viktor et moi nous souvenons de ce jour. Dans la salle de jeu. La violence de la scène. Mais peut-être pas Kiro.

Je regarde le bout de papier, un moment dans le temps, et mon cœur se brise pour eux trois et pour leurs parents. Être arrachés à leurs fils si jeunes, ne sachant pas ce qu'ils deviendraient. Mon *père* a fait ça. Je lève les yeux vers Aleksio et je vois qu'il comprend.

— J'ai tellement envie que tu le retrouves.

Il me prend la photo des mains et éteint la lampe torche. Nous continuons notre route, sur la banquette arrière, volant dans la nuit.

Il est cinq heures du matin, presque l'aube, quand nous atteignons Glenpines Grove. Les mecs se garent dans une station-service en ville, parlant entre les voitures de la façon dont ils doivent s'approcher de la maison, étudiant des images satellite sur Google Maps.

La ville est minuscule et nos voitures – un Hummer brillant, un SUV élégant et une énorme Jaguar vintage – sont bien trop évidentes ici, sans parler du fait qu'elles vont se faire remarquer dans l'allée de la famille adoptive de Kiro.

Aleksio décide que les deux véhicules en renfort arpenteront la route principale pendant que lui, Tito, Viktor, Yuri et moi prendrons la Jaguar pour aller repérer les lieux.

Nous recommençons à rouler et quittons la voie principale pour une petite route longeant la rivière, bordée de maisons délabrées de chaque côté et de beaucoup d'arbres gigantesques. C'est un vieux quartier. Les quartiers riverains le sont souvent.

Difficile de distinguer les adresses, mais nous n'en avons pas besoin. Les lumières rouges clignotant dans la cime des arbres nous indiquent où est la maison des Knutson.

Des véhicules d'urgence. C'est mauvais signe.

Aleksio enfonce son poing dans la porte. Viktor ralentit la voiture.

Les lumières bleues et cerise s'intensifient quand nous nous rapprochons. Il y a un camion de pompiers, une ambulance et trois voitures de police dans la longue allée des Knutson. Deux brancards vides sont alignés près de la porte. Du personnel partout.

— Lazarus le Sanglant.

Viktor sort une flasque de sa poche et boit, essuyant sa bouche d'un air furieux avec sa manche.

Le visage d'Aleksio est baigné par le rouge des lumières, son regard d'acier fixé sur la maison.

— Rien à foutre. Kiro n'est *pas* mort.

Je suis épatée par la foi d'Aleksio en son propre instinct, son propre cœur, peu importe comment on le décrit. Aleksio se voit comme une personne tordue, mais il ne l'est pas. Il a un cœur comme je n'en ai jamais vu et il ignore totalement à quel point cette qualité est remarquable.

Nous passons à côté de la maison. Un flic nous regarde de loin, mais nous ne sommes probablement pas les premiers à passer ici. Il y a de la lumière dans la maison voisine.

— Gare-toi ici, dit Aleksio. Prends cette allée et va directement dans le garage.

— Sérieusement ?

Aleksio envoie un message, le bas du visage éclairé par la lumière vive de son téléphone. Il annonce probablement aux mecs sur la route ce qu'il se passe.

— Les voisins dans les petites villes, ils connaissent la vie de tout le monde. Konstantin et moi l'avons appris assez rapidement quand on était en fuite. Gare-toi ici. Maintenant.

Viktor éteint ses feux et se dirige tout droit vers la porte béante du garage.

Nous sortons discrètement. La pièce sent la tondeuse à gazon et la térébenthine. Une porte sur le côté mène vers la maison principale. Viktor s'en approche, met quelque chose dans la serrure et l'ouvre. Aleksio nous fait signe d'attendre dans le garage froid et humide. Quelques instants plus tard, un cri retentit.

— Bon sang, dit Tito en pénétrant à son tour dans la maison.

Aleksio raffermit sa prise sur mon bras.

Tito vient à la porte.

— Mira. Calme ces vieux, d'accord ?

— J'espère qu'ils ne sont pas blessés.

J'arrache mon bras de la main d'Aleksio, me disant que je pourrais bientôt avoir l'opportunité de m'échapper.

Nous entrons dans la petite cuisine confortable. Viktor est appuyé sur le plan de travail, tenant un revolver en direction d'un couple assis à la table. L'homme porte un T-shirt Atari bleu foncé, il a une calvitie, avec de longues mèches grises en queue de cheval. On voit à sa peau qu'il était roux auparavant. La femme est mince, avec des cheveux blancs brillants – très courts, très beaux – contrastant avec sa robe turquoise.

Une tasse est brisée sur le sol, dans une mare de café. Un plateau de muffins refroidit sur les plaques électriques du four couleur jaune paille.

— Ils ne savent pas ce qu'il s'est passé, déclare Viktor.

Aleksio et Tito vont à l'étage, probablement pour savoir quel genre de vue ils peuvent avoir sur la maison des Knutson.

— On ne va pas vous faire de mal, déclaré-je en jetant un coup d'œil à Viktor.

Aleksio redescend.

— On ne voit rien du tout. Qui était dans la maison, juste là ?

— Donald et Shauna Knutson.

— Quel âge a Donald ?

La femme tient une serviette dans ses mains tremblantes.

— Peut-être soixante-cinq ans ?

Aleksio et Viktor échangent un regard. Aleksio envoie Tito et Yuri en haut pour surveiller la scène.

— Nous ne sommes pas là pour vous faire du mal, expliqué-je. Nous pensons que quelqu'un a attaqué vos voisins et qu'il cherche en fait l'un de leurs enfants. Nous avons besoin de votre aide pour le trouver en premier.

— Comment vous appelez-vous ?

— Ronson, répond-il. Voici Lila. Vous n'êtes pas ceux...

Il hoche la tête en direction de la maison des Knutson.

— Non, non, je le jure.

— Quel enfant recherche-t-il ? demande Ronson.

— Un fils adopté. Il aurait aux alentours de vingt ans aujourd'hui.

— Aucun de leurs enfants ne répond à ces critères, déclare Ronson. Mike a vingt-huit ans et Glenda en a dix-neuf.

— Leurs enfants sont grands et sont partis de la maison, explique Lila.

— Non. Ça ne colle pas.

Aleksio est sur les nerfs. Désespéré.

— Vous mentez.

Je lance un regard sévère à Aleksio. Il s'assoit à l'autre bout de la table et pose son arme devant lui, juste là où ils peuvent la voir, mais pas s'en emparer. Je prends la chaise entre Aleksio et Ronson.

— Vous êtes proches d'eux ? demandé-je.

— Ce sont nos plus chers amis, dit Lila. C'est une bonne famille.

Aleksio se frotte le visage. Je pose ma main sur son bras et lui lance un regard appuyé. Puis, je me lève.

— Où vas-tu ? demande-t-il.

Je me dirige vers l'étagère couverte d'albums photos aux motifs floraux, chacun avec une date sur le dos. J'en fais une sélection : l'année où les Knutson auraient adopté Kiro et quelques années après. Il est possible qu'ils mentent. Lazarus aurait pu venir en premier. Mais si ce sont leurs amis les plus chers, il y aura des photos. Des photos au bord du fleuve, des clichés de pique-niques. J'apporte la pile sur la table malgré les protestations de Ronson et Lila.

— Vous ne pouvez pas fouiller nos affaires, dit Lila.

— Fermez-la, rétorque Aleksio en attrapant l'un des albums.

J'en prends un autre et le feuillette. Il y a beaucoup de photos de la famille de Lila et Ronson, mais je finis par trouver un cliché avec plusieurs familles. Je repère un bébé qui ressemble à Kiro.

— C'est lui, dit Aleksio en saisissant l'album avidement. C'est lui.

Aleksio sort la photo de la pochette et la fait glisser sur la table.

— Vous avez menti, putain !

— Non, répond Ronson.

— Un nom, grogne Aleksio. Maintenant.

— Keith Knutson, dit Lila. Mais ce garçon est mort.

Tout semble se figer.

J'appuie une main sur ma bouche.

Le regard d'Aleksio se voile. Refusant d'y croire.

— Non, dit-il.

Lila prend une profonde inspiration irrégulière.

— Ce garçon, il est mort quand ils campaient sur la route frontalière des Voyageurs, dit Ronson. Il s'est noyé dans un torrent là-bas, pendant qu'il campait avec son père et son frère. À l'âge de huit ans environ...

Il se tourne vers Lila.

La serviette en papier de cette dernière est plus ou moins en lambeaux. Elle est si effrayée.

— Huit ans, confirme-t-elle.

— Tout va bien, lui dis-je.

J'ai l'impression d'être connectée à elle, comme si elle comprenait que je ne lui ferai pas de mal.

— Ça ira pour vous, dis-je à voix haute.

— Il s'est noyé... répète Ronson.

Lila attrape l'un des albums et prend un article de journal plié dans une des pochettes au dos. Mon cœur se brise pour Aleksio et Viktor. Je regarde autour de moi à la recherche de sorties. Mon cœur est brisé, mais je ne peux pas me montrer stupide, là.

Aleksio prend l'article et le lit.

— Il est écrit qu'ils n'ont jamais trouvé le corps.

Sa voix semble si lointaine.

— Peut-être qu'il a survécu. On ne peut pas en être sûr...

— On en est sûr, déclare Ronson. C'était au milieu de la nuit. Donald a entendu les cris. Ils ont pensé que Keith avait volé un petit bateau gonflable, un genre de chambre à air, pendant que le reste du groupe dormait. C'était son genre.

— C'*était* son genre, déclare Lila.

— Ils l'ont cherché pendant des jours. Des policiers, des volontaires. Vous pensez qu'ils ne l'auraient pas trouvé s'il avait survécu ? Ils ont même fait appel à des hélicoptères. Mais les courants là-bas, avec la neige fondue qui vient du Canada, rendent ces rivières dangereuses, déclare Ronson.

— La chambre à air a été trouvée en bas du torrent, coincée dans des racines, mais Keith n'a jamais été trouvé.

Aleksio prend une grande inspiration par le nez.

— La moitié de cette zone de camping était impraticable ce printemps-là.

— Alors pourquoi emmener des gamins là-bas ? dit Aleksio.

Je serre son bras.

Ronson défend les Knutson, nous disant qu'ils ont adopté trois enfants avec des besoins spéciaux au fil du temps.

— Ils étaient de bons parents, honnêtes.

Il nous dit que Donald Knutson était propriétaire d'une quincaillerie et de quelques biens immobiliers en ville. Les enfants construisaient tout avec lui, mais Keith était espiègle. Ils avaient beaucoup de problèmes avec lui. Il se battait avec les enfants du voisinage. Il a sérieusement blessé certains d'entre eux.

Je vais vers Aleksio et pose mes mains sur ses épaules. Mon cœur se brise pour lui.

— Il avait beaucoup... d'esprit, déclare Lila. Il était protecteur avec sa sœur.

— Keith allait toujours trop loin.

— Son nom n'est pas *Keith*, dit doucement Aleksio. Merde. Ils l'ont appelé *Keith* ?

Aleksio était tellement sûr que Kiro était en vie.

Il se retourne vers l'album, parcourant plus de photos, comme s'il allait trouver plus de clichés de lui. C'est le cas. Kiro à l'âge de sept ans environ, ressemblant tellement à Aleksio. Les grands yeux, les cils noirs, les boucles foncées et foisonnantes.

Tito descend.

— Quoi ?

Je secoue la tête.

Tito se fige.

— Qu'est-ce que tu as vu ? aboie Aleksio.

— Ce à quoi tu t'attendais, dit Tito. Ce n'est pas du ketchup.

Viktor descend. À la seconde où il voit l'expression d'Aleksio, son visage de gros dur tabassé se radoucit de douleur.

— Mort.

Aleksio se lève.

— Ils disent qu'il est mort. À huit ans. Mais je sens qu'il est toujours en vie.

Il appuie sa main sur son cœur.

— *Brat.*

Le regard de Viktor brille quand il réduit la distance entre eux.

Il attire Aleksio dans une étreinte. Ce dernier écrase son visage sur l'épaule de son frère.

— Je le sens encore, chuchote Aleksio. Il ne peut pas être mort.

Viktor s'accroche à Aleksio, parlant en russe. On dirait presque une prière.

Ils restent là, se tenant l'un l'autre, ces hommes dangereux et perdus qui s'aiment de tout leur être. J'ai l'impression d'être extérieure à tout ça et d'observer cette belle scène tragique.

Je remarque le regard de Lila.

— Ils sont frères, chuchoté-je. Ce sont les frères aînés de Keith.

Elle a une expression étrange. Au début, je crois qu'elle ne comprend pas, mais je remarque ensuite autre chose. Comme si elle avait plus à déclarer.

— Qu'y a-t-il, Lila ? demandé-je.

Ronson lui lance un long regard.

— C'est triste, c'est tout.

Aleksio s'extirpe des bras de Viktor.

Celui-ci l'attrape par les épaules. Il y a ce long silence entre eux. Je deviens nerveuse.

— Allons faire couler le sang, dit Viktor.

— Non ! dis-je. Réfléchissez !

Aleksio prend une inspiration irrégulière. Sa douleur me donne l'impression d'avoir du verre pilé dans la gorge. J'ai désespérément envie d'aller vers lui, d'appuyer mon cœur battant contre le sien, pour lui dire *je suis là*.

Mais il est hors de ma portée maintenant.

— Le vieux a pris notre frère, siffle Viktor. Je dis qu'on commence un sentier de destruction qui ne s'arrêtera pas tant qu'on ne l'aura pas eu.

— Les gars ! crié-je.

— Nous avons des soldats, des armes. On commence la guerre à la minute.

— Non. Attends.

Aleksio place ses mains sur celles de son frère, les emprisonnant sur ses épaules.

— On la joue intelligemment. On n'est pas des putains de marionnettes. On ne laisse pas les émotions nous transformer en marionnettes.

— Tu parles comme Konstantin.

Il s'éloigne.

— Je dis, on ne laisse pas la mort de Kiro nous rendre stupide. Que sa mort nous rende intelligents. Que sa mort nous rende dangereux. On ne fait pas simplement couler le sang, mon frère. On prend tout, maintenant.

— Et si la mort de Kiro vous donnait envie d'un monde meilleur ? déclaré-je.

Aleksio n'entend pas. Il lâche Viktor et feuillette l'album photo jusqu'à un cliché de Kiro. J'essaie d'apercevoir son regard, mais il ne lève pas les yeux vers moi. Je sais quelle photo il veut : Kiro sur son tricycle.

Ronson essaie de l'empêcher de la prendre, mais vous pouvez imaginer comment ça tourne.

Alors que Ronson est distrait, j'écris le numéro d'Aleksio sur un minuscule lambeau de serviette pour Lila. Je le remets avec les autres lambeaux empilés.

— Si quelque chose vous revient, chuchoté-je.

Parce qu'on aurait vraiment cru qu'elle avait quelque chose à dire.

Je pense qu'elle sait peut-être quelque chose. Des souvenirs ? Quelque chose qu'elle ne veut pas dire à Ronson. Je dois m'échapper pendant que je le peux. Mais peut-être qu'Aleksio aura de ses nouvelles.

— Merci pour vos réponses, déclare Aleksio d'une voix calme.

Néanmoins à l'intérieur, il bouillonne.

Je sens Aleksio comme si nous n'étions qu'un. Il détruit les châteaux de sable et je les reconstruis.

— Et si je vois des portraits-robots de la police qui nous ressemblent ? Si vous soufflez un mot de tout ça à quiconque ? Votre vie telle que vous la connaissez est finie. Répétez après moi, Ronson.

— Notre vie est finie, déclare Ronson.

— Ne doutez pas de notre rage, ajoute Viktor dans un grognement.

Il se tourne et se dirige vers le vestibule avec Tito et Yuri. J'entends la porte du garage s'ouvrir. À l'intérieur de celui-ci, une portière de voiture claque.

Aleksio n'a pas bougé. Il regarde fixement la rivière. Kiro a dû jouer là. Il a dû explorer cet endroit. Aleksio est animé d'une énergie pure qui m'effraie.

— Prêt ? demandé-je en tirant sur sa main.

Je dis au revoir à Lila et Ronson, comme si les bonnes manières pouvaient arranger quoi que ce soit, et je l'attire hors de la cuisine, jusqu'au vestibule, passant à côté des manteaux accrochés, des paires de moufles et des casiers pour les chaussures. Juste avant que nous atteignions la porte du garage, il s'arrête, me déboîtant presque l'épaule.

— Quoi ?

Il titube vers moi, l'air complètement ailleurs, et il me pousse contre le cadre de la porte. Il appuie son front contre le mien, sa respiration difficile.

Il attrape ma nuque, comme s'il ne supportait pas que nos fronts arrêtent de se toucher. Il est à vif, un homme violent abattu par la douleur.

— Je veux me lâcher, chuchote-t-il. Je veux tuer tout le monde.

Je saisis une poignée de ses cheveux.

— Tu vaux mieux que ça.

— Sors de tes fantasmes, Mira. Je ne vaux pas mieux.

— Va te faire foutre, répliqué-je. Tu vaux mieux que ça.

Il lève les yeux, l'air déchiré. M'entend-il ? Tout ce qu'il y a dans son monde fait rage à plein régime.

Alors je le répète.

— Va te faire foutre. Tu es une belle personne. Il reste encore de l'humanité en toi et c'est ce qu'il y a de beau en toi.

— Kiro est mort.

— Mais Viktor n'est pas mort. Tito n'est pas mort. Konstantin ne l'est pas. Je ne le suis pas. D'accord ?

Sa prise sur moi se raffermit. Il m'appuie fortement contre le mur.

— J'ai besoin de toi, chérie.

Tu m'as déjà, pensé-je.

Cette idée m'effraie terriblement.

À la façon dont il me regarde, c'est comme s'il entendait mes pensées.

Ce qui m'effraie également.

Il s'écrase contre moi pour m'offrir un baiser sauvage, m'aplatissant contre le mur, me réclamant. Il enfonce sa langue dans ma bouche. Il incline son pelvis contre le mien.

Je m'accroche à lui, je le laisse me prendre et je le prends en retour. Toutes ses émotions se rassemblent dans ce baiser.

Je le désire comme une folle.

Il s'écarte, haletant.

— Tu es à moi, déclare-t-il soudain.

C'est sa façon barbare de dire : *je t'aime*.

Mon cœur s'emballe. Je me sens déchaînée, comme si le monde changeait.

Ou peut-être qu'il se met dans le bon sens.

Il m'embrasse à nouveau, m'empêche de parler. J'entends des pas au niveau de la porte.

Viktor.

— Putain de merde, on y va.

Nous retournons vers la voiture et nous en allons.

Aleksio s'est glissé sur la banquette arrière avec moi. Je sens la rage et le chagrin le submerger. Je le sens aussi assurément que le goût du sang dans ma bouche à cause du baiser sauvage caractéristique d'Aleksio. Un baiser sauvage que j'ai beaucoup trop aimé.

Je suis à lui.

Parfois, j'ai l'impression que nous n'avons jamais été séparés. Comme si un rêveur, loin, loin d'ici, rêvait de nous menant une vie ensemble et que nous le découvrions seulement maintenant.

C'est juste une autre raison pour laquelle je dois m'échapper.

Chapitre Seize

Viktor

JE REGARDE FIXEMENT les terres cultivées sans fin pendant que Yuri conduit. Aleksio et Mira sont à l'arrière.

Il y a tellement de cultures. Pas étonnant que les Américains aient autant de nourriture. Je pense au pauvre Kiro. *Keith*, ils l'ont appelé. Je n'ai pas ce mauvais ressenti avec le nom comme Aleksio. Mais s'il dit que c'est un nom de merde, c'est un nom de merde.

J'ai envie de tuer le vieux Nikolla, Lazarus le Sanglant et tous leurs gars. J'ai envie de créer un sentier ensanglanté au travers de Chicago. De terminer chacun d'entre eux de mes mains nues. Je veux que mon visage soit couvert de leur sang.

Tuer n'atténue pas la douleur, mais elle la *change*.

Quand vous avez mal, n'importe quel changement est appréciable. Même basculer vers le pire s'apparente à un soulagement.

La douleur que je ressens pour Kiro. Mon petit frère. Mon *bratik*. Je la changerais en n'importe quoi d'autre.

Mais oui, Aleksio a raison. Il faut être malin, réfléchi. Dangereux.

Mais j'ai vraiment envie de me déchaîner. Si Aleksio n'était pas là, je le ferais. C'est ma façon d'agir.

On pourrait penser qu'après Tanechka, je serais plus malin.

La douleur de la trahison de Tanechka était insupportable. Comme de l'acide sulfurique dans mon cœur.

Puis je l'ai tuée. Et c'était pire.

Tanechka était la seule femme que j'ai aimée. Je serais mort si Yuri n'avait pas été là.

Je devrais être mort, mais Yuri avait besoin de moi. Et Aleksio a besoin de moi. Je reste en vie pour eux.

Aleksio se souvient de Kiro, bébé. Je n'ai que la vieille photo et maintenant ce garçon sur son tricycle qui ressemble beaucoup à Aleksio. À l'arrière, il est écrit *Keith Knutson, 5 ans.*

— Il est très grand pour un garçon de cinq ans, dis-je en touchant le rectangle de papier raide. Notre frère serait devenu grand. Fort. Un bon combattant.

Aleksio regarde tristement par la fenêtre.

— On doit le dire à Konstantin aussi vite que possible.

J'acquiesce.

Cette nouvelle va détruire Konstantin.

Je repose les yeux sur la photo.

Je n'ai jamais eu de tricycle, ni aucun genre de vélo. Je ne sais pas en faire. Sans le père de Mira, j'aurais su et peut-être que j'aurais également aidé ce petit garçon à en faire. Nous aurions fait du vélo ensemble.

Chapitre Dix-Sept

MIRA

— VRAIMENT ? demandé-je à Aleksio.

Il me pousse dans une chambre sans fenêtre de la maison de Stonybrook.

— Après tout ça ? Tu ne peux pas m'enfermer comme un chien dans une niche.

Viktor et lui s'apprêtent à aller voir Konstantin pour lui révéler la nouvelle de la mort de Kiro.

— Tu dois rester. C'est comme ça, dit-il.

Nos regards se croisent. Il y a tellement d'émotions en lui, tellement de chaleur et de rage que ça m'effraie. Mais surtout, je veux l'attirer contre moi. Le tenir dans mes bras.

Coucher avec lui.

C'est tellement malsain.

— Tu ne peux pas me garder.

Il ferme la porte et la verrouille. Je me jette sur la poignée et la secoue.

Merde.

J'entends le moteur de la voiture rugir à l'extérieur. J'appuie mon oreille contre la porte. De la musique s'élève fortement depuis quelque part dans la maison, le genre de métal que Viktor et ses amis russes affectionnent. J'écoute un long moment. La dernière fois que j'ai été enfermée ici et que j'ai écouté à la porte, j'entendais les cliquetis d'un téléphone et un homme s'éclaircir la gorge de temps en temps. Il n'y a rien, là. Juste la musique. Venant probablement de la cuisine, c'est là qu'ils aiment traîner.

Je porte toujours les vêtements avec lesquels je suis partie vers le nord : une fine chemise blanche brodée avec une jupe courte d'été. Et des sandales. Ce n'est pas l'idéal pour courir, mais je vais les prendre avec moi. Je traverserai la pelouse pieds nus, puis je les remettrai dans les bois.

J'écoute à la porte. Aucun bruit.

— Il y a quelqu'un ? demandé-je doucement.

Rien. Il n'y a personne.

Une fois, papa a demandé à l'un de ses meilleurs gars de m'apprendre comment sortir de certaines situations ; avec des menottes, dans un coffre et face à des serrures. La crocheter ne m'aidera pas dans ce cas, mais il m'a enseigné qu'il faut toujours s'attaquer à l'élément le plus faible.

L'élément le plus faible ici n'est pas le verrou, c'est la porte en elle-même. C'est une porte intérieure, une porte de chambre. Elle n'est pas creuse comme certaines, mais le bois est tendre. Je ne me fais pas l'illusion de pouvoir passer à travers comme les mecs dans les publicités, mais l'endroit où les vis s'accrochent au bois, c'est le point faible.

Je fouille la chambre et la salle de bain à la recherche de ce que je pourrais utiliser. J'opte pour les gonds du meuble de rangement sous le lavabo de la salle de bain. C'est un triangle de métal plat. Je pourrais glisser la partie large dans la fente de la porte, puis donner un grand coup. C'est le même principe qu'un burin, sauf que je n'essaie pas de séparer quelque chose en deux, mais plutôt de le faire ressortir de l'autre côté.

J'utilise une barrette de mes cheveux en guise de tournevis de fortune et j'arrive à enlever l'un des gonds du meuble de salle de bain. J'essaie de le faire passer dans la fente. C'est serré, mais je pousse fort et ça fonctionne. Le gond glisse et s'arrête quand il touche le métal du verrou de l'autre côté.

Puis je cherche un maillet. La base en bois de la lampe de chevet semble idéale. Vraiment solide. Je la déboîte et fais quelques coups d'essai, mais sans frapper réellement. Il y aura un bruit sourd. J'espère que la musique est assez forte pour le couvrir.

J'appuie mon oreille contre la porte. Il n'y a personne. Alors que la musique devient plus forte, je le fais, je frappe le gond une fois, deux fois. J'écoute à la porte. Rien, à part beaucoup de bruit.

Je m'acharne alors dessus, frappant encore et encore, et la plaque en métal passe enfin de l'autre côté et fait sauter le verrou.

J'ouvre la porte et la remets en place. Je me faufile dans le couloir, dans la direction opposée à la musique. Je me glisse dans une autre pièce. C'est une chambre vide et la fenêtre est ouverte. Il y a juste une moustiquaire. Je mets un coup de poing dedans, escalade le rebord et me retrouve sous un soleil étourdissant, pieds nus sur la pelouse chaude.

Je cours sur la pelouse malgré mes jambes tremblantes. Libre.

Je ne regarde pas derrière moi avant d'arriver dans les bois.

Personne ne vient. Il y a seulement le bruit distant de la musique.

Je continue, mes pieds s'égratignant sur les branchages et les plantes coupantes. Je m'arrête seulement pour enfiler les sandales. J'ai décidé de partir vers l'ouest, de suivre le soleil de l'après-midi. C'est important de s'en tenir à une direction dans une situation comme celle-ci, parce qu'on entend souvent parler de gens qui ont tourné en rond.

Les bois deviennent plus épais et remplis de ronces. Mes jambes sont écorchées. Il n'y a pas de chemin ici, mais j'entends une grande route au loin. Je dois rejoindre cette route. Je vais faire du stop et aller me cacher dans le chalet de mon amie.

Je pense à Aleksio avec moi sur la banquette arrière sombre de la voiture. La sensation quand je l'ai tenu dans mes bras. Tant de violence en lui. Tant de douleur.

Aleksio sera choqué que je sois partie. En colère. Mais c'est mieux pour tout le monde. Nous appartenons à deux mondes différents.

Chapitre Dix-Huit

Aleksio

Nous PARTONS vers l'appartement de Konstantin, à l'ouest de la ville. Nous sommes agités par le chagrin et la vengeance. Nous redoutons la nouvelle que nous devons lui annoncer.

— Tu ne touches pas à Mira, dis-je. Compris ?

Il ne répond pas.

— Compris ?

— Je comprends ce que tu dis, déclare-t-il.

Je lui lance un regard sévère. Il a saisi.

Konstantin habite dans un beau bâtiment ancien en briques rouges en bordure d'un parc. Il a son propre appartement et une infirmière qui prend soin de lui, qui habite juste à côté. Je les soutiens tous les deux financièrement. Mon gang n'est pas aussi énorme que l'armée de Nikolla, mais nous sommes malins et nous dégageons du profit.

— Le vieux est plus intéressé par les canards que par les gens. S'il était en ville, ce serait par les pigeons, observe Viktor quand nous nous garons. C'est la même chose à Moscou, avec les vieux. Ils s'intéressent soudain aux petites choses.

Toutefois, Konstantin voit encore les grandes choses.

Il est dans son fauteuil roulant, devant une cheminée, quand nous arrivons.

Il s'est créé un nid avec des meubles confortables et des photos de vieux bâtiments, principalement d'Albanie, de Grèce et de Turquie, qu'il a prises lui-même pour la plupart.

— Les garçons ! dit-il. Mes garçons !

Je me penche pour l'embrasser sur la joue et il tapote la mienne, puis il se tourne vers Viktor et lui serre le menton.

— Qui t'a abîmé le visage ?

— Ce n'est rien.

L'infirmière pose une assiette de cookies et des cafés turcs, puis elle s'en va, retournant dans son appartement. Konstantin remarque que je boite.

— Tu dois faire examiner ça.

— Konstantin, dis-je.

Un mot.

Le visage du vieux se décompose. Il me connaît si bien que ça.

Je pense à Mira, dans la voiture, la façon dont elle a tendu la main vers moi. Je me surprends à souhaiter qu'elle soit à mon côté. Ces dernières heures, elle a commencé à ressembler à une alliée plus qu'à une otage.

Viktor prend un cookie sucré et le mâche furieusement.

Je raconte à Konstantin pour Kiro. Pendant un bref moment, nous avons cru que nous allions retrouver notre petit frère. Le dire à Konstantin empire la chose. La situation devient plus réelle.

Ses mains ridées tremblent lorsqu'il inspecte l'article de journal que nous avons pris à Lila et Ronson. Il s'accroche à la photo de Kiro.

— Mais je le sens toujours dans mon cœur, dis-je. Ils n'ont jamais trouvé le corps...

— Les choses sont souvent ce qu'elles semblent être, déclare sèchement Konstantin.

Je sais qu'il a raison.

— C'était un bébé tellement joyeux, dit Konstantin. Un beau bébé, joyeux et bon. Un cadeau. Les inconnus s'arrêtaient dans la rue pour l'admirer. Il était aimé.

Viktor prend un autre cookie. Il était trop jeune pour se souvenir de Kiro, mais je sais qu'il essaie. C'est comme tenter d'attraper des nuages.

— Viktor, l'appelle Konstantin en le regardant tristement.

C'est comme s'il pouvait lire dans ses pensées.

Viktor hausse les épaules.

Je n'arrête pas de penser à Nikolla. Comme j'aimerais le tuer.

— Tu étais aimé, déclare Konstantin à la photo.

Je dois faire quelque chose, n'importe quoi, alors je sors pour aller récupérer une bouteille de vodka dans la voiture et la ramener.

Viktor m'observe avec sa morosité habituelle en prenant son verre. Il n'y a que nous maintenant. Deux frères au lieu de trois.

Nous portons un toast à Kiro, tous les trois.

— On veut passer aux choses sérieuses là, Konstantin, dis-je. Tu as toujours dit qu'il fallait être malin. Kiro est parti, mais on peut toujours s'en prendre à eux de la bonne manière. Comme tu le voulais. On les affaiblit. On reprend notre empire. Je sais que nous n'avons pas l'élément de surprise, mais...

Je dis presque que nous n'avons rien à perdre. C'est un peu l'impression que j'ai.

— Tu as toujours dit que j'étais irréfléchi, à chercher Kiro comme ça. Je comprends.

— Tu voulais retrouver ton frère, dit Konstantin. Au final, tu avais raison de ne pas attendre. On aurait dû attendre pour toujours.

— Je suis prêt à faire de vrais dégâts. Et je me fiche de la prophétie de la vieille cinglée, parce que nous *sommes* ensemble, Viktor et moi.

— Et Kiro est avec nous ici.

Viktor écrase un poing sur son torse.

— Les frères sont ensemble.

Je me demande s'il le pense vraiment ou s'il déclare juste ça pour Konstantin.

J'attrape mon verre, le vide et me sers plus de vodka.

— Keith, craché-je. Pas étonnant qu'il se soit enfui à l'âge de huit ans.

— Tu es le roi en sommeil, Aleksio. Et toi, Viktor, le prince.

Le vieux Konstantin se redresse dans sa chaise et parle lentement.

— C'est mieux que vous n'ayez pas tué Aldo Nikolla. Lazarus le Sanglant s'élèverait. Il est violent et imprévisible, il est trop difficile à combattre. Nous nous y prenons de la bonne façon. C'est le moment.

Konstantin ordonne à Viktor d'aller à son bureau et de lui ramener son ordinateur. Il a quelque chose d'important à nous montrer.

Je relève sa petite tablette qui tient sur les accoudoirs de son fauteuil roulant.

Konstantin allume l'ordinateur et nous montre un tableau, des organigrammes, des graphiques.

— J'ai fait quelque chose pour vous, les garçons. Il y a des années, j'ai commencé un projet de longue haleine, identifiant des noms et des lieux.

Il nous détaille ce qu'il a fait. Pendant qu'il parle, je me rends compte qu'il a lentement assemblé les pièces du puzzle des entreprises, en utilisant un réseau d'enquêteurs privés et d'assistants administratifs.

Il a travaillé dans l'ombre, s'activant silencieusement, afin de nous préparer le chemin pour affaiblir l'empire de Nikolla et le reprendre.

Un vieux criminel et son puzzle.

— On étouffe leurs finances, leur protection, ensuite on frappe.

— Nom de Dieu, dis-je, émerveillé. Tu avais ça tout ce temps et tu ne me l'as pas dit ?

— Je gardais ça pour te le donner quand tu aurais trouvé Kiro, répond Konstantin.

J'appuie sur les touches et parcours le document. Ce tableau est dément. C'est tout ce dont nous avons besoin.

Son plan est d'infiltrer leur trafic sexuel, leur business le plus lucratif, surtout avec leur bordel clandestin, le Valhalla.

— Le nerf central de leurs opérations à un milliard de dollars, explique Konstantin. La jugulaire. Personne ne comprend ça comme moi.

Il a plus que ça : des documents détaillant le blanchiment d'argent, les garages clandestins, les gens dans le clan et en dehors qui peuvent être achetés ou qu'on peut faire chanter.

— J'ai aidé à créer cet empire, grogne-t-il. Je sais comment le faire tomber. Puis les véritables fils prendront le relais.

Konstantin veut que Viktor infiltre le bordel. Viktor grommelle comme un enfant qui a eu un mauvais cadeau dans un paquet de céréales. Infiltrer un bordel n'est vraiment pas suffisant pour Viktor.

Konstantin secoue la tête.

— Il faut quelqu'un qui sait parler russe, mais qui peut passer pour un Américain. Une grande partie de la filière est russe.

Viktor évite mon regard en attrapant le papier avec les URL que Konstantin a écrit.

— Tu notes des sites sur un bout de papier comme un vieux.

— Je suis vieux.

Pendant que les autres personnes âgées font des mots fléchés, Konstantin s'est activé pour faire ça.

Viktor se concentre d'un air sombre sur le graphique du trafic sexuel, lisant les noms. Beaucoup sont russes. Les noms des victimes sont principalement russes, également. Je vois pourquoi Konstantin l'a mis à ce poste.

— J'aimerais les tuer, dit Viktor. Tous ces gars sur le graphique.

— Mais tu ne le feras pas, l'avertit Konstantin. Parce que tu sais que d'autres les remplaceront. Nous détruirons la structure en elle-même. Comme des termites. Ton père n'aurait jamais géré un endroit tel que le Valhalla.

Viktor fronce les sourcils.

— Je vais être un termite pendant un moment. Ensuite, on les butera.

— Bon garçon.

Nous discutons de la façon d'impliquer le réseau américain de la mafia russe là-dedans.

Il ferme l'ordinateur portable. Il tend la main pour agripper mon bras, resserrant et relâchant comme étreint par une émotion extrême.

— Vous, les deux frères, vous accomplirez votre vengeance ensemble.

Konstantin me lâche et fait signe à Viktor d'approcher. Il ajuste la cravate de Viktor.

— Certains des gars d'Aldo Nikolla vont sans doute venir vers toi. Tu pourras faire confiance à certains d'entre eux, à d'autres non. Utilise ton instinct. Alors que tu affaibliras Aldo, il y aura un point de basculement où tu pourras enfin tout ramener vers toi.

Il lève les yeux, très ému.

— Votre père a bâti son empire pour le transmettre à ses fils. Il serait fier de vous.

Chapitre Dix-Neuf

JE TOMBE PAR TERRE. J'entends des gens derrière moi, mais cela pourrait être mon imagination, comme des pas dans l'obscurité.

Le chemin devant moi s'éclaircit, comme s'il y avait moins d'arbres par là. C'est bon signe. Cela pourrait signifier que j'arrive de l'autre côté. Mes jambes tremblent, mais je m'en moque. Je jaillis de la forêt et la voilà, la grande route à deux voies. Il n'y a pas beaucoup de circulation, mais je n'ai besoin que d'une personne, un conducteur prêt à m'aider.

Et là, au loin, je vois une voiture noire. Je glisse sur la pente herbeuse escarpée, j'agite les bras et sautille, au milieu de la route, heureuse de porter des couleurs vives.

Le véhicule ralentit. Il arrive.

Je me décale, agitant les bras encore plus frénétiquement.

— À l'aide ! crié-je.

Puis je reconnais Yuri. Son regard fixant le mien. En colère.

Je me retourne et crapahute pour remonter.

La voiture s'arrête. Je cours dans les bois. Mes pieds sont égratignés par les racines et les branches. Je trébuche et soudain, il est sur moi.

Il me pousse à terre et enfonce un genou dans mon dos. Je me tortille, essayant de me libérer alors qu'il passe un coup de fil.

Une voix à l'autre bout. C'est Viktor. Ils parlent en russe.

Je sens quelque chose de froid et dur sur mon bras. Je me dégage trop tard. Le choc électrique du Taser me traverse.

Puis l'obscurité m'engloutit.

DES BRAS familiers autour de mes épaules et sous mes genoux.

— Mira. Chérie.

Aleksio.

Une voix colérique à proximité.

— Elle allait rejoindre son père. Tout lui dire.

Viktor.

J'ouvre les yeux, cligne des paupières à cause du soleil.

Aleksio baisse les yeux vers moi, son regard assombri par l'inquiétude.

— Tu vas bien ?

Je vois les arbres au-dessus. Le ciel vertigineux. Une partie du toit. Nous sommes dans l'allée de la maison de Stonybrook.

Je force mes lèvres à prononcer son nom.

— Aleksio.

Il me tient comme si je ne pesais rien.

— Merde, Mira.

— Elle allait courir pour rejoindre papounet, reprend Viktor quelque part non loin. Elle allait lui dire où nous sommes. Montrer au *patsani* que nous sommes faibles.

— Je n'allais pas le faire, marmonné-je. Je n'allais pas... lui dire...

J'essaie de parler, mais je n'y arrive pas.

Parce que Yuri m'a sacrément bien tasée.

Je sens la rage palpiter en Aleksio. Il a dû me sortir de la voiture.

— Elle ne ferait jamais ça, dit-il. Elle ne nous trahirait jamais.

— C'est une Nikolla.

— La conversation est terminée, grogne-t-il.

Son grondement résonne en moi.

— Elle nous fait du mal, *brat*.

Pour une fois, je suis d'accord avec Viktor. Je leur fais du mal, je les déchire.

Je sens le grondement dans son torse, profond et possessif.

— Ne la touche pas.

— Kiro est mort et elle est en vie, répond Viktor. Elle nous affaiblit. Ils auraient vu qu'elle avait tous ses doigts. Elle leur aurait montré qu'on ne tient pas nos promesses.

— Cette merde entre nous est la seule chose qui nous affaiblit, aboie Aleksio.

Il me porte jusqu'à la maison, boitant dans l'entrée, me tenant serrée contre lui.

— Ta cheville, dis-je. Pose-moi.

Il resserre ses bras autour de moi.

Viktor, ivre, nous suit, parlant à moitié en russe.

Aleksio m'attire plus fermement contre son torse. Cela me rappelle le premier jour, dans le jardin, quand ils ont tiré sur le bateau de papa.

Nous passons à côté de Yuri, qui se tient dans la cuisine avec un pack de glace sur son œil.

Viktor continue de parler.

— Aleksio...

— Fous-moi la paix ! Et si toi ou l'un de tes gars la touchez à nouveau, je vous tuerai.

— Ne dis pas ça, interviens-je. Ne dis pas ça à ton frère.

Aleksio est trop perdu dans sa rage pour entendre quoi que ce soit. Il claque la porte du bureau avec son pied et m'installe sur le canapé en cuir, mettant des coussins autour de moi.

— Arrête... Je ne suis pas en sucre.

Je m'assieds.

— Et tu ne peux pas te battre comme ça avec ton frère.

Il va me chercher un verre d'eau au bar lambrissé à l'angle de la pièce. Il me le tend. Ses joues sont roses. Son regard sauvage.

J'empoigne le verre.

— Je suis désolée.

— Ne sois pas désolée. Mais tu ne peux pas refaire ça.

— Réfléchis, Aleksio. Comment ça peut fonctionner si je reste ici ? Ça ne peut pas !

Il détend sa cravate et défait un bouton, dénudant son cou. Une puissance brute palpite autour de lui.

— Bois. Maintenant.

Je m'exécute.

Il me regarde d'en haut, tel un dieu sombre avec des boucles indisciplinées, sa poitrine se soulevant et retombant. Je pense à cette nuit, à l'hôtel, avec une poussée de désir. Mais ce n'est pas le moment d'en ressentir.

Je lui tends le verre vide.

— Gentille fille.

Il le pose sur le bureau et marque une pause, dos à moi. Il empile quelques dossiers et les met sur le côté.

C'est étrange qu'il soit soudain concentré sur ces dossiers.

— Je ne peux pas rester.

— Tu dois rester, répond-il.

— Je n'allais pas rejoindre mon père, je le jure. Je ne te trahirais jamais comme ça.

— Je sais.

— J'allais simplement disparaître. Tu dois me laisser faire.

Il s'agenouille devant moi, son regard lourd sur ma peau, glissant sur elle.

— Tu dois me laisser partir.

Il prend ma main et la retourne, exposant ma paume. Il la tient tel un diseur de bonne aventure tremblant, flippant à cause de l'histoire qu'il lit dans les lignes.

— Je ne peux pas te laisser partir.

Il embrasse ma paume. Cela semble intime, interdit, comme s'il embrassait la part de moi la plus secrète. Cela semble dangereux.

J'essaie de retirer ma main, mais il ne me laisse pas faire. Il tire sur mes doigts et embrasse à nouveau ma paume, son souffle fiévreux sur mon poignet.

— Je ne peux pas te laisser partir.

La chaleur bourgeonne en moi. Il m'envahit, me prend et c'est juste ma paume.

— Tu ne peux pas me garder prisonnière.

Il lève son regard sauvage vers moi, ses cheveux couleur chocolat à moitié dans ses yeux. Et bon sang, c'est comme s'il me répondait : *si, je peux.*

J'ai tellement envie de lui que je n'arrive plus à respirer, mais il ne réfléchit pas comme il faut. S'il avait les idées claires, il comprendrait à quel point c'est destructeur pour moi d'être ici.

— C'était la solution parfaite. Je comptais aller quelque part où vous ne me trouveriez jamais.

— Je réduirais le monde en pièces pour te trouver.

Il embrasse l'intérieur de mon avant-bras. J'ai l'impression délirante qu'il est comme un immense animal, me dévorant en commençant par les extrémités.

Mon souffle est coupé quand il déchire ma manche, puis embrasse la peau tendre en haut de mon bras.

— Je réduirais le monde en pièces, déclare-t-il.

— Plus je reste, plus ce sera difficile de me laisser partir.

— Je ne te laisserai pas partir.

Il m'embrasse dans le cou et ma détermination s'évapore.

— Tu es en deuil. Il s'agit de Kiro ici.

— Il s'agit de toi.

Il approche sa bouche de la mienne, flottant au-dessus. L'électricité augmente dans cet espace vide entre nos lèvres.

— Tu es à moi. Tu l'as toujours été.

Je réduis l'espace entre nous. Je pourrais appuyer mon visage contre le sien et me perdre en lui. Ça commence simplement avec ce baiser. Je prendrais soin de lui et l'aimerais. Je serais à lui.

Je veux ce baiser plus qu'autre chose. Mais je le repousse et me lève.

Il chancelle. Sa douleur est vive et brute, son cœur est blessé d'un millier de façons.

— Si je reste et chasse Viktor, tu finiras par me détester. Et je me détesterais à cause de ça. De tout ça. C'est tout ce dont j'ai toujours voulu m'éloigner. Je ne vivrai pas avec quelqu'un dans la violence et les vendettas. Je ne renoncerai pas à celle que je suis. Cette vie ne pourra jamais être la mienne. Tu le sais.

Il s'approche de moi.

— Ça ne sera jamais fini entre nous. Ce n'était pas fini quand Konstantin m'a enlevé. Ce n'était pas fini quand ils ont mis mon cercueil en terre. Ce n'est certainement pas fini maintenant.

Je recule et heurte le mur.

— Qu'est-ce que tu vas faire ? M'enfermer toute ma vie ? Me tirer dessus ?

Il saisit mes poignets et les relève au-dessus de ma tête, les coinçant là.

Mon cœur palpite lorsqu'il passe ses doigts dans mon cou. Il défait le premier bouton. Le bouton suivant. L'effleurement de ses doigts enflamme ma peau.

— Ne fais pas ça.

— Que je ne fasse pas quoi ? chuchote-t-il d'une voix dure et torride.

Le bouton suivant.

— Que je ne t'utilise pas comme une pute ?

Ses paroles sont comme de la magie noire. Mon corps fredonne en guise de réponse.

Ne me parle pas comme ça.

— Pourquoi ? Parce que tu ne veux pas aimer ça ?

— C'est insensé.

J'ai le souffle court, ma voix est à peine un chuchotement.

Je me tords, mais il me tient, ses muscles sont comme de l'acier sous cette chemise blanche légère.

— Ça ne sera jamais fini.

Il m'embrasse dans le cou. Il embrasse mon oreille, chaud et excité.

— Je t'ai toujours regardée. Je t'ai toujours vue. Tu as toujours été à moi.

Un souffle que je ne pensais même pas retenir s'échappe en sifflant.

— Tu as besoin de moi tout comme j'ai besoin de toi. Dis-le. « Je ne te quitterai pas, Aleksio. »

Il enfonce sa langue dans mon oreille et je commence à fondre.

— Ça me rend tellement fou de penser que tu puisses partir.

— Tu as besoin de ton frère...

— J'ai besoin de toi.

Ses doigts dansent sur ma peau nue alors qu'il déchire ma chemise en dessous du nombril.

— Nous sommes faits pour être ensemble. C'est tout ce qu'on a besoin de savoir.

Toutes mes protestations s'échappent de mon esprit à son contact, sa peau chaude met le feu à la mienne.

— Encore, dis-je en haletant.

Il grogne et déchire complètement ma chemise. Il écarte le bonnet droit de mon soutien-gorge et dépose un baiser sur la chair entre mes seins.

— Au fond de toi, tu es un animal qui veut être utilisé par un tueur comme moi, un mec tordu et assoiffé de sang, hein ?

— Oui.

Il glisse une main entre mes jambes. Son contact est dur et lourd.

Il me saisit au travers de ma jupe. Possessif.

— Tu es chaude au point de me laisser prendre tout ce que je veux ? À quel point tu l'es ? Dis-moi. Dis-le.

— Aleksio...

Il remonte ma jupe et écarte mes pieds, puis appuie ses doigts entre mes jambes, effleurant ma culotte mouillée. Ses doigts caressent mon sexe. Je tremble à chacun de ses mouvements.

— Aleksio...

— Qu'est-ce que tu veux, chérie ?

Je veux qu'il me traite à nouveau de pute. Ce mot a un côté brut que je veux ressentir.

Il me caresse d'un doigt, entre les jambes, frottant ma vulve.

— Peu importe où tu fuis, je te trouverai toujours.

Je tremble à chaque caresse, devenant sienne, de plus en plus.

— Dis-le, rétorqué-je. Comme tu l'as fait à l'hôtel.

Il grogne, ses mots sont comme du velours.

— Parce que tu es ma petite pute.

Il marque une pause et referme sa paume sur mon sexe.

— Et c'est à moi. Compris ?

— Oui ! lâché-je d'une voix étranglée.

Il recommence, il me possède, envoyant de la chaleur lécher ma colonne vertébrale.

— Tu es à moi et je t'utilise comme je veux, compris ?

— Oui, soufflé-je.

Il continue avec une énergie croissante.

— Et là, je veux que tu te détendes et que tu mouilles pour que je puisse te prendre violemment.

Il glisse deux doigts en moi, m'envahissant, me poussant dans l'inconscience. Des formes palpitent et s'élèvent chaque fois que je ferme les yeux. Il ne me tient plus, mais je n'irai nulle part.

Il me prend dans ses bras et me porte jusqu'au bureau. Il pousse tout ce qu'il y a dessus : les dossiers qu'il avait minutieusement empilés, les tasses, l'ordinateur portable.

— Allonge-toi pour moi, bébé.

Je m'allonge. J'ai tellement envie de lui que je ne peux pas réfléchir. Je plane. Je tremble. Je suis complètement à lui.

Il ouvre mes cuisses et se tient au-dessus de moi, puis il ouvre brusquement sa ceinture d'un geste de la main et commence à déboutonner son pantalon, me regardant avec appétit. La chaleur de ses yeux est trop à supporter et je serre mes genoux.

Il secoue la tête.

— Non, c'est à moi, tu te souviens ?

Il ouvre mes jambes à nouveau.

— Touche-toi.

— Q-Quoi ?

Il sort son membre impressionnant, sombre, veineux et

somptueux. J'ai chaud quand je me souviens lorsqu'il me l'enfonçait dans la gorge.

— Tu dois te toucher maintenant.

C'est à moitié une supplication et à moitié un ordre.

Je me touche. Il m'observe avec son regard envahissant. Tout ce qu'il y a entre nous semble invraisemblable. Comme si tout était perdu et que tout ce que nous avions était cette incroyable folie, et c'est bon.

Notre incroyable folie semble être la seule chose authentique au monde.

Je me touche pour lui.

Il grimpe sur le bureau avec son pantalon à moitié baissé. Il s'agenouille au-dessus de moi, son pantalon tel un bandeau autour de ma poitrine.

— Ouvre, petite pute. Cette bouche est à moi aussi.

J'ouvre la bouche et il se cambre contre moi, glissant sa verge entre mes lèvres.

J'ai la tête qui tourne, je me caresse, me pliant à sa volonté et le prenant.

— C'est ça, dit-il. Suce. Sens-moi bouger dans ta bouche. Je veux que tu sentes chaque veine palpiter. C'est ce que tu provoques chez moi.

Je gémis.

— Chuuut, bébé.

Il se penche et attrape quelque chose au-dessus de ma tête. Il le place dans ma main. C'est rond et lisse.

— C'est un presse-papiers. Tu pourras enfoncer mon crâne avec quand tu seras fatiguée de ce que je te fais. C'est ton mot de passe.

Je grogne. Il est tellement déjanté. Ça ne devrait pas m'exciter.

— Tue-moi, baise-moi, aime-moi, halète-t-il en envahissant ma gorge.

Je bouge sous lui, respirant difficilement par le nez. Je m'apprête à jouir.

— Oh non, hors de question.

Il se retire et s'éloigne de moi, enlevant ma main de mon entrejambe.

— Plus large. Ouvre-toi pour moi, donne-moi tout, bébé.

Il attrape mes genoux, écartant lui-même un peu plus mes cuisses. Il me tient ainsi, ouverte.

Le courant d'air sur mon sexe palpitant est délicieusement frais.

Je grogne lorsqu'il me pénètre de ses doigts, poussant profondément et sans pitié. Il mordille le côté de ma cuisse et j'ai le souffle court. Il fait quelque chose avec ses doigts, les recourbant en les glissant en moi, comme s'il voulait m'arracher un orgasme. Je suis en train de haleter, je veux qu'il ne s'arrête jamais. Il embrasse mon ventre. Puis va plus bas, encore plus bas, jusqu'à ce que sa langue entre en contact avec mon clitoris. Je laisse échapper un cri. Il lèche une fois. Ce n'est pas délicat, c'est dur, fou, râpeux. Il lèche et suce en bougeant ses doigts en moi.

Il recommence et je laisse tomber le presse-papier. Il se brise sous le bureau. Il me lèche encore et encore, et moi aussi, je me brise en des millions et des millions de morceaux.

Mes cris sont gutturaux et rauques, tels ceux d'un animal et je m'en moque. J'ai perdu le contact avec tout ce qu'il y a de normal.

— J'aime que tu aimes ça. Comme un animal brisé pour moi. Touche-toi encore. Reste gonflée et prête pour moi.

Je me sens timide et exposée maintenant que l'orgasme s'est éloigné, mais je me touche comme il le dit. Je crois que je ferais presque n'importe quoi pour lui.

— Qu'est-ce que tu es ?

— Ta petite pute que tu peux utiliser.

Ses mains tremblent quand il déroule un préservatif en haletant.

— Mon Dieu, Mira, chuchote-t-il. Je ne peux pas... Je ne peux pas arrêter avec toi.

— Ne le fais pas, alors.

Sans ménagement, il repousse ma main, comme si c'était trop difficile pour lui de me voir me toucher une seconde de plus. Il est au-dessus de moi, il est magnifique. Je sens son gland épais et solide entre mes jambes.

Il pousse en moi, s'enfonce en moi, se dresse au-dessus de moi.

Il presse mes bras au-dessus de ma tête et se glisse en moi.

Je le regarde dans les yeux tandis qu'il me remplit. Il est incroyablement épais en moi. Nous, ensemble, ça a l'air réel et éternel. La chose la plus honnête possible dans ce monde de mensonges.

— Tu es encore plus bonne que tout ce dont je rêvais.

Il entre et sort, de plus en plus fort.

— Toi aussi.

Je suis vraiment à deux doigts d'un autre orgasme, essayant de faire durer le plaisir, mais la façon dont il halète, comme s'il était loin, loin, loin, me fait passer de l'autre côté en hurlant son nom.

Puis il jouit avec un cri, s'agrippant à moi, m'écrasant. J'aime la sensation, la façon dont il me fait mal.

Une fois qu'il a joui, il se fige, entièrement enfoncé en moi. Un long moment s'écoule avant qu'il ne se retire.

Je reste allongée là, sans aucune force, tandis qu'il boite vers le bar. Il attrape une serviette d'un bleu vif et boite à nouveau vers moi.

— Ta cheville.

Ses lèvres se tordent.

— Ma *cheville.*

Comme si c'était marrant.

— Reste immobile. Ce minou est à moi et je prévois d'en prendre parfaitement soin.

Il essuie mon entrejambe, doucement, complètement, me regardant dans les yeux.

Je sens que je deviens accro à cette sensation, à sa possessivité. Une part de moi veut rester allongée là et être sa chose pour toujours, comme si le reste du monde n'existait pas.

Sauf qu'il existe.

Quand il décide que mon sexe est revenu à sa condition parfaite et immaculée, il jette la serviette et s'allonge à côté de moi sur le bureau, à moitié nu. Il écarte mes cheveux de mon épaule.

— Tu as l'air triste.

Je suis triste. Je suis triste pour lui. Pour nous.

— Nos mondes sont si différents. Tu vois l'obscurité partout. Les joyeux bébés animaux te font penser à la mort et au sang.

— Oui, j'ai clairement gâché les joyeux bébés animaux pour toi.

— Tu ne les as pas gâchés pour moi. Tu m'as montré ton cœur.

Il trace le contour de mes pommettes.

— Sois meilleur que lui, Aleksio. Sois meilleur que tes ennemis.

— C'est trop tard.

— Va te faire foutre, dis-je. Tu penses que je ne sais pas ce que tu es, ce que tu peux être ? Je me souviens de toi, quand tu étais enfant. Peut-être que tu ne te souviens pas, mais moi si. Je me souviens quand tu étais bon. Je connaissais ton cœur et, oui, tu as détruit quelques châteaux de sable, mais tu avais bon cœur. Je m'en souviens.

— Est-ce qu'on recommence cette conversation.

— Tu as bon cœur. Et si tu t'autorisais à ressentir quoi que ce soit, à sentir ne serait-ce qu'une chose, tu comprendrais que ton cœur est bon et tu saurais que tu es mieux que toutes ces conneries primitives.

— Tu veux que je te baise encore sauvagement ?

— Aleksio. Tu peux me donner envie de baiser de manière bestiale et tu peux me parler... de manière obscène. Mais tu ne me feras pas oublier ton bon cœur. Pourquoi ne pas laisser tout ça ? Tu pourrais t'enfuir avec moi.

— Je ne peux pas.

— Pourquoi pas ? Tu es en vie. Au diable l'empire du crime. Ton père vous a laissé à toi et tes frères une grosse somme d'argent. Tu peux faire ce que tu veux.

— Ce n'est pas si simple. Je ne peux pas juste faire demi-tour et m'enfuir.

— Tu veux dire que tu ne le feras pas.

Il glisse un de ses doigts sous ma lèvre inférieure.

— Je ne peux pas.

— Je dois retrouver ma vie, dis-je. Dans le Bronx. Tu ne peux pas m'en empêcher.

Son téléphone sonne. Il me regarde dans les yeux.

— Ton empire du crime t'attend.

— Ignore-le, dit-il.

Il sonne à nouveau.

Je descends du bureau et lui tends. J'ai besoin d'espace. Il le prend, sans détourner son regard.

— Ouais.

Puis il regarde ailleurs, les sourcils froncés.

— Qui est-ce ?

J'entends la voix d'une femme.

— Attends.

Il me le passe.

— Lila.

Je le saisis et m'assieds.

— Lila ?

— Mira, répond celle-ci.

Il m'arrache le téléphone de la main et le met sur haut-parleur pour pouvoir écouter également.

— Est-ce que tout va bien ? demandé-je.

— Oui. Donald et Shauna Knutson sont à l'hôpital, ils ont été sérieusement battus, mais ils vont survivre.

— J'en suis ravie, déclaré-je. Ils vous autorisent à aller les voir ?

— Ils nous y autoriseront bientôt. Ronson est dehors, en train de rentrer leur bateau.

J'ai la sensation que c'est pour cette raison qu'elle a appelé. Elle peut enfin parler sans que Ronson soit là. Même sans sa présence, elle semble furtive, comme si elle imaginait qu'on pourrait surprendre sa conversation si elle ne fait pas attention.

— Je voulais vous dire quelque chose à propos de Keith. Mais je veux votre parole... Je ne veux pas que les Knutson aient des problèmes. Mais si Keith a des frères...

Je lance un regard à Aleksio. Je suis prête à donner ma parole, mais lui ? Il comprend. Il acquiesce.

— Je vous donne ma parole, dis-je. Peu importe ce que vous avez à dire, les Knutson n'en subiront pas les conséquences.

— Ce petit garçon, Keith, il était sauvage, comme on a dit. Les Knutson ont adopté un grand nombre d'enfants. Ils ont ouvert leur maison. C'étaient de bonnes personnes. Mais pas avec Keith. Il était bagarreur et ça se passait mal entre Donald et lui. Ce n'était pas une adoption légale, vous voyez. Cette situation n'était pas normale.

Le visage d'Aleksio se fige. Je peux pratiquement lire dans son esprit. *Qu'est-ce qu'ils ont foutu ?* Je lui lance un regard d'avertissement.

Il fait un cercle avec son doigt, impatient d'entendre l'histoire.

— Que s'est-il passé ? dis-je. Vous pouvez me faire confiance.

— C'est vrai, l'histoire que Ronson a racontée. Donald Knutson et les garçons sont allés sur la route frontalière des Voyageurs, mais le récit me semblait un peu étrange à propos du lieu. Ils ont été si loin... On n'emmène pas les enfants si profondément dans la forêt pour si longtemps.

Elle marque une pause.

Mes qualités d'enquêtrice ressortent. J'ai passé de longues heures avec des personnes effrayées.

— Alors, cette histoire vous a paru bizarre. Quelque chose n'allait pas, l'amadoué-je.

— Don Knutson a toujours dit que Keith serait mieux avec les animaux. Keith aimait s'éloigner, vous voyez. Il était malin, curieux et constamment en vadrouille. Et Donald Knutson, il en avait assez de Keith.

Je regarde Aleksio. C'est mauvais.

— L'endroit où ils ont campé cette année-là, c'était loin, dans une zone reculée. Là-bas, c'est une étendue sauvage aussi vaste que le Sahara. Vous le saviez ?

— Non.

— Il y a des endroits dans cette zone sauvage où personne ne va. Ce n'est pas facile de mener des recherches là-bas.

— Des endroits très reculés, dis-je.

— Je me suis toujours posé des questions sur cette histoire de noyade. Est-ce que Keith s'est aventuré au loin ? Est-ce qu'on l'a abandonné ? Il y avait beaucoup de problèmes à cause de lui. Et parce qu'ils pensaient qu'il s'était noyé, ils ne l'ont pas cherché avec autant d'acharnement qu'ils auraient dû, si jamais il s'était perdu.

Aleksio a l'air de vouloir tuer quelqu'un. Je pose un doigt sur mes lèvres alors qu'elle continue.

— J'ai arrêté de me poser cette question, puisque je n'avais rien d'autre que des spéculations, mais il y a deux ans, un détective privé est venu rendre visite aux Knutson. Ils étaient en croisière à ce moment-là, donc il est venu chez nous pour nous poser des questions sur Keith. Cela faisait dix ans que Keith était parti. Il m'a dit qu'un enfant sauvage avait été trouvé par des campeurs...

— Attendez. Quoi ?

J'écarquille les yeux en regardant Aleksio.

— Un enfant sauvage, peut-être dans les dix-huit ans, un garçon qui avait apparemment grandi dans les bois. Trouvé par des campeurs, à moitié mort à cause d'une jambe blessée. Les années correspondent. Si Keith a disparu à l'âge de huit ans et que cela s'est déroulé dix ans plus tard, il aurait eu dix-huit ans. Ça aurait pu être Keith.

— Trouvé par des campeurs... après dix ans dans les bois ?

— Peut-être. L'histoire du garçon sauvage a fait grand bruit dans le nord. On a énormément parlé de lui sur les réseaux sociaux. Ils lui ont même trouvé un nom. Je ne m'en souviens pas. Le détective l'a décrit, a demandé s'il pouvait s'agir de Keith.

Sa voix est réduite à un soupir.

— Mais j'ai menti et je lui ai dit que non. J'ai inventé une histoire à propos d'une tache de naissance. C'était mal de ma part de mentir, mais rien de bon n'aurait pu arriver en réunissant Don Knutson et Keith. J'ai pensé que c'était la chose la plus néfaste du monde pour eux deux. Que Dieu me vienne en aide, c'est la décision que j'ai prise. Mais des frères de sang, c'est différent. J'ai bien vu que vos amis pleuraient la mort de leur frère. Ronson était contre le fait que je m'implique, vous voyez.

— Je suis vraiment contente que vous ayez appelé. Vraiment contente et très reconnaissante. Vous vous souvenez du nom du détective ?

— Il m'a donné une carte. Vite. Vous avez un crayon ?

— Oui.

Je fais signe à Aleksio. Il attrape un stylo et cherche un bout de papier autour de lui. Mon regard se pose sur les dossiers qu'il a fait tomber du bureau. Je me dis qu'il pourrait écrire sur l'un d'entre eux. C'est alors que j'aperçois un nom familier sur l'une des étiquettes. Vanessa Nikolla.

Je me raidis.

Que fait-il avec un dossier sur ma mère ? Il l'a changé de place quand nous sommes entrés et... ça semblait vraiment étrange. Que me cache-t-il ?

— C'est bon, dit-il, le stylo au-dessus d'un bloc-notes.

J'étudie discrètement le dossier pendant qu'Aleksio note l'information que Lila donne. La chemise cartonnée a l'air vieille. Officielle. Il y a un code sur le volet extérieur, avec des initiales.

Lila continue à dire ce qu'elle sait.

— Le détective était vieux. Très maladif, explique-t-elle.

Elle nous raconte tout ce dont elle se souvient.

— J'espère que ces garçons trouveront leur frère. Qu'ils puissent guérir. J'ai vu la ressemblance.

Je la remercie et raccroche. Aleksio m'embrasse.

— Merci !

Puis il appelle Viktor.

— Tu devrais remercier Lila.

Viktor arrive avec deux de ses gars.

— Qu'est-ce qui ne va pas ?

Aleksio s'avance vers lui, très ému.

— Kiro est peut-être en vie.

Chapitre Vingt

Aleksio

Je laisse Mira à la maison, sous la surveillance de Tito. Elle semble disposée à rester, au moins suffisamment longtemps pour voir où nous mène cette piste pour Kiro. Je crois qu'elle souhaite autant que moi qu'il soit en vie. Pourtant, je dis à Tito qu'il ne peut pas la laisser partir.

Viktor, Yuri et moi fonçons dans la nuit pour rejoindre le détective privé. Karl Hawthorne. Il est dans un genre de maison de repos dans le nord du Wisconsin.

Je conduis. Viktor est inhabituellement silencieux sur le siège passager, absorbé par ce qu'il y a sur son téléphone. Il ne fait rien avec, il le regarde juste fixement. Il ne fait même pas défiler l'écran.

Sa lèvre, là où je l'ai frappé, semble avoir gonflé pendant la nuit, mais son œil a l'air mieux. En revanche, il y a quelque chose de plus. Il a l'air... abattu. Je marque un temps d'arrêt. Ce n'est pas une émotion que j'ai l'habitude de voir chez Viktor.

— Mais qu'est-ce que tu regardes ? Tu trouves quelque chose de nouveau ?

— Rien de nouveau, répond-il.

Nous avons trouvé assez facilement l'histoire sur le garçon dont Lila parlait. Il a effectivement créé beaucoup de buzz sur les réseaux sociaux il y a environ deux ans. Personne n'a jamais eu de photo de lui, néanmoins beaucoup de journalistes étaient sur le coup. Ils lui ont même donné un nom : l'Adonis sauvage. Il y a eu un grand battage médiatique autour de ce beau garçon sauvage jusqu'à ce qu'on affirme que c'était un canular. Mais si ce n'était pas le cas ?

Personne n'a eu de photo, mais ce détective – ce Karl Hawthorne –, peut-être qu'il l'a vu.

— Alors qu'est-ce qu'il y a de si intéressant là-dessus ?

— Rien, dit-il.

C'est ce qu'il a dit la dernière fois que j'ai demandé.

— Il y a visiblement quelque chose.

— C'est le site du Valhalla, répond-il.

— Quelque chose se passe au Valhalla ?

— Non.

Je fronce les sourcils. Je ne vois pas pourquoi il pourrait être si intéressé par ce site. Il s'agit juste de caméras figées sur des filles captives dans des chambres. Des hommes font des offres pour les avoir. En gros, elles restent assises pendant longtemps, l'air malheureuses. Nous nous sommes renseignés chez Konstantin.

— Est-ce que les offres s'emballent ? Quelqu'un essaie de surenchérir sur toi ?

— Non.

Je le regarde une nouvelle fois. D'habitude, Viktor n'est pas émotif, sauf quand il est en mode chien d'attaque pour notre famille, mais il se passe clairement quelque chose avec lui. Il y a un côté étrangement vulnérable chez lui en ce moment.

Est-ce que ce boulot au Valhalla fissure ce mur d'un mètre et demi d'épaisseur ?

Il a vu plus de sang, de carnages et d'injustice dans sa vie que le soldat le plus endurci au combat. Pourquoi laisser le Valhalla l'affecter ?

— Révèlent-ils les secrets de l'Univers au travers de danses d'interprétation ?

Il se contente de grogner.

D'accord. Je suppose que c'est bien s'il est investi.

Nous nous arrêtons devant la résidence pour seniors aux environs de dix heures du matin. C'est un bloc de ciment beige et blanc. Ça sent le café, la saucisse et le Lysol. L'infirmière au bureau nous dit que la fille d'Hawthorne doit valider toutes les visites.

Je m'appuie sur le bureau et souris.

— Sa fille valide celle-ci, croyez-moi.

— J'en doute sincèrement. Elle n'a pas validé une seule visite depuis un an, dit l'infirmière.

Je regarde en direction de Viktor, qui lui-même se tourne vers Yuri et ce dernier ouvre sa veste, révélant son .357.

— Elle la valide, dis-je doucement.

Un air apeuré sur son visage, mais elle ne fait toujours rien.

Un aide-soignant arrive désormais, sentant les problèmes. Il est jeune, musclé et pâle. Lorsqu'il voit l'arme de Yuri, il cherche à prendre son téléphone, mais je sors mon propre revolver et le laisse sur mon flanc.

— On a juste quelques questions.

Doucement, je prends le téléphone du soignant.

— Personne ne sera blessé. Donnez-nous le numéro de la chambre.

L'infirmière se raidit. Elle ne veut pas le donner. Elle veut jouer l'héroïne.

Viktor contourne le bureau et récupère une photo de l'infirmière avec deux chiens.

— Jolis toutous, dit-il. Ils sont à la maison là…

Il lit son nom.

— … Donna Fleishcher ?

Menacer des chiens. Il n'y a que Viktor pour faire ça.

— Nous avons juste quelques questions, expliqué-je. Nous avons besoin des informations qu'il possède sur un cas de disparition, puis nous nous en irons. On passerait par sa fille si nous avions le temps, mais c'est urgent.

— Vous êtes des policiers ? demande-t-elle.

Je comprends où elle veut en venir. Plus tard, si quelque chose tourne mal ou si nous tuons réellement Hawthorne, elle pourra dire que nous lui avons affirmé être des agents de police.

— Nous sommes chargés de faire appliquer la loi, lui déclaré-je.

Parce que d'une certaine façon, c'est le cas.

Yuri reste là avec elle, puis nous progressons dans le long couloir avec l'aide-soignant, traversons la salle à manger et entrons dans une grande véranda. Il montre un vieil homme dans un fauteuil roulant. Un pied à perfusion retient des sachets de liquides reliés à son bras.

— C'est Karl.

— Qu'est-ce qui ne va pas chez lui ? demandé-je.

— Beaucoup de choses, répond l'aide-soignant.

Je fais un signe de tête vers la chaise à côté de la porte.

— Vous allez rester assis là et ne parler à personne pendant que nous avons cette conversation privée.

Karl est chauve et a des sourcils broussailleux. Il porte un survêtement noir et il nous regarde, ou plus précisément, il observe mon flingue. Viktor et moi laissons l'aide-soignant assis là et nous nous avançons vers le vieux monsieur.

— SIG P229R, remarque-t-il en faisant un signe de tête vers mon flanc.

Je suis surpris qu'il puisse le voir, et encore plus qu'il puisse l'identifier. Enfin, après tout, il était détective privé.

— Je ne savais pas que c'était ce genre de fête, hein ?

Je regarde Viktor. Est-ce que ce mec est fou ?

— Je plaisante, reprend Karl. Venir ici avec un flingue comme ça ? En costard-cravate ? Dans quel nid de frelons me suis-je coincé ?

Il envoie un regard malicieux vers l'aide-soignant.

— Nous avons des questions, dit Viktor.

Karl sourit.

— Tu es russe. C'est la mafia russe ?

— Ça ne vous regarde pas, répond Viktor.

Karl jette un nouveau coup d'œil au soignant.

— Je demandais juste comme ça, vous avez de la bibine ?

Viktor sort une flasque de sa poche et la lui tend.

— Vous avez des cigares ?

— Juste des questions, déclaré-je. Nous sommes ici pour le garçon dans la forêt. Le garçon sauvage. Vous avez enquêté sur lui il y a deux ans.

— L'Adonis sauvage ? Oui.

Il prend une gorgée dans la flasque. L'aide-soignant se redresse brusquement. Karl ricane et la rend à Viktor.

— Parlez-nous du garçon et vous pourrez tout boire, dit Viktor.

— Ça ne me dérangerait pas.

Karl en boit un peu plus.

— Vous avez probablement lu ce qu'il y avait sur lui, sur Internet. Ce garçon a fait grand bruit à Rhone Rapids. Des campeurs l'ont trouvé à moitié mort et l'ont transporté hors de la forêt. Il était habillé comme Nanouk l'Esquimau, ce gamin.

Il s'essuie la bouche avec le dos de la main.

— Ils lui ont donné quelque chose pour stopper l'infection, la fièvre, et ils lui ont fait un bandage. Ils lui ont coupé les cheveux et les ongles, mais une fois qu'il a repris ses esprits, il est devenu fou et a détruit leur maison. Je veux dire qu'il s'est vraiment comporté en animal sauvage. Ils ont dû appeler les flics pour le maîtriser. Il a dégradé beaucoup de biens. Il a été assez vite clair que ce n'était pas un adolescent normal. Il était l'un de ces gamins que l'on trouve parfois dans les bois, avec la plante des pieds plus épaisse que du cuir. Tuant de ses mains nues. Mangeant de la viande crue et des racines. Résistant au froid.

— Vous l'avez vu. Est-ce que ça pourrait être lui ?

Viktor lui tend quelques photos que nous avons prises à Lila et Ronson.

Karl les observe, l'une après l'autre.

— Oui, ça pourrait être lui. Probablement. Beaucoup plus vieux. Mais ça lui ressemble. C'est une de vos connaissances ?

— Notre frère, dis-je.

— J'aurais pu le deviner. Il vous ressemblait.

— Où est-il allé ? demandé-je.

— Après la clinique, il a été emmené dans une unité psychiatrique d'East Webster. Enfermé dans l'aile des fous. Les services sociaux ont tenté de savoir d'où il venait, les médias tambourinaient à la porte parce que, soyons honnêtes, un garçon sauvage photogénique – et quand je dis sauvage, c'est du genre élevé par les loups – fait vendre des journaux. Ils lui ont donné ce nom ridicule.

— Des loups ? reprend Viktor.

— C'est ce que le professeur croyait. C'est lui qui m'a engagé. Le docteur Louis Jourdan. Il faisait tout pour faire une demande de garde pour le garçon. Le professeur et docteur Louis Jourdan voulait que j'épuise toutes les pistes envisageables. Il voulait sérieusement en avoir la garde.

Je m'agenouille devant Karl.

— Est-ce qu'il l'a obtenue ?

Karl me fixe avec un regard affûté.

— Voilà le problème. J'avais l'impression que le professeur Jourdan... Je ne l'aimais pas vers la fin, disons-le ainsi.

Un sentiment de danger monte en moi.

— Je ne lui faisais pas confiance. Mon instinct, vous voyez ? J'avais l'impression qu'il me mettait sur l'affaire pour s'assurer que personne ne réclamerait le garçon une fois qu'il l'aurait pris ou peut-être qu'il était impliqué dans quelque chose de douteux.

Il s'essuie les lèvres avec sa manche.

Je jette un coup d'œil à Viktor. Il n'aime pas ça non plus.

— Je ne sais pas dans quoi il a eu son doctorat. En psychologie, peut-être, poursuit Karl. En comportementalisme. Une connerie du genre. Il m'a toujours donné l'impression d'être un de ces gars qui pourrait élever un gamin dans une boîte juste pour tester une théorie. Donc je n'appréciais pas l'idée qu'il ait ce gamin, même si je n'aimais pas plus le fait que les médias ou le système le récupèrent. Et il y avait des discussions sur son âge. Il comprenait parfaitement l'anglais, mais il ne pouvait pas vraiment le parler. Ou il ne *voulait* pas le parler. Et puis, un jour, il est parti de sa chambre et c'est la dernière fois qu'on a entendu parler de lui.

— Il est parti ?

Karl acquiesce.

— Un gardien a été assommé. Le garçon était parti.

Viktor jure.

— Ils ont dit que tout ça était un canular. Ils ont couvert leurs arrières. En vérité, le gamin sauvage a disparu.

Karl soupire.

— Si on acceptait l'idée qu'il avait dix-huit ans, qu'il pouvait prendre soin de lui et qu'il n'était pas un danger pour lui ou les autres, il avait tous les droits de partir, donc ils ont laissé tomber. Beaucoup de gens ont couvert leurs arrières finalement, voilà tout.

— Ils ont dit que ce n'était qu'une arnaque pour que les médias les laissent tranquilles.

— Ouais.

Il nous regarde, chacun notre tour.

— Il y a clairement un air de famille, dit-il.

Mon cœur se gonfle.

— La question que je me suis toujours posée, c'est comment il a pu assommer ce gardien ? Le mec a dit qu'il avait reçu un coup par-derrière, dans le couloir, donc qui a déverrouillé la cellule capitonnée du gamin ?

— Vous pensez qu'on l'a aidé ?

Karl boit une autre gorgée.

— Le gosse était un vrai canon, quand il était propre. Il fascinait les infirmières. Il pouvait les convaincre de lui donner des trucs. Il avait ce genre de charisme. Mais au fond de moi, je pense que c'est le professeur. Il était obsédé par le petit. Comment il avait vécu, comment il avait passé les hivers. Cette connerie de vie avec les loups.

— Où travaille ce professeur ? demande Viktor.

Karl secoue la tête.

— Voilà le problème. Jourdan enseigne véritablement à Madison, c'est un spécialiste, mais ce mec, ce n'était pas lui.

— Vous étiez détective privé et un mec a réussi à vous avoir comme ça ? demandé-je.

Karl me fixe avec un regard sévère. Il devait être un sacré dur à cuire en ce temps-là.

— Un homme m'a donné beaucoup d'argent pour identifier un gosse sauvage. C'est sur lui que j'enquêtais. Pas sur mon employeur. Vous aimeriez que votre détective privé fasse des recherches sur vous ?

Je fronce les sourcils.

— Quoi d'autre ? On doit le trouver.

— Je commencerais par le mec qui se fait passer pour le professeur Jourdan. L'hôpital psychiatrique là-bas a une photo du faux docteur. Je sais qu'ils en ont une, vous pourriez essayer de mettre la main dessus et d'utiliser une reconnaissance faciale. Ils tiennent aussi des registres sur qui a rendu visite à qui. Ils vont être très méfiants avant de lâcher ces informations, étant donné que de grosses erreurs ont été commises.

Il pointe le doigt vers mon arme.

— N'y allez pas comme ça, non. Il y a de meilleures façons. Là-bas, vous pourrez vous appuyer sur un assistant social. Noel Tucker. Il vous vendra cette information. Ça lui prendra un peu de temps de la retrouver, parce qu'il aura besoin de se connecter sur l'ordinateur d'autres personnes, mais je me suis servi de lui quelques fois. Voilà où je commencerais.

Il lève les yeux vers nous, secouant légèrement la flasque comme pour évaluer la quantité restante.

— Comment vous semblait le garçon sauvage ? Vos impressions ? Est-ce qu'il allait... bien ? Ou...

Je sais à peine ce que je demande. Comment un gamin peut passer dix ans dans la forêt ?

Karl gigote sur son fauteuil.

— Il semblait puissant. Et sacrément en colère. Enfin, une camisole de force ne vous rend pas tellement coopératif, vous voyez ?

Une camisole de force. Je grince des dents.

— Ce gosse me rendait nerveux, parce qu'il pouvait facilement se déchaîner et il fallait qu'ils soient cinq sur lui, cinq aide-soignants armés de seringues remplies de tranquillisant. Il était malin, aussi. Plus que malin. Il était brillant en fait, dans sa manière de s'échapper de ses moyens de contention ou pour mettre quelqu'un à son service. Votre frère était beau, brillant et totalement violent.

— *Bratik*, dit doucement Viktor.

Son regard est sombre et profond, rempli d'émotion.

Karl regarde l'arme de Viktor. Il a l'air ivre.

— Oui, j'imagine que vous vous entendrez parfaitement bien.

Je sors une carte et écris mon numéro privé au dos.

— Ne répétez ces informations à personne d'autre. Si quelqu'un d'autre vient pour poser des questions sur lui, appelez-nous.

Je lui tends la carte.

— Les informations que vous nous avez données en vaudront la peine.

— Et ça ne vaudra pas le coup pour vous de répéter tout ça, dit Viktor.

— Je vous ai entendu.

Karl met la carte dans sa poche.

Nous sortons de là et arrivons sous le soleil, ébahis.

— Beau, brillant et totalement violent, répète Viktor fièrement.

Nous retournons dans la voiture et nous dirigeons au nord pour trouver l'assistant social. Nous sommes déjà à mi-chemin et c'est le genre de choses qu'on a envie de faire en personne. Il n'y a rien de tel que de se montrer en personne pour prouver que nous pouvons être de bons amis... ou des ennemis dangereux.

J'appelle Tito. Les choses se passent bien à la maison. Il est bluffé d'entendre l'histoire de Kiro. Je lui demande comment Mira a l'air d'aller, il me dit qu'elle va bien.

— Ne la bouscule pas.

Il comprend ce que je veux dire. Je veux qu'il la surveille, mais pas de façon évidente.

Tito me dit qu'elle s'apprête à faire une sieste. Je lui demande de me la passer.

— Aleksio, répond-elle.

J'ai l'impression d'avoir laissé les choses inachevées entre elle et moi. Comme si j'avais encore tant de choses à lui dire. Je lui raconte ce que Karl a dit sur le professeur et que c'est clairement Kiro qui se trouvait là-bas. Elle rit en entendant sa description de mon frère.

— Alors il n'est pas à l'école des officiers de police, déclare-t-elle.

Quelque chose cloche.

— Tout va bien ? demandé-je.

— Je veux juste que tu le trouves.

— Nous devons d'abord retrouver cette balance d'assistant social.

Ça va prendre un peu de temps. Il est dans le nord du Minnesota. On va encore devoir faire de la route.

Et c'est moi qui vais conduire. Je regarde Viktor, qui est de retour sur le site du Valhalla. Que voit-il là-dessus pour sembler si captivé ?

Je serre mon téléphone dans ma main, sentant une poussée d'affection pour elle. Et j'espère plus que jamais. C'est bon de lui parler, comme cet étrange élan de bonheur dans mon cœur. C'est stupide, parce que les choses sont si tordues entre nous.

— On va tout faire pour que ça fonctionne, dis-je.

Chapitre Vingt-Et-Un

MIRA

TITO ESSAIE de donner l'impression que nous traînons juste comme ça, comme s'il était simplement dans la même pièce que moi, mais il ne sait pas à qui il a affaire.

Des hommes qui me regardent, me contrôlent et me cachent des secrets, c'est une habitude pour moi. Et des mecs qui essaient de faire croire qu'ils ne me surveillent pas ? J'ai échappé aux meilleurs d'entre eux. Et j'échapperai à Tito.

Et j'attraperai ce dossier sur ma mère.

Nous faisons des pizzas. Nous regardons tous un film. Je suis une fille obéissante et tranquille. J'attends que Tito soit blotti sous une couverture avec un bon bol de pop-corn au beurre pour annoncer que je vais chercher un pull puis je m'exécute simplement. Les gardiens sont plus enclins à se détendre quand ils ont à manger. C'est la voix de l'expérience. Au lieu de me rendre dans ma chambre, je me glisse dans le bureau et attrape le dossier, ainsi que le Taser que j'ai repéré dans le tiroir d'Aleksio. Je le mets dans ma chambre, attrape un pull et reviens.

Ce n'est pas rien de rester assise là à regarder le reste du film, mais c'est pour que la situation continue d'avoir l'air normale. Encore une fois, je parle par expérience. Quand le film se termine, je retourne dans ma chambre. Ils ont réparé la porte, bien sûr. Tito la referme et je me plonge dans le dossier.

Il s'agit d'un rapport de médecine légale datant d'il y a onze ans, il est clairement authentique. Il a même une odeur authentique. Comme un vieux livre de bibliothèque.

Je feuillette les pages. C'est un rapport d'autopsie. Ça n'a aucun sens. Ma mère n'a jamais été autopsiée. On n'en fait pas sur les victimes de cancer. Mais d'après ce document, il y en a eu une. La cause de la mort est décrite comme empoisonnement par une substance dont je ne peux pas prononcer le nom.

Empoisonnée.

Je le regarde fixement, essayant d'en comprendre le sens. Les médecins ont dit qu'elle était morte à cause d'une forme rare de cancer. C'est ce que les médecins *m'*ont dit. Mais quelqu'un a ordonné une autopsie le jour où elle est morte.

Des petits détails de ce moment se mettent en place. Des médecins qui se disputent. La vitesse avec laquelle elle a été transportée dans cet hospice. L'étrange réticence de mon père à l'idée que je récolte de l'argent pour la recherche contre ce cancer rare. Mais je voulais le faire. J'avais besoin de faire quelque chose.

Le rapport dit qu'elle n'avait pas de cancer du tout.

Le rapport dit que ma mère a été assassinée.

Je reste assise là, complètement secouée.

Pourquoi Aleksio a ceci ? Pourquoi me le cacher ? Est-ce que papa couvrait quelqu'un ? Est-ce que papa était impliqué ? Est-ce que les gars d'Aleksio étaient impliqués ?

J'essaie d'ouvrir la porte et constate qu'elle est verrouillée.

Quand ils l'ont réparée, ils l'ont renforcée. Mon visage s'échauffe. J'en ai tellement assez d'être prisonnière. J'ai besoin de sortir et de découvrir la vérité. Je ne suis pas stupide au point de penser que papa me donnera des réponses. Il y a un nom sur le rapport. J'ai besoin d'un téléphone et d'un véhicule.

Je dors d'un sommeil agité. On frappe doucement à ma porte aux environs de sept heures du matin.

— Oui ? dis-je.

— Tu es réveillée ?

C'est Tito.

— Je le suis. Vous avez du café ? Qu'est-ce que je peux faire pour que vous m'en apportiez ?

— Je m'en charge, répond Tito.

Les pas s'éloignent.

J'ai mes chaussures cette fois-ci et le Taser. J'ai déchiré des bandes dans les draps, je les ai tressées ensemble pour faire des cordes et je les ai cachées.

Environ quinze minutes plus tard, il frappe à nouveau.

— Livraison de café ?

— Entre, je t'en prie.

La porte s'ouvre et Tito apparaît. Il sourit. Il a un plateau avec un café turc et un scone chaud.

— Aleksio et Viktor devraient revenir dans peu de temps.

— Merci.

Je fais un signe vers la commode où je veux qu'il le mette. Je me sens mal pour ce que je m'apprête à faire.

Dès qu'il le pose, je pointe le Taser directement sur son flanc. Il tombe lourdement, même si j'ai essayé de l'en empêcher. J'attrape mes cordes de fortune et attache ses mains ainsi que ses chevilles. Quand il se réveille, je le tase à nouveau. Je le bâillonne puis l'attache au radiateur.

— Je suis tellement désolée, dis-je en prenant son téléphone, son revolver et son argent.

Il a l'air en colère. Aleksio va piquer une crise.

Je me faufile hors de la chambre et traverse la maison. J'évite l'arrière où ils sont tous en train de fumer. Au lieu de ça, je passe par la porte sur le côté. Je cours dans l'allée et appuie sur la clé. Les lumières d'une BMW clignotent.

Je la démarre et conduis comme une folle. Quand je suis à plusieurs kilomètres de là, je me gare, le cœur martelant, et appelle le bureau du médecin légiste. Je demande à parler à Fazli Jashari – c'est le nom inscrit dans le coin supérieur droit du dossier. L'homme qui a signé. Ils disent qu'il n'arrivera pas avant l'après-midi. Non, je ne veux pas laisser de message.

Je vais sur Google et trouve une adresse.

Jashari vit dans un chalet de plain-pied dans un quartier non loin. Personne ne répond à la porte, mais la voiture est là. Je fais le tour, il y a une porte coulissante près de la cuisine et je vois un vieil homme avec des cheveux gris épais ainsi qu'une barbe fournie.

— Hé !

Je tambourine à la fenêtre avec mon arme, la brisant presque.

Il se précipite dessus et l'ouvre. Chaque molécule de son être paraît se figer.

— Mira Nikolla.

— Vous êtes Fazli Jashari ?

— Vous savez combien de personnes vous recherchent ? Il y a des rumeurs... sur Aleksio Dragusha...

Il scrute mon visage comme un homme qui souhaite vraiment savoir si c'est vrai.

— Nous devons parler. À l'intérieur.

— Est-ce que votre père sait que vous êtes libre ?

— Ne vous inquiétez pas. Je suis là pour parler de ma mère.

Il déglutit, l'air confus.

Je lève le revolver et il recule.

— Dites-moi juste si Aleksio est de retour, déclare-t-il.

— Il est de retour.

Je pose le dossier sur le comptoir.

— Ça vous dit quelque chose ?

Il se contente de se retourner et de traverser la maison.

Ce n'est pas moi qui tiens le flingue ? Je le suis à travers sa maison, jusque dans sa chambre. Il sort une valise de son placard.

— Je suis ravi de vous voir en vie, Mira.

— Vous allez quelque part ?

— Si Aleksio Dragusha est toujours en vie ? Oui, je vais aller quelque part. Et vous devriez vous en aller, vous aussi. Vous êtes la meilleure façon pour lui de faire du mal à votre père.

Il sort un petit bagage à main. Déjà rempli. Un sac de voyage tout prêt.

— Parlez-moi de ce rapport.

— Est-ce que je peux vous poser une question d'abord ? Est-ce que ses frères sont avec lui ?

Comme si j'allais le lui dire. Je ne vais certainement pas lui avouer que Kiro est en vie. Si quelqu'un est bien innocent dans cette histoire, c'est Kiro.

Il sort des chaussettes d'un tiroir et les jette sur le lit.

— Je pose simplement la question parce que si les frères sont réunis, le feu s'abattra du ciel. Vous le savez, n'est-ce pas ?

— Vous parlez de cette prophétie ? Pourquoi tout le monde y croit ?

— Parce que tous *les autres* y croient, répond-il. Pourquoi les marchés s'effondrent ? Parce que tout le monde pense que les autres sont en train de flipper. Pourquoi tout le monde pense que les Kardashian sont importants ? Parce que les autres le croient. Est-ce que les frères sont réunis ?

— J'ai une arme, là. C'est moi qui obtiens des réponses.

Il lance des vêtements dans une valise.

— Vous êtes une Nikolla. Quittez la ville. Quittez ce truc.

Il s'arrête et lève les yeux.

— Tout le monde sait que vous détestez les armes.

— Peut-être que je déteste encore plus les mensonges ?

Il recommence à faire ses bagages. C'est comme s'il se moquait totalement du fait que j'ai un revolver.

— Vous allez devoir me laisser une longueur d'avance.

— Dites-moi ce qu'il s'est passé avec ma mère.

Il ralentit le remplissage de ses valises, mais ne se retourne pas.

— Parlez-moi ou je vais tirer sur quelque chose. Je le jure. Je ne vous tirerai pas dessus, mais je vais viser quelque chose, et la police viendra.

Il se retourne enfin.

— Que voulez-vous savoir ?

— Est-ce qu'elle a été tuée ? Empoisonnée ? Est-ce que ce rapport est exact ?

— J'en ai eu l'impression.

— Vous avez été payé pour le changer.

Il fronce les sourcils.

— Merde.

— Par qui ?

— À votre avis ?

— Mon père ?

J'essaie de prendre une voix calme.

— Est-ce qu'il l'a tuée ?

Il met des paires de chaussettes en boule dans sa valise.

— Ce n'était pas à moi de le savoir. J'ai changé les conclusions. C'était ma part du contrat.

— Payé par mon père.

— Oui.

— Racontez-moi ce qu'ils ont trouvé dans son corps. Dites-moi ce qui l'a tuée.

— Un produit pharmaceutique.

— Il vous a demandé de le couvrir. Soit il était responsable, soit il était complice.

Jashari continue à faire ses valises.

J'ai l'impression que mon cœur se brise. C'est nous contre le monde. Papa et moi. Une famille. Même en apprenant ce qu'il avait fait à la famille d'Aleksio, une minuscule part de moi s'accrochait au fait que papa pouvait être quelqu'un de bien. Même quand il a dissimulé la dernière piste jusqu'à ce qu'il croie que mon doigt avait été coupé, je m'y suis accrochée.

— Alors vous les avez juste laissés s'en sortir comme ça.

Ma propre rage résonne étrangement à mes oreilles.

— Oui, dit-il. Ils m'ont payé pour que je les laisse s'en sortir. Le procureur qui a ordonné l'autopsie a été trouvé en morceaux. Donc oui, ils m'ont payé, mais j'aurais probablement aidé s'il m'avait simplement demandé. Et je pense que vous savez pourquoi. J'ai des enfants, des petits-enfants. Vous savez comment est votre père. Ce n'est pas le bon moment pour être dans le déni.

— Je ne suis pas dans le déni. Excusez-moi si...

Excusez-moi si je viens juste d'apprendre que mon père a probablement tué ma mère. Je pense à la façon dont ils se disputaient. Les secrets. Les chuchotements. Je sais d'après mon travail qu'un enfant a besoin de croire que ses parents sont bons. Que ses parents l'aiment. Même dans les pires des cas de maltraitance, ils s'inventent des histoires. D'une façon ou d'une autre, leurs parents les aiment.

J'essuie des larmes de colère sur mes joues.

— Est-ce que vous les avez aidés à simuler la mort des garçons Dragusha ?

— J'arrête de parler. Tirez-moi dessus si vous le devez.

Bien sûr qu'il l'a fait. Il a demandé si les garçons étaient ensemble, ce qui veut dire qu'il sait qu'ils sont tous en vie.

— J'imagine que je devrais être heureuse que mon père n'ait pas eu le courage de tuer des enfants.

— Il vous aime réellement, répond Jashari.

Je me sens aussi vide que ces mots.

— Vous êtes en colère. Contentez-vous de quitter la ville.

Il va dans un placard et en sort brusquement une raquette de tennis.

— Partez loin. C'est le meilleur et le dernier conseil que je vous donne. Si Aleksio vous retenait, je ne sais pas comment vous vous êtes échappée. Mais vous l'avez fait. Saisissez cette chance et partez.

Il jette la raquette dans sa valise.

— Aleksio ne reviendrait pas s'il ne voulait pas faire couler du sang. C'est le moment de vous sauver.

— Comme vous.

— Mon nom est sur leur certificat de décès. Ils le verront tôt ou tard et se rendront compte que c'est moi qui ai mis le sable dans leurs cercueils. Ils vont vouloir descendre tous ceux qui ont eu un lien avec la mort de leur famille et leur droit de naissance.

Il quitte la chambre et revient avec une tasse de café fumante.

— Vous voulez de la crème ?

Je comprends à peine la question.

Il me met la tasse dans la main et referme son sac.

— Je m'en vais. Vous devez vous éclaircir les idées et avancer. Vous pouvez rester ici un moment, mais je ne vous le recommande pas.

Il jette un coup d'œil à son téléphone.

Je fixe le dossier.

— Je pensais qu'il l'aimait.

— Il vous aimait, répond cet homme. Vous étiez une belle fille. Une fille si gentille. Ils vous aimaient tous les deux.

— *Elle* m'aimait.

Jashari me laisse, debout dans la cuisine. Il se contente de passer par la porte arrière.

On dit qu'on devient véritablement adulte quand on perd ses deux parents.

Je n'en suis pas sûre. Peut-être qu'on devient plutôt véritablement adulte quand on perd ses illusions sur ses parents.

Il n'y a rien dont j'ai plus envie que de confronter mon père. De me déchaîner contre lui et de l'obliger à me faire face pour me dire la vérité. J'ai toujours cru que Lazarus le Sanglant était le psychopathe, mais papa a couvert la vérité sur la mort de maman. Quelqu'un a tué ma mère et mon propre père l'a aidé à s'en sortir. Ou pire, c'est lui qui l'a tuée. Aurait-il pu le faire ? La question me retourne l'estomac.

Et au fond de moi, je sais que la réponse est oui. Il l'a probablement fait.

Je trouve une boîte de céréales intacte sur le plan de travail et les gobe machinalement. Je suis en état de choc.

Le confronter serait imprudent. Je ne peux pas me permettre d'être imprudente maintenant.

Le téléphone de Tito vibre. Le message vient de « A ». Je suis presque certaine qu'il s'agit d'Aleksio. Aleksio appelle Tito. Je ne réponds pas. Sont-ils de retour ?

Je retourne dans la BMW aux environs de midi et reprends la route. Je ne sais pas où je vais jusqu'à ce que j'arrive au cimetière. J'achète des marguerites au petit stand devant l'entrée, puis j'y vais et les place à côté de la tombe de ma mère, avant de m'asseoir à l'endroit habituel devant la pierre, toute proche. Je récupère une feuille d'érable tombée, d'un orange brillant, et je la pose à côté des fleurs.

— Maman.

J'appuie ma paume sur la pierre tombale. Je me sens tellement à vif, comme si je l'avais à nouveau perdue, et tellement remplie de rage que j'en suis nauséeuse. Aurait-il pu avoir un rôle là-dedans ? Le simple fait de penser à la question me rend physiquement malade.

Je songe à sa terreur, à la fin. Elle était plus effrayée pour moi que pour elle, je crois. Elle avait cette supposée maladie qui l'a emportée comme un feu de forêt, mais elle s'est inquiétée pour moi jusqu'à la fin. Et il s'est tenu à côté d'elle, l'a regardée. Savait-il que c'était du poison et non un cancer ? Comment aurait-il pu ne pas le savoir ?

Tout est trop vif. Semble trop irréel. J'essaie de l'éloigner de mon esprit. Je glisse une main sur la pierre froide, essayant de la sentir.

— Tu me manques tellement.

L'air est frais. Maman a toujours aimé l'automne.

— Aleksio est de retour. Il est le même. Beau, sauvage et loyal. Il met toujours son nez quelque part. Il a un cœur immense et féroce. Tu l'as toujours aimé. Tu l'aimerais encore.

Je récupère une autre feuille et la fais tourbillonner.

— Les choses se passent bien au centre.

Je lui parle de New York. Comme c'est tellement mieux à Chicago, mais que je me fais de nouveaux amis. En revanche, c'est difficile de ne pas se concentrer sur papa. Au lieu de ressentir de l'amour pour maman, je ressens de la rage pour papa.

Je sors du cimetière d'un pas traînant et m'assieds dans la BMW dans le parking presque vide. Le téléphone de Tito vibre. C'est encore « A ».

Soudain, une voiture s'arrête sur la place à côté de moi, ce que je n'aime pas du tout, puisque les emplacements ne manquent pas. Je verrouille les portes et démarre la voiture. J'aperçois le conducteur.

L'un des hommes de papa. Hors de question.

Avec des mains tremblantes, je positionne le levier de vitesses sur *drive*. Une autre voiture se gare, juste devant moi.

Je repars en marche arrière et cogne dans quelque chose : encore une voiture. On frappe sur la fenêtre du côté passager. C'est Rondo, l'un des tueurs à gages de papa.

Je secoue la tête.

Il glisse un morceau de métal dans la porte et en un instant, elle est ouverte.

— Mira !

Il se glisse à l'intérieur.

— Ton père était terriblement inquiet pour toi.

— Sors.

— Tu dois venir avec nous. On t'emmène en sécurité.

— Je n'ai pas besoin d'aller en sécurité.

— Ton père est au Beverly Inn. Allez.

— J'ai une course à faire... J'irai par moi-même. Je n'ai pas besoin d'une escorte.

Rondo secoue la tête.

Comment m'ont-ils trouvée ? Est-ce que Jashari a rendu un dernier service à papa ? Merde ! Est-ce que je peux être encore plus naïve ?

La porte côté passager s'ouvre et le frère de Lazarus, Ioannis, se glisse à l'intérieur pour prendre l'arme dans ma poche, comme si on enlevait un bonbon à un bébé. Puis il saisit les clés sur le contact. Je les lui arrache et il attrape mon poignet.

— Donne les clés à Ioannis, dit Rondo.

— Non ! Laissez-moi tranquille ! J'ai dit que j'allais venir...

— Ce sont les ordres, explique Rondo alors que Ioannis ouvre mon poing pour avoir les clés. Tu n'imagines pas à quel point il est en colère et inquiet.

Mon cœur martèle mes côtes.

— Je n'y vais pas.

Rondo referme une main autour de mon poignet.

— Je préférerais que tu ne sois pas blessée.

Une autre voiture arrive derrière, me bloquant davantage la

route. Je regarde autour de moi, frénétiquement, sachant qu'on ne va pas me laisser le choix. Je dégage brusquement ma main.

— D'accord.

Je suis poussée à l'arrière de la berline de luxe.

— Papa ne sera pas content quand il saura comment vous m'avez traitée, dis-je.

Rien.

Ioannis se place à l'arrière avec moi.

Je détourne les yeux, regardant fixement par la fenêtre. Nous nous dirigeons vers le centre-ville. L'heure de pointe de l'après-midi arrête presque totalement la circulation. Il est pratiquement seize heures quand nous arrivons dans l'entrée sombre et feutrée avec les deux statues d'étalon et la petite fontaine. Le préposé à l'ascenseur appuie sur le bouton du dernier étage.

Papa a une suite ici qu'il utilise parfois. L'ascenseur s'ébranle vers le haut. Le trajet semble rapide. Quelque chose cloche.

Les portes s'ouvrent sur un petit couloir avec quelques doubles portes. Rondo me guide dans le salon. Lazarus le Sanglant se trouve là, avec un sourire sur son visage brut et anguleux. Il est entouré par une poignée de soldats et de lieutenants.

Mon cœur tambourine. Ils me regardent bizarrement. Les mecs que je connais bien ne disent rien. Comme s'ils retenaient leur souffle. Je ne vois pas papa.

Lazarus appuie une main sur la veste de son costume, souriant d'un air béat comme le psychopathe qu'il est. Ceux qui ne connaissent pas Lazarus pensent qu'il a un joli sourire, mais quand on le connaît, on sait que son sourire n'est jamais gentil.

— Mira. Toujours une bouffée d'air frais. Regarde qui est là, Aldo.

J'entends un sifflement provenant du coin de la pièce.

— Mira.

Papa est avachi là, pâle, sifflant. Il est allongé sur des rideaux, sous une tringle, comme s'il les avait fait tomber.

Je me précipite à son côté.

— Papa !

— Chaton.

Toute ma colère s'évapore quand je le vois en danger.

— Est-ce que c'est ton cœur ?

Question stupide. Évidemment.

J'écarte les rideaux et détends sa cravate.

— Est-ce que quelqu'un a appelé les secours ? Il a besoin d'une aide médicale !

Je regarde autour de moi la dizaine de mecs qui se contentent de rester plantés là.

— C'est quoi votre délire ?

Je prends le téléphone de Tito. Je ne connais pas le code pin, mais on peut toujours appeler le 911.

Lazarus s'approche de moi et me l'arrache des mains.

— Je ne crois pas, Chaton, rétorque-t-il en le glissant dans sa poche. Faites vos adieux.

Ils ne vont pas l'aider ? Mon sang se glace et je comprends ce qu'il se passe : c'est une prise de pouvoir. Tous ces hommes sont loyaux à Lazarus le Sanglant désormais.

Pourquoi l'ont-ils gardé en vie ? Au cas où ils auraient eu besoin d'un moyen de persuasion pour me ramener ici ? Bien sûr.

Je regarde papa dans les yeux. Il souffre.

— Tu as tes cachets ?

Il bouge sa main et à ce moment-là, je vois le sang qu'il arrêtait avec sa main, du sang partout sur sa chemise blanche, sous sa veste. Une balle dans l'estomac.

— J'ai essayé de l'arrêter. J'espérais que tu serais en sécurité. Mais Jashari, le médecin légiste, il m'a appelé pour me dire que tu étais venue et Lazarus...

Lazarus a pris le contrôle et a envoyé des hommes me chercher. Et de façon prévisible, je suis allée au cimetière.

— Papa.

Des larmes brouillent ma vue.

— Oh, papa.

Je prends son autre main. Il a froid. Je devrais le détester. Mais pourquoi je n'arrive pas à m'y forcer ?

— Je sais ce que j'ai fait, chuchote-t-il. Je sais ce que Jashari t'a dit.

— Pourquoi.

— Elle allait t'arracher à moi... ne plus jamais me laisser te revoir. Je ne pouvais pas le supporter.

— Alors tu l'as *tuée* ?

— J'étais faible. J'ai eu tort. Je suis tellement désolé. Je n'ai jamais voulu...

Je sanglote. Ma voix est rauque.

— C'était ma mère !

— Je ne demanderai pas ton pardon. Ce que j'ai fait est impardonnable.

Sa respiration est saccadée. Je serre sa main.

— Tous les jours, je mourais un peu en te voyant triste. Mais tu as rebondi. Toujours si féroce et optimiste, ma Mira. Et ta façon d'utiliser ton libre arbitre... tu étais un cadeau pour moi, un cadeau que je n'ai jamais mérité.

Les images se brouillent dans ma mémoire comme des fragments dans un kaléidoscope. Quand il me poussait sur la balançoire, sur le terrain de jeux. Quand nous avons gagné la course à trois jambes. Quand il m'a appris comment naviguer sur le lac de Genève. Quand il a créé ce stupide blog en guise de couverture pour que je puisse être qui je voulais. Ses crimes n'effacent pas cet amour, même si j'aimerais que ce soit le cas. J'aimerais que ce soit aussi simple que ça.

— Mon Dieu, papa, chuchoté-je.

Les mecs sont de l'autre côté de la pièce, parlant, riant et fumant. Comme si c'était une fête.

— Je te soutenais parfois, n'est-ce pas ?

— Oui.

Ma réponse semble lui donner du courage.

— Tu dois tenir bon, dis-je. Je vais trouver quelque chose. Je vais te sortir de là.

Un air étrange traverse le visage de papa.

— Il ne l'a pas fait.

Il regarde ma main. Mon doigt qui n'est plus censé être là.

— Baisse ta manche par-dessus ta main. Ne laisse pas Lazarus voir ça.

Je m'exécute. Sa respiration est mauvaise.

— Tiens bon, papa.

— J'ai désiré trop de choses.

— Chut. Ça va aller.

— Lazarus est dangereux. Je l'ai transformé en monstre puissant. Juste retour des choses que mon monstre me morde, que tu me détestes.

— Oh, papa...

— J'étais tellement fier de toi.

Sa voix est à peine un chuchotement.

— Écoute, ils préparent une attaque contre Aleksio et Petit Vik. Ils ont découvert où ils étaient grâce au GPS sur la voiture que tu as volée.

J'écarquille les yeux.

— Chuuut. Une fois qu'ils auront réussi, ils te tueront. Tu dois t'échapper.

— Il envoie des hommes chez Aleksio en ce moment ? Combien ?

Papa me regarde prudemment.

— Tout le monde. Ces garçons ne survivront pas. Il est déjà trop tard.

Mon cœur tambourine.

— En revanche, toi, tu peux survivre, Chaton. Tu auras une ouverture. Profites-en. C'est la dernière chose que je t'offre.

— Papa.

Il serre ma main et tâtonne le revers de sa veste, en sort une lame. Je le regarde, horrifiée. Il part. Il va essayer de prendre Lazarus avec lui.

— Appelle-le.

— Non.

Ils se disputent et ricanent. Merde ! Ils vont surprendre Aleksio. Le tuer. Peut-être qu'il n'est pas encore rentré. Mais je suis sûre qu'il l'est. Tito a dit qu'il serait de retour dans peu de temps. Cela fait plus que « peu de temps ».

— Mira, reprend papa. Je ne vais pas survivre. Laisse-moi choisir.

Ça peut fonctionner, c'est sûr. Leur attention sera détournée suffisamment longtemps pour que je m'en aille. Surtout s'il tue Lazarus. Mais c'est du suicide.

— Appelle-le.

— Non !

Il le fait lui-même.

— Lazarus ! Je veux te dire un mot, déclare-t-il. Un marché. Un marché pour la vie de ma fille. Un secret.

Il me donne un coup de coude pour me pousser.

Je me lève, enroule mes bras autour de moi. Je croise le regard de papa. Il me murmure les mots : *je couvre tes arrières*.

Lazarus arrive vers nous d'un pas traînant et se tient au-dessus de mon père, étendu par terre.

— Quoi ?

Il passe un bras autour de mon cou et m'attire contre lui avant que je puisse aller plus loin.

— Pourquoi la tuer alors qu'elle est si belle ? C'est ça que tu te demandes ? Peut-être que je vais la mettre au Valhalla.

Mon cœur gronde. Peu importe ce qu'est le Valhalla, je sais que ça ne présage rien de bon. Mon père marmonne quelque chose. J'entends seulement « comptes à la Barbade ».

Lazarus se détend, mais il est suspicieux. Je me dégage de son étreinte.

— Il a besoin d'un médecin !

— Ferme-la, dit Lazarus. Qu'est-ce qu'il y a, le vieux ?

Mon père marmonne encore à propos de comptes à la Barbade. Mon cœur cogne. Je recule tandis que Lazarus s'age-nouille devant mon père. Celui-ci attrape la cravate de Lazarus. Il va lui trancher la gorge avec la lame. Des hommes se rapprochent.

Je me dirige vers la porte, l'ouvre et cours comme une folle vers l'escalier au bout du couloir.

J'entends la voix de Lazarus :

— Attrapez-la !

J'ouvre brusquement la porte, les larmes aux yeux. Si Lazarus a survécu, cela signifie que ce n'est pas le cas de papa.

J'entends des pas derrière moi. Des mains musclées se referment sur mes épaules alors que j'arrive au premier étage. Je donne des coups de pied et me tords dans les bras de Rondo quand il me traîne à nouveau dans la suite, en direction d'un Lazarus souriant. Papa est allongé dans le coin, au pied des rideaux, les yeux ouverts, avec du sang partout.

Je tombe à genoux.

Lazarus se contente de sourire.

— Ça craint quand les choses ne se passent pas comme tu l'avais prévu.

Chapitre Vingt-Deux

Viktor

Quand nous revenons, nous constatons que Mira est partie. Elle a pris la voiture de Tito, son téléphone, son arme. Il nous raconte ce qui est arrivé.

Je pensais qu'Aleksio serait enragé, mais il semble plutôt blessé. Il n'arrive pas à croire qu'elle se soit à nouveau échappée... à nouveau.

— Je croyais qu'elle... Je croyais que nous...

Il ne finit pas. Il n'a pas besoin. Il pensait qu'elle était avec lui, qu'elle attendrait de le voir réuni avec Kiro.

Il avait tort.

— Tu l'as kidnappée, *brat*, dis-je. Tu l'as filmée en train de te sucer. Tu l'as menacée. Elle a essayé de s'échapper une fois.

— Mais...

— Mais quoi ? Mais tu lui as évité de se faire couper le doigt ?

— Nous étions ensemble.

Il l'appelle de tous les côtés. Il envoie des hommes la cher-

263

cher. Notre technicien tente d'activer le GPS de Tito à distance. Il se rend compte qu'il a été désactivé. Bien sûr.

Aleksio donne l'impression de vouloir écraser son téléphone.

— Elle ne répond même pas.

Il est en furie dans le bureau.

Je vais dans ma chambre et vérifie le site du Valhalla sur mon ordinateur portable. Il y a des caméras dans la chambre de toutes les filles, y compris celle pour laquelle nous avons décidé d'enchérir pour moi. Celle que nous avons choisie n'est pas celle que je regarde.

Il n'y a qu'une femme que je surveille au Valhalla.

Je n'ai pas dormi depuis que je l'ai vue sur la webcam. Mon cœur est trop vrillé.

Je pose mon ordinateur portable sur mon lit et m'assieds devant.

Tourne-toi, pensé-je. Elle ne le fera pas.

Elle est habillée comme une nonne et prie devant une petite icône à côté de son petit lit. Ses cheveux blonds ressortent de son foulard.

Je reconnaîtrais ces cheveux n'importe où.

Je connais cette pommette, cette façon de s'asseoir. Je connais cette démarche quand elle sort de la chambre – pour aller aux toilettes, ou peut-être qu'on l'a appelée hors de la pièce.

Même sa façon détendue d'éviter la caméra, sans jamais montrer son visage... ça aussi, je le connais.

Je n'ai pas besoin qu'elle me montre son visage. Je sais que c'est elle. Mon pouls tambourine avec elle à chacun de ses mouvements.

Je ne suis pas le seul qui veut voir son visage. Les hommes lui écrivent des choses. Certaines des filles répondent quand des hommes leur écrivent, mais elle ne le fait jamais. Elle voit les petits mots – il y a un écran pour elle qui est toujours, toujours allumé. Ce que les autres hommes lui écrivent s'affiche sur l'écran. C'est parfois obscène, parfois non.

Les hommes qui lui envoient des messages… j'aimerais leur arracher la tête. Peut-être que je le ferai, bientôt.

Certains spéculent qu'elle ne connaît pas l'anglais.

Elle parle anglais. Couramment. Pas autant que moi, mais pas loin.

Il y a une valeur en dollars sous son image, comme pour toutes les filles. Pour la nonne, l'enchère est plus élevée. Une nuit avec elle monte dans les six chiffres désormais.

C'est le Valhalla, le bordel, le centre nerveux du trafic sexuel d'Aldo Nikolla à un milliard de dollars. On ne sait pas où se situe le Valhalla. Personne ne le sait. Ça changera bientôt.

Et personne n'aura cette nonne. Jamais. Je m'arracherais moi-même un œil avant de laisser un de ces hommes l'atteindre.

Nous avons créé une identité blindée et un compte pour moi avec une carte de crédit.

Ma véritable mission est d'enchérir sur la fille la moins chère, une jeune fille maigrichonne du nom de Nikki. Les enchères pour la virginité de Nikki s'achèvent bientôt. Le plan est que j'aille là-bas et que je mette en place une surveillance. C'est la fille maigrichonne que je devrais regarder, mais je n'arrive pas à détourner les yeux de la nonne.

La nonne est tout. Elle l'a toujours été.

On frappe à la porte. Yuri.

Je grogne et referme l'ordinateur portable. Je ne peux pas mettre Yuri au courant.

Il entre. Son regard se pose sur le portable fermé.

— Quoi ?

— Le site du Valhalla. Ignoble. Tant de nos femmes sont mises aux enchères là-bas et vendues au plus offrant…

Je grogne.

— Des vierges, des filles. Il y a même une nonne.

Même si je sais bien qu'elle n'est pas nonne.

Je m'oblige à lui demander où en sont les recherches pour Mira.

Je me reconnecte au site du Valhalla sur mon téléphone alors que Yuri parle. Il y a quelques instants, j'étais certain qu'elle se tournerait, mais non. Tanechka et moi étions capables de sentir la présence l'un de l'autre. Pourquoi ne me sent-elle pas, là ?

Je veux dire à Yuri ce que j'ai découvert, mais il dirait que je suis fou. J'ai jeté Tanechka du haut d'une falaise, dans la passe de Darial. Elle n'aurait pas pu survivre.

Ensuite, j'ai failli mourir, le cœur brisé. Je voulais mourir. J'aurais dû.

Pourtant la voilà. En vie. Ça ne peut être qu'elle.

Je repose les yeux sur son image.

Tourne-toi, bon sang.

Chapitre Vingt-Trois

MIRA

J'OBSERVE deux hommes de Lazarus le Sanglant envelopper les jambes puis le corps ensanglanté de mon père dans un immense sac plastique. Un sac mortuaire, pensé-je sombrement alors qu'ils remontent la fermeture éclair et l'emportent. J'articule un « je t'aime » silencieux avant de lever les yeux et de remarquer le sourire cruel de Lazarus.

— C'est touchant, dit-il. Mais ce n'est rien comparé à ce que je ferai à ton petit ami.

Mon cœur martèle, mais je réussis à arborer un sourire. On ne dit jamais à ses ennemis ce qui est important pour nous. Aleksio avait raison à ce sujet.

— Tu veux dire le petit ami que j'ai fui ? À qui j'ai volé une voiture après avoir tasé un gars pour m'enfuir ? Peut-être que c'est ainsi que tes copines agissent avec toi, mais...

Lazarus m'écrase contre le mur, une main sur ma gorge.

— Il n'est pas mon petit ami, dis-je d'une voix grinçante.

— Montre-moi tes mains, alors.

Je serre mes poings sous mes manches.

Lazarus rit et raffermit sa prise autour de ma gorge. Je tousse et crachote. Je commence à griffer son immense main.

Il me relâche.

— J'ai déjà vu. Tu croyais que je ne le remarquerais pas ? Peut-être que tu t'es enfuie, mais ce n'était pas pour t'éloigner de lui. Ne me mens plus.

Ma bouche s'assèche.

Il me regarde dans les yeux.

— Le roi en sommeil. Eh bien, il dormira quand on en aura fini avec lui, n'est-ce pas ? Et tu seras notre plan B. C'est bien d'avoir un plan de secours, tu ne crois pas ?

Je reste assise là d'un air misérable et écoute leurs machinations. Lazarus a cinquante hommes qui se rassemblent près de la maison du courtier de Stonybrook. Des tueurs. Des poids lourds. Ils attendent à deux kilomètres de là. Aleksio sera trop concentré sur le fait de me retrouver, il ne verra rien venir.

À un moment, Lazarus regarde dans ma direction et sourit. Je ne suis pas seulement vivante parce que je suis son plan B, peu importe ce que c'est. Il veut me voir souffrir.

C'est alors que le téléphone de Tito vibre. C'est probablement encore Aleksio. *Merde.*

— Ils savent qu'elle a le téléphone, dit Ioannis. Ça doit être lui.

Lazarus me le tend et appuie une arme contre ma tête.

— Dis-lui que tu es seule dans la voiture. Que tu conduis pour réfléchir. Tu reviens. Demande-lui de t'attendre là-bas. Si tu le préviens, tu mourras lentement.

Et avec cette dernière déclaration, il appuie sur le bouton du haut-parleur.

— Allô ? dis-je avant qu'il puisse m'appeler « chérie » ou autre chose. Aleksio ?

Ma voix est étrange même si j'essaie de la contrôler.

— Mira, où es-tu ?

— Je roule. Pour réfléchir.

J'envisage de tout lui révéler : ils arrivent ! Mais les hommes sont déjà proches. Ils se précipiteront juste sur lui.

— Mira, que fais-tu ?

— Aleksio...

Je n'arrive pas à me concentrer. Lazarus appuie un peu plus fort le canon de son arme contre ma tempe et c'est tout ce que je vois...

— Kiro pourrait vraiment être en vie. On a eu une piste géniale grâce à l'assistant social qui nous aidera à le trouver.

Je sens les ondes de choc traverser la pièce. Ils ne pensaient pas qu'il était en vie. Maintenant, ils savent.

— J'ai trouvé le dossier sur ma mère... laissé-je échapper.

— Mira. Chérie... c'est pour ça que tu es partie ? Je suis désolé... merde. Je sais que tu es sûrement sous le choc...

— Aleksio...

Je prends une grande inspiration.

— Reste là-bas. Je vais revenir.

— Bien sûr que je vais rester.

— Il y aura de joyeux bébés animaux. D'accord ?

Il y a un silence pendant lequel j'ai l'impression d'avoir réussi mon coup. Il comprendra sûrement que par « joyeux bébés animaux » je veux dire « sang et mort ».

— Je t'attendrai, dit Aleksio. Dépêche-toi, chérie.

Il raccroche.

— C'est quoi, les joyeux bébés animaux ? demande Lazarus.

— Cette maison est au milieu de la forêt, dis-je. Des bébés animaux gambadent autour.

— Nous sommes en automne, rétorque Lazarus. Les bébés animaux naissent au printemps.

— Les écureuils ont deux portées, affirme Ioannis. Une au printemps et une en automne.

— Ioannis, tu es un putain de geek.

Lazarus prend une mèche de mes cheveux et l'enroule autour de ses doigts avec une expression indéchiffrable.

Chapitre Vingt-Quatre

Aleksio

Je pose le téléphone, mon cœur tambourinant dans mes oreilles.

— Ils arrivent, dis-je à Tito.

Je surgis dans la chambre de Viktor.

— Nikolla est en route.

Il se lève.

— Elle leur a dit ? Elle leur a dit où nous sommes ?

— Elle nous a *prévenus*, grogné-je.

Elle avait l'air tellement effrayée. *Son père ne lui ferait pas aussi peur, n'est-ce pas ?* Des frissons traversent ma colonne vertébrale.

— Ça pourrait être son père, mais je crois que c'est Lazarus. Il a pris le contrôle et il détient Mira.

— Elle te l'a dit ?

— Plus ou moins.

— Comment ça, plus ou moins ?

— Plus ou moins, ça veut dire que je la connais. Ils arrivent, compris ? Ils l'ont obligée à répondre à mon appel. Elle s'est mise en danger pour nous prévenir. Ils pourraient être là dans la minute.

Et s'ils savent qu'elle nous a prévenus ? Je ne veux pas y penser.

— Tu lui fais confiance ? Un mot et tu lui fais confiance ?

— Oui. Je lui fais confiance.

— Juste comme ça.

— Nous sommes liés, Viktor. J'ai besoin que tu me fasses confiance là-dessus. Je le sais, c'est tout.

Il semble y réfléchir. Que pense-t-il ? Puis, tout à coup, il l'accepte et claque son ordinateur portable.

— Je comprends, *brat*. Nous avons le C4. On piège la maison pour tous les descendre s'ils viennent. Sinon...

Il hausse les épaules.

— Si on leur fait ce coup-là, ils sauront que Mira nous a prévenus.

« Joyeux bébés animaux », ce n'était pas le plus naturel des commentaires.

— Ils le sauront de toute façon. Si on s'enfuit ou si on les tue, ils le sauront.

Je me frotte le visage.

— Je dois la sortir de là.

Un message. Mon technicien a trouvé la localisation. Le Beverly Inn. Son père a une suite là-bas. Je vais y aller et la sortir de là avant qu'ils ne se rendent compte de ce qu'elle a fait.

— *Brat,* m'appelle Viktor. Tu ne peux pas...

— Je l'aime.

Il a l'air surpris. Bon sang, je le suis aussi.

— Juste comme ça.

— Depuis toujours.

— Aleksio, déclare-t-il sombrement.

Faites confiance à Viktor pour voir l'amour et la confiance sous une lumière sombre et tragique.

— Vas-y, alors. Prends Tito. Allez. Prends tous mes hommes.

— Que je te laisse ici ?

— Yuri et moi on va piéger la maison. Ensuite on attendra dans les bois et on va les liquider. Ce sera vraiment sanglant.

— Viktor…

— On a fait ça de nombreuses fois. On pourrait le faire en étant bourrés.

Mira voudrait empêcher qu'il y ait plus de morts, elle serait neutre comme la Suisse ou quelque chose dans le genre. C'est trop tard pour ça.

Yuri et Mischa s'activent pour piéger la maison, tout comme Lazarus l'a fait avec l'agence d'adoption. Ils sont comme une équipe de ravitaillement sur la course Indy 500, posant des mécanismes qui se déclencheront en cascade. Beaucoup de gens vont mourir. Les trois garçons vont viser les survivants depuis les arbres autour. Ça ne mettra pas fin à la guerre, elle n'en sera qu'empirée.

Nous autres, nous nous faufilons tous les sept sur le côté, au cas où nous sommes surveillés. Nous nous dirigeons vers la forêt, entrons dans l'un des véhicules que nous avons planqués près de la crête et empruntons la petite route à toute allure.

Le trajet prend une éternité. Viktor est d'accord pour m'envoyer un message lorsqu'il commencera à y avoir de l'action. Nous devons atteindre Mira avant qu'ils arrivent. Une fois qu'ils la soupçonneront de nous avoir prévenus, elle sera fichue. Est-ce qu'elle se rend compte de ce qu'elle a fait ?

Le trafic est horrible. À un moment, je finis par passer sur la bande d'arrêt d'urgence. Que les flics n'essaient pas de nous arrêter. Tito proteste, me dit d'être plus malin.

Je n'ai pas les idées claires, je sais. Je dois juste la rejoindre.

Chapitre Vingt-Cinq

MIRA

LAZARUS TIENT LE TÉLÉPHONE, ses articulations sont blanches et son regard frénétique est tourné vers moi.

— Petite salope !

Je recule.

— Quoi ?

— « Joyeux bébés animaux », c'était un code, n'est-ce pas ?

Il jette le téléphone contre la porte.

— La maison a sauté dès qu'ils sont entrés.

Je heurte le mur.

Il est collé à mon visage et plante ses doigts dans mes épaules.

— Tu m-me fais mal.

Il va me tuer.

— Tu l'as averti.

— Tu penses qu'on a des codes ?

Je me dégage de la poigne de Lazarus et glisse contre le mur, vers la fenêtre. Je suis totalement apeurée. J'ai l'impression qu'il peut voir clair en moi.

Lazarus avance vers moi avec un regard meurtrier. Il m'attrape à nouveau.

C'est alors que la porte s'ouvre brusquement. J'ai le souffle coupé quand je vois Aleksio poussé à l'intérieur... sa lèvre est ensanglantée et deux des gars de Lazarus sont juste derrière lui, des armes pointées sur sa tête.

— On l'a attrapé dans le couloir, dit l'un d'entre eux en posant les armes d'Aleksio sur la table.

Clac. Clac. Clac.

Lazarus passe un bras autour de mes épaules. Le regard d'Aleksio brille, rempli de haine.

— Je comprends que tu n'aies pas pris le doigt. Mais te pointer comme ça ?

Il sourit.

— Eh bien, c'est simplement trop délicieux. Et je suis de si bonne humeur.

Aleksio nous regarde, en équilibre sur ses pieds... à peine.

— Ioannis, combien d'hommes ai-je perdus là-bas ? demande Lazarus.

— Vingt et un, d'après ce qu'on en sait, répond Ioannis.

— Je vais donc devoir l'entendre supplier de mourir pendant vingt et une heures. Ou devrais-je diviser entre vous deux ?

Il attrape une poignée de mes cheveux.

— Peut-être que je vais improviser. Et que je vais obliger Mira à tout nous dire sur ton assistant social pour qu'on puisse trouver Petit Kiro, nous aussi. Juste pour que tu meures en sachant qu'on s'en occupe. C'est agréable d'avoir une conclusion, tu ne crois pas ?

Le regard vide d'Aleksio me tue parce que je sais ce qu'il dissimule. Tout est ma faute, parce que je suis partie.

— On va également devoir impliquer Konstantin, poursuit Lazarus. On ne veut pas l'oublier.

Ioannis sourit.

Aleksio se dégage des hommes qui le tiennent, mais ils le ressaisissent facilement. Non seulement il est déjà foutu à cause de sa lèvre ensanglantée, son visage abimé, sa cheville, et Dieu sait combien d'autres blessures, mais deux hommes pointent leurs armes sur lui. Comme s'il était une grande menace. Comme s'il était une bombe nucléaire sur le point d'exploser.

— Tu devais venir chercher Mira, dit Lazarus. Je ne peux pas imaginer qu'elle soit si bonne. Je crois qu'on va devoir le constater par nous-même.

Aleksio se jette alors sur lui. Il réussit à s'arracher de la prise d'un des gars. Toute l'attention est portée sur lui.

Plus du tout sur moi.

Soudain, c'est comme si j'étais dirigée par quelqu'un d'autre. Je me vois attraper des armes à proximité, en prenant une dans la ceinture de Lazarus et une autre dans le holster d'un de ses gars. J'enlève les sécurités avant même qu'ils ne puissent réagir et je mets une arme sur la tête de Lazarus, l'autre sur celle de Ioannis.

— Lâchez-le.

Chapitre Vingt-Six

Aleksio

C'est purement et simplement fou. Mira, prenant leurs armes. Elle déteste les armes.

Une seconde, je suis complètement foutu dans une suite d'hôtel avec certains des meilleurs tueurs à gages de la planète me tenant tous en joue, et la seconde d'après, Mira agit comme une putain de déesse de la foudre et de la colère.

Elle a des revolvers dans les mains, l'un pointé sur Lazarus et l'autre sur son frère, Ioannis. Les deux personnes dans la pièce qui ont de l'importance.

Mais je flippe. Et s'ils s'aperçoivent qu'elle bluffe ? Tout le monde sait qu'elle déteste les armes. Je le sais plus que quiconque. Mira ne tuerait jamais quiconque de sang-froid. Elle n'a pas ça en elle.

Lazarus lance un petit sourire narquois.

— Mira, Mira. Tu ne joues pas avec les armes. Je parie que tu ne sais même pas si la sécurité est enclenchée ou non.

Il essaie de la troubler. Mon cœur tambourine.

— Enclenchée ou non, répète-t-il doucement. Tu n'auras pas le courage.

Lazarus s'apprête à bouger.

Puis elle prend la parole. Ou plutôt, elle grogne.

— Vas-y, essaie pour voir, enfoiré.

Cette voix. On dirait qu'elle est possédée par un démon. Tout le monde s'immobilise.

— Essaie pour voir.

Oh, mon Dieu, ce n'est *pas* la voix d'un démon. C'est celle de Sergei Kazan, la star russe des films d'action. Puis elle commence à faire tourner ses armes comme un truand.

C'est stupéfiant. Mira, parlant comme ça et faisant tournoyer ses revolvers dans le style *Far West*. C'est comme si le soleil se levait en pleine nuit. Comme si la lune s'écrasait sur les étoiles.

— Je vais tellement te remplir de plomb qu'il te sortira par le cul, déclare-t-elle.

Je ne sais pas si je dois rire ou pleurer. Mira contrôle la pièce. Avec ses armes.

C'est ce que Yuri et les autres lui ont appris, le cadeau qu'ils lui ont offert inconsciemment. Dans un éclair, les revolvers arrêtent de tourner et sont de retour dans ses mains comme si elle était née avec. Comme si cela la démangeait d'abattre tout le monde dans la pièce.

Elle les pointe à nouveau vers Lazarus et Ioannis. Juste sur leurs têtes, comme si elle se prenait pour Jesse James. Comme si elle était née pour ça.

L'atmosphère dans la pièce change complètement. Il y a une minute, j'étais le plus gros problème dans cette suite. Maintenant, c'est Mira. Comme par magie, toutes les armes ne sont plus pointées vers moi, mais vers elle. Les hommes le font instinctivement. Elle est le joker. Quelque chose qu'ils ne comprennent pas.

Mais moi si. C'est la femme que j'aime. Tout est possible avec elle.

Elle m'offre une opportunité et je ne vais pas la gâcher. Je profite de cette distraction pour attraper un mec et m'en servir comme bouclier alors que je saisis le flingue d'un autre. J'en assomme un premier, puis attrape Ioannis par les cheveux qu'il lui reste et écrase l'arme sur sa joue.

— Baissez tous vos armes, sauf Mira. Et je veux dire *toutes* les armes.

Ils obéissent. Personne ne veut que Ioannis soit blessé. Je demande à Mira de récupérer toutes les armes dans une taie d'orciller et de les poser à côté de la porte. Elle s'exécute puis se relève, l'air hésitante. Bon sang.

— Rondo, attache Lazarus. Maintenant ! Les mains et les pieds.

Rondo regarde Lazarus. Celui-ci acquiesce. Il est imprévisible, mais il ne fera rien pendant que je tiens Ioannis en joue. J'ai la pièce sous contrôle désormais.

Rondo attache Lazarus, puis le reste des gars, au niveau des mains et des pieds. Ils ont assez de colliers de serrage dans les parages.

C'est alors que la situation se dégrade. Rondo sent que Mira faiblit. Il sent probablement que ce n'était qu'un simulacre.

Je le vois comme un accident de train au ralenti. Je le vois tendre la main vers sa cheville. Un troisième revolver.

— Ne fais pas ça, dis-je d'une voix grinçante, essayant d'être suffisamment puissant pour nous deux.

Je ne peux pas l'arrêter. Je vois tout au ralenti et je ne peux pas l'arrêter.

Il sort son arme et se jette sur Mira – directement, comme un taureau qui charge. Elle prend peur et tire. Le Beretta qu'elle a chopé a une sacrée puissance d'arrêt, elle est projetée en arrière.

Rondo s'effondre en se tenant le ventre.

Merde !

Elle laisse tomber l'arme et fixe ses mains du regard, comme si elle comptait aller l'aider. L'enlacer, je ne sais pas.

— Sors ! crié-je. Vas-y !

Elle se tourne vers moi. Elle ne m'entend même pas.

— Va dans le couloir. Fais-le pour moi, chérie. Va, va, va !

Elle jette un coup d'œil derrière, vers Rondo.

Je vois du mouvement dans le coin. Lazarus tente de se dégager.

Elle est à peine consciente. Elle est sous le choc.

— Mira, ne t'effondre pas. Regarde-moi. Regarde.

— Tu l'as tué ! hurle Lazarus.

Il sait qu'elle a peur et il la pousse dans ses retranchements.

— Comment as-tu pu ?

— Qu'est-ce que tu as fait, pétasse ? crie Ioannis.

— Fermez-là tous les deux !

J'écrase la tête de Ioannis contre le mur pour montrer que je suis sérieux.

Mira sursaute.

— Dans le couloir. Maintenant !

Elle va vers la porte et je boite derrière elle, tirant Ioannis, la couvrant, nous couvrant, protégeant le monde entier.

C'est là que je regarde Lazarus dans les yeux. Mira est en sécurité dans le couloir. J'ai tout le monde sous contrôle. C'est une opportunité en or de l'abattre.

Mais j'arrive uniquement à penser à Mira, là dehors. *Tu vaux mieux que ça.*

Je ne vaux pas mieux que ça, mais je veux essayer. Il a l'air plutôt surpris quand je sors dans le couloir et que je les enferme.

Je tords le bras de Ioannis derrière son dos, de façon bien douloureuse. Nous passons à côté des mecs affalés dans le couloir.

Tito et quelques autres Russes arrivent par la porte de la cage d'escalier.

— Merde, dit Tito quand il nous voit tous les trois. Allez.

Je lui donne Ioannis, parce que ma cheville est plus que foutue et surtout parce que Mira a besoin de moi. Je l'attrape, lui lance un regard bien sévère. Nous n'avons pas le temps, mais elle a besoin de moi.

— Tu vas bien.

Elle tremble.

— Je l'ai tué.

— Tu lui as tiré dessus, rien de plus.

— Rien de plus ? Comme si ce n'était pas suffisant ?

— On doit sortir d'ici, chérie.

Je la tire. Elle avance.

Trois étages de plus et nous arrivons au rez-de-chaussée. Tito nous guide à l'extérieur, en passant par le lobby. Ça devrait aller. Ils ont désactivé les caméras de sécurité.

— Hé ! crie un réceptionniste hésitant.

Puis il recule quand il nous regarde de plus près. Des clients en train d'attendre un taxi sursautent quand ils voient les armes et le sang. C'est bien. Les gens mettent beaucoup de temps à réagir face à quelque chose de choquant, un petit fait de la vie que je sais d'expérience.

— Urgence médicale, dit Tito.

Ce qui explique le sang sur mon visage, mais pas l'arme pointée sur Ioannis, dont la tête est également ensanglantée. Des sirènes retentissent au loin. Mais le vrai problème, ce seront les soldats de Nikolla. Nous descendons l'allée pour rejoindre la rue de l'autre côté de l'hôtel.

Un camion de livraison de fleurs se pointe.

Tito ouvre la porte arrière. Il y a des glacières en métal de chaque côté avec un matelas en caoutchouc au milieu. Je grimpe et aide Mira à monter, puis il claque la porte, nous enfermant dans l'obscurité fraîche. Il s'occupera de Ioannis avec les autres mecs. Quelques secondes plus tard, une secousse marque le départ.

J'allume la lampe torche de mon téléphone. Un camion de livraison de fleurs réfrigéré. La lumière saute quand le camion rebondit sur le bitume, illuminant les cageots et les glacières tout autour de nous.

Mira pleure.

— Je l'ai tué.

Je tends la main vers elle.

— Viens ici.

Elle me repousse.

— Mira, tu ne l'as probablement pas tué. Tu lui as tiré dans le ventre.

— Je sais où je l'ai touché !

Elle est hystérique.

— Il y avait un putain de trou sanglant dans son corps !

Elle pose une main sur sa poitrine.

— J'ai l'impression que mon cœur va sortir de ma cage thoracique. Merde, je n'arrive pas à respirer. Je ne sens plus mon visage.

Je m'approche d'elle et la prends dans mes bras, l'attirant contre moi.

— Je lui ai tiré dessus !

— Tu étais obligée, Mira. Il s'est précipité vers toi. C'est ce qu'on fait quand un tueur se précipite vers nous. On doit se défendre.

— Je l'ai probablement tué.

— Mira...

— Si tu dis encore une fois que ce n'était qu'un coup de feu dans le ventre...

Alors je la tiens contre moi.

— Je suis une putain de...

Elle n'arrive pas à terminer sa phrase.

— Tu n'es pas une tueuse.

— Ils ont perdu vingt et un gars parce que je t'ai averti.

— Des mecs allaient mourir d'une façon ou d'une autre.

— Ce sont vingt et un êtres humains. Oh, mon Dieu, qu'est-ce que j'ai fait ?

— Merde, Mira.

Je la serre contre moi. J'aimerais pouvoir aspirer toute cette noirceur.

— Ils ont tué papa. Il est mort, Aleksio. Il est mort... juste devant moi.

— Je suis désolé, dis-je.

— Vraiment ?

— C'est ton père.

Elle appuie son visage sur mon torse.

— Je ne sais même pas quoi penser.

— Alors ne pense pas. Je suis avec toi, d'accord ? On peut juste rester là.

Je retourne mon téléphone pour que seule une petite clarté transparaisse sur les bords et je l'attire dans un coin du camion. Un petit endroit dans l'obscurité. C'était quelque chose qui m'aidait parfois quand je fuyais, être dans un petit endroit sombre.

— Tu vas bien.

— Je ne vais pas bien.

Je la tiens dans mes bras. Je suppose qu'elle a raison.

— Papa... il a essayé de m'aider à la fin, vraiment.

— Qu'a-t-il fait ?

J'écarte des mèches de cheveux de son front.

— Dis-moi comment il a essayé ?

— Il a tenté de tuer Lazarus. De me donner une chance de m'échapper. Il était... Il pouvait à peine respirer. On lui avait tiré dessus et son cœur...

Le véhicule prend un virage serré. Je la stabilise. C'est quoi ce délire, on nous pourchasse ? Je la serre plus fort contre moi.

— Je sais ce qu'il était. Il a tué ma mère. Il a blessé tellement de gens. Il ne t'a pas dit tout ce qu'il savait sur Kiro le premier jour. Comme si cacher Kiro était tout ce qui comptait. Mais il a essayé de m'aider sur la fin, il l'a vraiment fait.

— C'est ton père, déclare-t-il. Il t'aimait.

Elle a perdu assez pour ne pas perdre aussi son amour. Il l'aimait à sa façon.

— Ils savent pour Kiro.

Je déglutis.

— Mais on a une longueur d'avance cette fois-ci.

Chapitre Vingt-Sept

MIRA

SON TÉLÉPHONE sonne et il décroche. J'appuie ma tête contre son torse et regarde les formes vagues des cageots et des contenants en écoutant le ton rauque de Viktor à l'autre bout du fil. J'ai l'impression d'avoir bu un millier de tasses de mauvais café. Tous ces morts. Avant, je me sentais en sécurité et bien dans ce monde, maintenant, il y a ce vide en moi qui ne pourra jamais être comblé. Je ne veux pas qu'il le soit. J'ai tiré sur un homme.

— Je l'ai probablement tué, dis-je quand l'appel se termine. J'ai besoin que tu m'écoutes et que tu ne le minimises pas.

Il raffermit sa prise autour de moi.

— Alors je ne le minimiserai pas. C'est une guerre et tu as raison, il n'y a rien d'insignifiant dans le fait de tirer sur quelqu'un. Tu lui as sacrément tiré dessus avec une putain d'arme puissante. Tu l'as peut-être tué.

Je renifle.

— Et, oui, c'était pour sauver ta peau, mais ça ne change pas la sensation que ça procure.

— Peut-être que je n'étais pas obligée de lui tirer dessus.

— Tu crois qu'on s'en serait sortis vivants sans ça ?

— Non, dis-je.

— Oh que non. Tu as fait ça pour te protéger et tu nous as sauvés. Je t'ai attirée là-dedans et tu as fait du mieux que tu pouvais.

— C'est ce que tu te dis ? Que tu as fait du mieux que tu pouvais ?

— Parfois.

— Ça aide ?

— Non, bébé, répond-il. C'est juste la vérité.

Je prends une inspiration tremblante.

— Est-ce que quelque chose aide ?

— Rien. Je ne vais pas te mentir. C'est difficile. Ce n'est pas comme à la télé ou comme un jeu vidéo. C'est plus réel que n'importe quoi d'autre. C'est ancré en toi, surtout si tu ne l'as jamais fait avant.

Je sens un sanglot jaillir de ma poitrine. Comme si tout mon corps était fait de sanglots réprimés. Je crois qu'ils seront là pour toujours, comme des fantômes piégés en moi. Tout ce que je vois, c'est cet homme se plier en deux. Le visage de Lazarus quand il a reçu ce coup de téléphone.

— J'ai causé des morts aujourd'hui.

— Je sais.

— C'est douloureux.

— Je sais, chérie, répond-il.

J'apprécie qu'il soit honnête avec moi en cet instant.

— Tu restes en vie, Mira. C'est ce que nous faisons. C'est intégré en nous.

— Comme des animaux.

Je me sens soudain folle, comme si tout était à l'envers.

— C'est ce que je suis. C'est la réalité, n'est-ce pas ? Quand tu es apparu au hangar à bateaux, j'ai cru que c'était toi, l'animal. L'enfant du Black Lion. Mais je le suis aussi.

— Mira...

— Non, écoute. Moi qui tire dans le ventre des gens ? Peut-être que c'est la première fois que j'agis honnêtement.

— Tu sais que ce sont des conneries. Ce que tu as fait ne change pas qui tu es à l'intérieur, Mira.

J'ai pourtant l'impression que c'est le cas. J'ai le sentiment que plus rien ne se passera bien. J'ai envie de me débarrasser de ma peau. J'appuie une main sur son torse.

— Fais-moi oublier. Prends-moi comme un animal. Je veux que tu me retournes et que tu me baises sur le sol crasseux. Fais-moi sentir la crasse.

Il prend une poignée de mes cheveux et tourne ma tête vers la sienne.

— Prends-moi comme j'aime.

Il prend une lente inspiration, puis il m'embrasse longuement et lentement. Bien trop doucement.

Je tends la main vers son membre. Il bande. Il est dur comme de la pierre sous son jean.

— Dis-moi quelle pute je suis jusqu'à ce que j'oublie. Jusqu'à ce que je ne ressente plus rien.

— Mira.

Il m'embrasse sur l'oreille. Des frissons me traversent.

— Je veux que tu m'utilises jusqu'à ce que je sois complètement fêlée et usée. Comme une merde que tu peux...

Il me fait taire avec un autre baiser.

— Plus fort, dis-je.

— Chérie, je veux juste t'aimer, déclare-t-il.

— Alors fais-le. Juste ici, sur le matelas.

— Non, je veux dire, je veux te serrer dans mes bras et sentir à quel point je t'aime. J'en suis malade tellement je t'aime.

Mon pouls s'accélère. *Il m'aime. Il en est malade tellement il m'aime.*

Seul Aleksio le dirait ainsi.

Il resserre ses bras autour de moi.

— J'aime t'utiliser comme une pute, comprends-moi bien. C'est la chose la plus torride de la planète, mais je t'appelle seulement comme ça parce que tu es canon et que je suis terriblement amoureux de toi. Je ne vais pas t'appeler comme ça alors que tu te sens mal pour que tu te sentes encore plus mal. C'est n'importe quoi.

— Tu es un tel crétin.

Il me serre plus fort, me regardant dans les yeux avec un mélange de tendresse et de désespoir.

— Je sais, répond-il.

Mon ricanement semble sanglotant à mes propres oreilles.

Soudain sa bouche se baisse vers la mienne et il m'embrasse, me tient dans ses bras, me réchauffe, me calme. Comme si j'étais de la glace en train de fondre.

Il recule sa tête.

— D'accord ?

Je ferme les yeux.

— D'accord.

— Respire, chérie. Tu ne respires pas.

Je prends une inspiration, puis expire lourdement.

— C'est douloureux de savoir ce que j'ai fait.

— Je sais.

— Mais tu es là.

— Toujours.

— Tu m'aimes.

— Je t'aime terriblement.

Je devrais en être heureuse, mais nous ensemble, c'est une autre chose vouée à l'échec.

— Parfois, l'amour n'est pas suffisant, n'est-ce pas ?

Le moteur gronde. Il n'y a rien à répondre à ça. Nos vies vont en sens contraire. Je m'occupe de l'application de la loi. Il vit pour l'enfreindre. Je veux sauver des enfants d'un style de vie qu'il promet.

L'air à l'intérieur du van est froid, mais il me serre contre lui. C'est comme une métaphore. Nous, ensemble, contre le monde froid et sombre.

Mais son souffle est chaud dans mon cou. Il embrasse cet endroit émoustillé et réchauffé par son souffle, laissant ses lèvres s'y attarder. Il glisse un doigt le long de mon cou, je réprime un halètement. C'est toujours puissant quand il me touche. Aussi puissant que le premier jour dans le hangar à bateaux.

— Qu'est-ce que tu fais ?

— Tu me rends fou. Je ne peux pas te laisser partir.

Le fait qu'il le dise me montre qu'il sait, au fond de lui, que nous sommes condamnés.

Mon pouls tambourine. Ses mains tremblent. Son désir est aussi sauvage qu'un loup, à peine retenu.

Je n'ai jamais été désirée comme ça par un homme. Je n'ai jamais autant désiré un homme comme ça en retour.

Il baisse mon soutien-gorge, dénude ma poitrine. L'air froid gèle mes tétons jusqu'à ce qu'il pose sa bouche chaude sur l'un d'entre eux, ses doigts sur l'autre. C'est un paradis sombre.

Il pose sa main libre sur mon genou nu, sous ma jupe.

— Chérie, dit-il.

Le van chancelle comme si nous prenions un virage trop vite. Être dans ce véhicule semble dangereux. Est-ce que j'étais sincèrement en train de réclamer du sexe ? Le téléphone oscille, donnant un bref effet stroboscopique sur sa pommette et ses boucles foncées. Il prend mes poignets dans une main et les coince au-dessus de ma tête, comme il aime toujours le faire. Il glisse son autre main vers le haut de ma cuisse.

Mon pouls s'accélère.

Il remonte ma jupe et pose une main ferme et forte sur mon entrejambe. Il me tient seulement, remuant légèrement avec le van filant à toute allure. Tout s'évanouit dans mon esprit. J'oublie tout face à cette sensation défendue lorsqu'il me tient et me contrôle.

Il trouve l'élastique de ma culotte et appuie ses doigts sur mon sexe mouillé.

— Aleksio, nous sommes au milieu d'une course-poursuite. Sois raisonnable.

— Que je sois raisonnable ? Au diable la raison. Je ne vais pas être raisonnable avec toi. Jamais. C'est une promesse.

Lentement, sa main commence à glisser et à me caresser.

— *Jamais.*

Il caresse mon entrejambe et quand il atteint une certaine cadence, j'ai le souffle court.

— Tu es si sensible.

Avec toi, pensé-je.

— Bouge tes mains. Sens comme je te tiens. Sens comme tu ne pourras jamais m'échapper.

Je bouge brusquement et me tords, ayant envie de lui avec une faim sauvage et malsaine. Il enfonce un doigt en moi et je me mets à haleter.

— Sens comme je ne te laisserai jamais partir.

Il a sa main entre mes jambes et me caresse.

— Sens.

— Aleksio...

— Dis-le. « Ne me laisse pas partir. »

Il raffermit sa prise sur moi et instinctivement, j'essaie de m'écarter, mais j'en suis incapable. La façon dont il tient mes poignets d'une main pendant qu'il laisse vagabonder sa main libre est aussi enivrante que de l'eau-de-vie.

Il chuchote dans un souffle chaud à mon oreille.

— Dis-le.

Une chaleur interdite bourgeonne en moi. Et j'ai envie de lui.

— Je t'aime.

Sa respiration s'accélère.

— Mira la rebelle.

Il raffermit son étreinte. Cette pression quand il me maintient dans cette position est douloureuse, mais d'une belle façon, d'une façon agréable.

Le van prend un autre virage.

— C'est tellement malsain, dis-je.

Il me caresse plus fort, encore et encore, jusqu'au bord de l'oubli. Il se blottit dans mon cou.

— Rien n'est sain. Rien ne sera jamais sain.

Il glisse désormais son doigt en moi et mon rire se transforme en grognement de plaisir. Il m'allonge sur une glacière et remonte ma jupe pour baisser ma culotte qui se retrouve au niveau de mes chevilles.

— Tu es belle, dit-il.

L'air frais me donne des frissons, excepté là où il pose sa main.

— J'ai besoin d'être en toi.

Il passe ses doigts entre mes jambes et la sensation s'accentue à chaque caresse. J'envisage de lui demander d'arrêter, parce que c'est trop, trop bon. Je bouge avec ses doigts, baisant ses doigts.

— Écarte, halète-t-il.

Je fais ce qu'il dit. J'entends un bruissement d'emballage de préservatif. Ses mains sont posées sur mes flancs et l'extrémité épaisse de son sexe est là, me pénétrant, me remplissant complètement. Il a l'air énorme et je crie. Il s'enfonce encore et encore, agrippant une poignée de mes cheveux, puis mes épaules et je ne veux pas qu'il arrête. Jamais.

Et dehors, il y a la guerre, mais ici, je suis perdue avec

l'homme qui me consume entièrement. Il plonge en moi, me possédant, m'utilisant, m'aimant.

— Aleksio, dis-je.

Son nom est comme un gant de velours sur ma joue.

Il me prend brutalement et profondément, me poussant vers l'orgasme jusqu'à une explosion colorée et lumineuse dans mon esprit. Il s'enfonce en moi en grognant et jouit en moi.

Le van gronde. Nous avons cet endroit pour nous. Pour le moment.

Finalement, il se retire.

— Où va-t-on ? demandé-je.

— Vers le nord. Garder un œil sur le mec qui a peut-être une piste pour Kiro. S'assurer que personne ne mettra le grappin sur lui.

— L'atteindre avant que Lazarus ne le fasse.

— Lazarus ne sait rien sur lui. Nous avons une bonne longueur d'avance.

— Attends...

Je m'écarte.

— Tu n'as pas tué Lazarus.

Il prend un air maussade.

— Non.

— Lazarus a aidé à tuer tes parents.

Aucune réponse.

— Tu l'as laissé en vie. Tu aurais pu le tuer sur place.

— Oui, je vais peut-être en venir à le regretter.

— Sois sérieux. Tu as épargné Lazarus le Sanglant en personne.

— Je l'ai regardé dans les yeux et j'ai envisagé de le tuer. Je le voulais. Mais je ne l'ai pas fait.

— Pourquoi ?

Son visage est caché dans l'ombre, mais je sens son regard sur moi.

— Je n'ai pas pu, répond-il simplement.

295

Enlevée par la mafia

— Je n'ai pas pu, répond-il simplement.

295

Chapitre Vingt-Huit

Aleksio

J'ENVOIE trois de mes meilleurs gars surveiller Konstantin et son infirmière. Je doute que Lazarus puisse le trouver, mais je ne prends aucun risque.

Notre groupe attend Viktor et ses hommes sur le parking d'un centre commercial à une heure au nord de Chicago. Ils roulent dans trois SUV Mercedes noirs, comme des étalons noirs assortis. Viktor sort du véhicule de tête.

— C'est quoi ce délire ? demandé-je.

— J'en ai assez de voler des voitures, *brat*.

Il me dit qu'il les a payées en liquide. Comme si c'était un achat compulsif, tels des chocolats parfumés à la menthe à la caisse du supermarché. Il se met dans le rôle du prince de retour, un criminel de sang royal avec des comptes en banque pouvant rivaliser avec ceux d'un petit pays. Le rôle dans lequel il est né... dans lequel nous sommes nés tous les deux.

Je ne peux pas lui en vouloir. Maintenant que nous sommes officiellement de retour, nous avons accès aux millions de dollars que notre père a dissimulés. Des comptes offshores que Konstantin nous a aidés à récupérer en se servant de notre ADN et de nos empreintes. C'est comme si papa avait protégé son capital contre ceux qui pourraient nous trahir, seulement, il ne se doutait certainement pas qu'il s'agirait de Lazarus et d'Aldo Nikolla. Konstantin a mis un avocat sur le coup pour déterrer encore plus d'argent.

Mira lève les yeux au ciel face au côté tape-à-l'œil. *Mira.* Je l'aime d'une manière trop vaste et immense pour l'expliquer et je sais qu'elle m'aime également, mais se servir de la loi pour aider à créer une société plus juste, c'est sa vie. Et je suis un prince de la mafia. Nos chemins vont dans des directions opposées. Je la regarde avec amour se tenir là, sous le soleil, et j'essaie de ne pas y penser.

Le groupe remonte dans les voitures et se dirige vers le nord pour protéger personnellement Noah, l'assistant social, notre seul lien avec Kiro. J'ai le sentiment que Kiro est là, quelque part, et j'ai cette image : les trois frères, ensemble, roulant dans une même voiture pour mettre fin à tout ça.

Huit heures plus tard, nous arrivons au Sky Slope Hotel, un complexe cinq étoiles à l'extérieur de Duluth, dans le Minnesota, le seul hôtel de luxe sur des centaines de kilomètres. Il y a un pin géant et une fontaine à l'intérieur du lobby ornementé. La lumière filtre depuis un haut plafond en verre.

Nous occupons tout le dernier étage. Je prends la meilleure chambre pour Mira et moi – avec du marbre blanc, du linge de maison vert et une vue à un million de dollars. Des tasses en porcelaine de Chine remplies de chocolat chaud nous attendent sur la table. Elle m'en passe une et s'approche de la fenêtre.

Je ferme la porte et m'avance derrière elle, la serrant fermement contre moi. Le Sky Slope est sur une falaise et on peut voir des kilomètres d'étendues sauvages sans fin, avec le lac Supérieur au loin.

Je devine qu'elle est concentrée sur la scène qui s'étend devant elle, mais moi je ne vois que notre reflet dans la vitre. Le regard de Mira semble hanté, une expression que je n'avais jamais vue auparavant chez elle. Bien sûr, j'ai vraiment une sale tête avec ma lèvre gonflée et mon œil abîmé. Néanmoins mes blessures guériront.

Les blessures de Mira ? Je n'en suis pas si sûr. Ce n'est pas seulement parce que son père est mort ou à cause de ce qu'il a fait à sa mère. C'est ce qu'*elle* a fait. Mira est une femme avec un code de conduite sacrément strict et elle l'a enfreint. Elle a tiré sur un homme. Il n'est pas mort – nous nous sommes renseignés –, mais ça n'a pas d'importance.

Avec toutes ces années passées à l'observer, à l'étudier, à devenir obsédé, je connais toutes ses expressions. Cet air hanté est nouveau. Il me gèle jusqu'à la moelle.

En me tenant là, je me dis alors que protéger cette femme que j'aime ne demande pas seulement que je la garde en sécurité physiquement. Je dois protéger son âme. Elle ne peut pas vivre cette guerre, pas même depuis la ligne de touche. Protéger Mira veut dire la laisser partir.

Cette prise de conscience est comme un coup de canon dans mon ventre.

Je dois le faire. Je ne vais pas exécuter Lazarus et ses hommes. J'en ai assez de cette vengeance héritée des montagnes albanaises de l'Ancien Monde, au grand désarroi de Konstantin. Mais je prévois toujours de le détruire et de reprendre ce qui est à nous. Et j'enfreindrai n'importe quelle loi pour sauver Kiro.

Mira ne peut pas côtoyer cet environnement. Cette expression dans son regard me l'indique.

Elle pense que c'est trop dangereux de partir, mais je sais que c'est trop dangereux pour elle de rester. Je le comprends désormais, en la regardant quand elle pense que personne ne l'observe.

J'appuie mon front sur son épaule, essayant de reprendre suffisamment mes esprits pour trouver un plan puisque j'ai les ressources pour la garder en sécurité à présent – à l'abri de moi et de mon monde.

Je prends une grande inspiration, là, devant la fenêtre. Peut-être que c'est ça, aimer quelqu'un. Aimer suffisamment une personne pour s'arracher soi-même le cœur pour elle.

Elle se tourne dans mes bras.

— Chéri ? Qu'est-ce qui ne va pas ?

Je l'embrasse. Je ne veux pas qu'elle voie mon visage. Je ne veux pas qu'elle sache que je suis en train de mourir à l'intérieur.

Je la laisse s'installer et je me dirige au bout du couloir pour dire à Tito de ne pas déballer ses affaires. Dix minutes plus tard, nous avons un plan. Il va prendre l'avion pour se rendre dans le Bronx, louer un appartement de haute sécurité près de son lieu de travail et réunir un contingent d'hommes musclés à New York pour la surveiller discrètement. Il va tout mettre en place le plus vite possible.

Une fois que Tito est en route, Viktor et moi nous mettons à l'aise pour échafauder un plan. Nous réunissons des équipes pour surveiller Noah, l'assistant social, ainsi que la zone, à la recherche de signes de Lazarus ou de ses hommes. Nous travaillons sur nos stratégies d'attaque. Nous sommes comme une famille royale en exil, là, dans un hôtel du nord, en train de comploter pour assiéger la ville fortifiée.

Le jour suivant, Mira m'oblige à aller à la clinique pour avoir une véritable radio de ma cheville. Le médecin me donne une attelle et me dit que j'ai de la chance : j'ai seulement une légère fracture.

Nous sortons pour prendre un déjeuner somptueux, puis nous faisons une promenade sur un sentier dans la nature non loin, quelque chose que je ne suis pas censé faire avec mon attelle, mais il ne nous reste pas beaucoup de temps. C'est étrange d'avoir un rendez-vous amoureux maintenant, après avoir vécu l'équivalent d'une vie d'épreuves ensemble.

Nous grimpons sur un promontoire et admirons la vue. Je trouve un endroit plat et herbeux où nous pouvons nous asseoir et Mira s'installe à côté de moi, s'allongeant, regardant les nuages, sa peau brillant sous la lumière pâle.

— Parfois, papa me manque tellement, avoue-t-elle. Parfois, je suis triste qu'il soit parti et parfois, je déteste ne pas avoir pu le faire répondre de ses actes. Puis je me sens vraiment mal parce qu'il est mort. Et il me manque.

Je m'étends à côté d'elle et me contente d'écouter. Elle raconte qu'elle a essayé de digérer tout ça. Que tous ses souvenirs semblent différents désormais. Nous parlons des gens que nous connaissions. De son travail. Nous parlons de tout sauf du futur.

Quand nous retournons au Sky Slope, nous trouvons Viktor dans l'entrée avec la cascade, en train de regarder son téléphone. Mira lui demande ce qu'il fait et il commence à lui parler du Valhalla.

Je l'interromps, car moins elle en saura, mieux ce sera.

— Ça fait partie des affaires auxquelles nous allons mettre un terme.

Toutefois, Mira s'assoit juste à côté de Viktor.

— Je veux savoir. Je veux voir.

Je n'aime pas trop ça, ce qui se passe dans cet endroit est assez dur. Viktor fait défiler le site pour lui montrer les différentes femmes présentes. Il lui parle des accès à partir de plusieurs pays. Il lui raconte notre plan pour découvrir où diable se trouve cet endroit.

Sa voix tremble parfois. Pourquoi se montre-t-il si émotif soudain ?

Mira lui prend le téléphone des mains. Elle fait défiler le site.

— Que va-t-il arriver à toutes ces femmes quand vous le fermerez ?

— On les renverra chez elle, expliqué-je.

Mira fronce les sourcils.

— Peut-être que certaines voudront rentrer chez elles, mais si ce n'est pas le cas ? Et si elles ne peuvent pas ? Certaines de ses femmes viennent peut-être d'environnements terribles et retourner chez elle serait comme une condamnation à mort. Non, ce n'est pas ce qui devrait se passer. Vous devez prévoir un dispositif pour elles.

Elle attrape un bloc-notes fantaisiste et commence à faire des listes. Une intervention totalement légale semble apparaître dans son esprit tout comme une opération criminelle naît parfois dans le mien.

— Vous avez besoin de ressources, de gens, de stratégies pour obtenir l'asile et une aide à l'immigration pour certaines victimes.

Elle a beaucoup d'idées. Je n'arrive pas à croire que je n'y ai jamais pensé, toutefois c'est typiquement Mira. C'est incroyable de la voir ainsi, dans son élément.

Elle travaille là-dessus au lit ce soir-là, dans notre chambre. Elle fait des recherches. Posant des questions discrètes à ses collègues, demandant si elle pouvait compter sur eux. L'immigration n'est pas sa spécialité, explique-t-elle. Cependant elle peut réunir les ressources pour nous.

Je me faufile derrière elle, la regardant sur son ordinateur. J'essaie de commencer à l'exciter, mais elle ne se laisse pas faire, alors je réfléchis avec elle sur la logistique.

C'est assez passionnant de travailler ensemble. Nous lançons des idées tous les deux. Bon sang, nous en avons à l'infini, comme une équipe qui existe depuis longtemps. Je suis surpris que cela semble si naturel jusqu'à ce que je me rappelle comment c'était lorsque nous étions enfants. Nous planifiions différentes virées.

C'est agréable. Pur, même, d'une façon que je ne peux expliquer.

Merde, c'est peut-être ça le bonheur. Probablement.

Elle me sent dériver et m'aide à me reconcentrer. Elle me dit qu'il y aura une période pendant laquelle nous devrons empêcher ces femmes de tomber aux mains des autorités. Peut-on le faire ?

Oh que oui, on peut le faire, lui dis-je. J'ai un tas d'idées sur la façon de le faire.

Elle rit.

— Évidemment.

— Qui a dit qu'une vie de criminel ne payait pas, chérie ?

Elle ne répond pas. La question me rappelle à quel point nous sommes loin l'un de l'autre.

— Est-ce que c'est comme ça pour les gens normaux ? demandé-je.

— Oui, répond-elle doucement. Peut-être même encore mieux.

— Ouais, rétorqué-je.

Froidement. Avec désinvolture. Comme si je m'en moquais.

Néanmoins je ne m'en moque pas. Le bonheur avec cette femme géniale est la seule chose que je ne peux pas avoir.

Je garde mes lèvres scellées et nous retournons au projet. Elle l'élabore de manière à ce qu'il soit aisé à mettre en œuvre — à la portée de n'importe quel idiot, plaisante-t-elle. Mais elle sait autant que moi qu'elle doit partir.

Quel est l'adage ? Il vaut mieux avoir connu l'amour et l'avoir perdu plutôt que de ne jamais l'avoir connu ? Je n'en suis pas si sûr.

Le lendemain matin, je mets son billet d'avion dans une

putain de boîte avec la clé du nouvel appartement hautement sécurisé dans le Bronx que Tito a loué pour elle. Elle a été livrée par coursier dans la nuit. C'est son visa de sortie de ma vie violente, avec un petit nœud autour. Je vais la conduire jusqu'à l'aéroport de Duluth. La laisser partir. Je dois le faire vite, sinon je n'en serai peut-être pas capable.

Je pense à ce que je ferais si je ne vivais pas cette vie. Quel genre d'homme je devrais être pour mériter Mira. Et si je reprenais l'empire et le donnais à Viktor et Kiro ? Qui serais-je, si je n'étais pas Aleksio Dragusha, à la tête du clan du Black Lion ?

J'éloigne ces pensées de mon esprit. Je ne peux pas arrêter d'être cet homme pour l'instant. Kiro est quelque part. Kiro a besoin qu'on fasse ce qu'il faut.

Chapitre Vingt-Neuf

ALEKSIO et moi sommes assis sur notre lit, regardant la télé comme un couple normal, lorsqu'il reçoit un message.

L'éclat dans ses yeux m'indique de quoi il s'agit : des informations sur Kiro.

— Je te tiens, enfoiré, dit-il.

Il fait défiler un grand nombre de photos. Le visage d'un homme. Le profil d'un homme. Des clichés en pied. L'homme qui a enlevé Kiro.

Je l'embrasse, espérant de tout mon être que ce mec est dans un genre de base de données. Si ce n'est pas le cas, la route pour retrouver Kiro deviendra beaucoup plus sinueuse. Je décide de rester positive. Je bondis du lit pour attraper la bouteille de champagne. J'envisage de porter un toast, cependant il arrive, me prend la bouteille de la main et me pousse la tête la première contre le mur.

— Déjà ? plaisanté-je puisque nous nous sommes envoyés en l'air toute la matinée.

Il ne répond pas. Il écarte mes cheveux sur le côté et m'embrasse sur la nuque. Juste un baiser. Un baiser qui semble plus intime que l'acte sexuel.

— C'est l'endroit que je préfère chez toi, déclare-t-il.

Il dépose un autre baiser dans la courbe sous mes cheveux.

— Sensible et secret. J'aime cet endroit.

Il l'embrasse à nouveau, m'envoyant des frissons dans tout le corps.

— Tes cheveux le recouvrent et personne ne le touche, mais moi si. Et cet endroit est à moi, d'accord ?

Je ris.

— C'est une zone assez chaste, chéri. Tu es sûr que tu ne veux pas y repenser ?

— Je n'y repenserai pas.

Il me retourne vers lui et pose la main dessus, son endroit secret, il m'embrasse avec une intensité folle. Comme s'il mourait dans ce baiser. Je pose la main sur ses belles joues négligées, puis je l'embrasse lentement en retour, me disant qu'il est touché à l'idée de peut-être retrouver Kiro.

Il m'attire sur le lit. Je me perds en lui, cet homme qui me correspond comme jamais aucun autre avant.

Parfois, les ébats semblent précipités, amusants et sales.

D'autres fois, ils sont tranquilles et hédonistes.

Et parfois, ils renferment le monde entier et l'éternité. Ce genre d'ébats peut aussi vouloir dire « au revoir » sans que vous le sachiez.

Nous sommes dans la douche après lorsqu'il me dit que nous devons faire un aller rapide jusqu'à l'aéroport de Duluth demain. Pour prendre un paquet ? Rencontrer un gars ? Il ne dit pas de quoi il s'agit et je ne pose pas la question. Je connais la manœuvre.

Le secret me rappelle mon enfance. C'est tout ce que j'ai toujours voulu fuir. Mon cœur sombre quand j'y pense.

Nous nous garons sur le parking de l'aéroport le lendemain matin et nous entrons dans le grand bâtiment avec la façade en verre. Il s'arrête près du cordon de sécurité.

— Donne-moi ton sac.

Je le lui tends.

— Qu'est-ce que tu fais ?

Il fouille à l'intérieur. Il sort ma lotion pour les mains.

— 115 grammes, ça ne passera pas.

Il la jette à la poubelle.

— C'est quoi ton délire ?

Il me redonne mon sac ainsi qu'un cadeau emballé dans un papier brillant, de la taille d'un livre.

— Mon cœur commence à tambouriner.

— Qu'est-ce que c'est ?

— Ouvre-le.

J'arrache l'emballage et en sors un billet d'avion ainsi qu'un porte-clés avec une clé dessus. Et un sachet de ces toffees anglais que l'on vend dans les stations-service.

— Aleksio...

— Je te renvoie chez toi.

— Quoi ?

— Je te rends ta vie, chérie.

Je tiens le cadeau dans mes mains, mon pouls s'accélérant. Je pensais que nous avions plus de *temps*.

— Tu seras en sécurité. Je t'ai loué un nouvel appartement qui est ultra-fortifié. Tito y est passé hier. Il s'occupe des détails de la sécurité. Tu n'auras pas de véritables gardes du corps, ne t'inquiète pas. Ils te surveilleront de loin. Ils sauront si quelqu'un t'observe. On a engagé les meilleurs.

Je déglutis malgré la boule que j'ai dans la gorge. Je sais que je dois partir, mais je pensais qu'il m'en empêcherait. Je pensais qu'il attendrait.

Il hoche la tête en direction du tableau des départs.

— Vol direct pour La Guardia. L'embarquement est à dix heures.

— Alors... juste comme ça ?

Aleksio m'embrasse, ardemment. Puis il appuie son front contre le mien et j'ai le sentiment qu'il ne veut pas que je voie son visage.

— Je t'aime. Je t'aimerai toujours.

Ma gorge semble s'épaissir. J'ai envie de dire *je t'aime* en retour. J'ai envie de dire tout un tas de choses.

— Tu voulais partir, non ?

Quand je me tiens là, une possible existence avec lui passe devant mes yeux. Je vois une vie avec un homme qui a sa place au sommet d'une entreprise violente. Je me vois ignorer des millions de crimes.

Et j'aurais certes ma carrière, mais quel genre de parodie serait-ce si j'étais en couple avec un parrain de la mafia ? Évidemment qu'il a raison. Évidemment, je dois partir. N'est-ce pas ?

Son âme et sa tristesse se lisent au plus profond de ses yeux.

— Tu dois aller reconstruire les châteaux de sable que les salauds comme moi détruisent.

Ma voix tremble.

— C'est vrai.

Je l'embrasse à nouveau.

Une voix bourdonnante dans le haut-parleur annonce que la préparation à l'embarquement va commencer pour mon vol. Je sors ma carte d'identité, me disant que ce doit être ainsi.

— Tiens-moi au courant de ce qu'il se passe avec Kiro.

— Bien sûr, répond-il d'une voix rauque.

J'ai envie d'en dire plus, sauf qu'il se retourne et s'en va. Sombre et mortel dans son costume, de la même manière qu'il est revenu dans ma vie. Mais c'est tellement différent.

La file d'attente pour passer la sécurité est courte. Avant que je m'en rende compte, je suis au bout de la file, en train de délacer mes chaussures.

Chapitre Trente

Aleksio

JE SUIS à mi-chemin de l'hôtel quand mon téléphone sonne. Le soulagement me submerge puisque j'ai dans l'idée qu'il pourrait s'agir de Mira, appelant pour dire qu'elle ne part pas.

Mais c'est mon enquêteur.

Au moins, j'aurai quelques bonnes nouvelles, pensé-je.

Ce ne sont pas de bonnes nouvelles.

— Je suis désolé, Aleksio, déclare-t-il.

Il ne me salue pas, s'excuse simplement.

— Dis-moi tout.

— J'ai passé chaque photo dans toutes les bases de données des conducteurs. J'ai demandé à mon gars, à Washington D.C., de les passer dans la base de données du département d'État. J'ai même mis mon contact canadien à contribution. On est tous bredouilles.

— Tu as dit qu'on pourrait le trouver s'il avait un permis de conduire ou un passeport.

— Peut-être qu'il n'a ni permis de conduire, ni passeport.

Peut-être qu'il modifiait son apparence pour ces visites. Peut-être que le logiciel n'a pas assez de points de comparaison.

La route défile devant moi, un ruban gris et morne au milieu des grands pins.

— D'accord. Qu'est-ce qu'on fait maintenant ?

Je n'aime pas le long silence qui suit.

— Tout ce qu'on a, c'est la photo de cet homme, répond-il enfin. Il est une aiguille dans une botte de foin de la taille de l'Amérique du Nord. Il est même pire qu'une aiguille. Un fantôme dans la botte de foin.

— Et ?

J'essaie de ne pas avoir l'air impatient. Toutefois, il n'a pas répondu à ma question.

— Et maintenant ?

— Je peux continuer d'enquêter, bien sûr. Je peux toujours essayer de nouvelles choses, mais je ne vais pas te mentir. On en a pour des mois, probablement des années. On ne trouvera peut-être jamais ce mec.

— Continue de chercher. Il existe. Il est quelque part. Peu importe ce qu'il faut.

Viktor et Yuri sont dans le lobby avec la cascade et le pin quand je reviens.

Le premier a cet air hanté sur le visage, comme toujours lorsqu'il surveille le site du Valhalla. Je m'assieds.

Sa main tremble lorsqu'il range son téléphone. Est-ce qu'il est en colère pour ces filles ? Peut-être que ce n'est pas lui qu'on aurait dû mettre sur l'affaire.

— Tu n'as pas l'air bien, mon frère, remarque-t-il.

Je pourrais en dire de même à son sujet. Je ne le fais pas. Je me lance dans les nouvelles sur Kiro.

La piste est plus ou moins une impasse. C'est ce que l'enquêteur a déclaré avec beaucoup de mots.

— Non, répond Viktor. Il doit à nouveau vérifier.

— Viktor…

Je regarde fixement le ciel bleu étincelant au-dessus du plafond de verre, imaginant l'avion de Mira quelque part dans ces nuages. Et Kiro… qui sait où il peut être ?

Une serveuse s'approche et Yuri commande une vodka. Non, pas trois verres. Une bouteille et trois verres.

— Il abandonne notre frère trop facilement. Il a besoin de motivation, je crois.

— C'est un ordinateur qui fait la recherche dans la base de données, expliqué-je. Tu ne peux pas obliger l'ordinateur à fournir de meilleurs résultats. Et personne n'abandonne, c'est juste…

Je m'apprête à dire « encore plus impossible », mais je rectifie en disant « plus difficile ».

— Nous n'abandonnerons jamais, déclare Viktor comme s'il voulait tuer quelqu'un.

— Jamais, confirmé-je.

— Et on détruira Lazarus sans Kiro. Je vais écraser son crâne jusqu'à ce que ses yeux en ressortent et quand on trouvera Kiro, il aura sa place dans le monde. On le reprend pour Kiro.

Notre vodka arrive. Yuri la sert.

Viktor lève son verre.

— Ça va devenir sanglant. Personne ne peut nous arrêter maintenant.

Maintenant que Mira est partie, c'est ce qu'il veut dire.

— Lorsqu'on en aura fini avec eux, ils prieront pour mourir.

Il boit. Yuri boit.

Je regarde fixement le liquide clair.

— Qu'est-ce qu'il y a, *brat* ?

— Je ne peux pas boire à ça. Devenir sanglant juste pour devenir sanglant. La violence et la vengeance.

Viktor me regarde comme si je venais d'annoncer que je détestais la vodka et les billets de cent dollars.

— Ne t'inquiète pas, je tiens ma parole, dis-je. Je m'engage à récupérer ce qui est à nous et à en détruire la partie vile. Je ferai ce qu'il faut pour récupérer Kiro si jamais nous... *quand* nous aurons une piste. Mais la violence et la vengeance...

Je remarque le froncement de sourcils de Viktor.

— Elle pensait que je valais la peine d'être sauvé, continué-je. Ça m'a fait quelque chose. Ça a changé quelque chose en moi...

Je suis aussi surpris que Viktor semble l'être. Cependant c'est la vérité. Les choses semblent différentes.

— Ça a changé quelque chose en toi ? crache Viktor. Tu veux plutôt dire que ça t'a *détruit.*

Je repense à ce moment à l'hôtel, quand j'ai fixé le regard de Lazarus. J'aurais pu l'exécuter sur-le-champ. Mon plus grand ennemi.

— Ça m'a détruit pour certaines choses.

Il lève les yeux au ciel.

— D'accord. Un toast à *elle*, alors.

Je lui jette un coup d'œil suspicieux. Il hausse les épaules.

— À elle.

Je bois mon verre cul sec.

Il m'en verse un autre.

— À Kiro, dis-je. Nous n'abandonnerons jamais. Et Yuri. Aux frères de tout genre.

— Des frères avec des visages de gros durs. Le meilleur genre. *Skol.*

Nous gobons cet alcool frais qui nous brûle la gorge. Je tends mon verre pour qu'il m'en serve un autre. Il le fait.

— On va reprendre l'empire de manière intelligente, déclare Yuri. C'est plus ennuyant. C'est toujours efficace.

Nous buvons à nouveau.

Viktor surprend mon regard. Il semble inquiet.

— Je vais bien, dis-je.

C'est un mensonge.

C'est alors que j'aperçois les cheveux bruns de l'autre côté du lobby. *Mira*. Elle se dirige vers les ascenseurs.

Elle tourne la tête vers moi comme si elle sentait le poids de mon regard. Puis elle sourit. Son sourire est comme le soleil.

J'ai l'impression que c'est un rêve. Un mirage, peut-être.

Je reste planté là, le verre froid entre mes doigts, alors qu'elle fait demi-tour et avance vers moi, passant à côté de la majestueuse cascade en pierre, ses cheveux bruns reflétant la lumière au-dessus.

Elle est si belle que j'ai l'impression que ce n'est pas réel. Je sens quelque chose de froid couler sur mes doigts.

— Tu es en train de la renverser, *brat*.

Viktor me prend le verre des mains.

— Je n'ai pas envie que tu gâches de la bonne vodka. Même pour une princesse de la mafia pourrie gâtée.

C'est une plaisanterie, j'imagine. Je le comprends à peine. Je suis déjà parti, avançant sur le sol en marbre brillant. Je m'arrête devant elle, sans voix.

Elle se contente de sourire. Elle est heureuse. Son air hanté a disparu.

— Qu'est-ce qui ne va pas ? demande-t-elle. Il y a un flic derrière moi ?

Je m'approche d'elle et l'attire dans un baiser. Elle est chaude, réelle et tout ce que j'aime.

Elle se recule avec une expression malicieuse. Je crois qu'elle va m'engueuler parce que je bois de la vodka à deux heures de l'après-midi.

Elle ne le fait pas.

— Toi, tes foutus toffees anglais et tes actes altruistes vous attendiez à ce que je monte dans l'avion ? Je t'aime, Aleksio.

Mon cœur se tord.

— Tu as dit que l'amour n'était pas suffisant. Toute cette histoire avec les châteaux de sable ?

— Oui, tu continues de détruire des châteaux de sable, mais certains doivent l'être. Je veux les abattre avec toi, à commencer par le Valhalla.

Elle prend un air sérieux.

— Mais ensuite, on construira notre propre vie, avec nos propres règles. On bâtira quelque chose de mieux que nos familles. Ensemble. Qu'est-ce que tu en penses ?

— Oui. Oh que oui.

J'écarte les cheveux de son front. Je l'aime ainsi. Une rebelle et une guerrière. J'attrape ses cheveux et l'embrasse.

Et quelque part, de joyeux bébés animaux rient, et cela ne veut pas forcément dire que tout est perdu. Cela peut simplement représenter quelque chose d'absurdement normal.

Comme le bonheur.

Comme l'éternité.

~la fin~

Merci pour votre lecture !

J'espère que vous aimerez Aleksio et Mira autant que moi !

Q: *Est-ce que le cœur brisé de Viktor lui fait voir des fantômes ?*

Ou la nonne qui ne montre jamais son visage est-elle vraiment son amour perdu ?

"Mes frères pensent que je suis obsédée. A imaginer des fantômes. Mais je te connaîtrai toujours. Et je viendrai te chercher." ~Viktor

"...une histoire d'amour, de perte, de violence et de vengeance délicieusement captivante qui nous a fait battre le cœur !"

~ Jenny et Gitte, blog Totally Booked

Saisir *Le mafia prince cruel – Empires et Mafia, tome 2*

Autres livres de Annika Martin (en français)

Ce sont des hommes dangereux. Des ennemis aqbsolus. Et totalement attirés l' un par l' autre.

Prisonnier

Lorsque je l'ai vu, la première fois, j'ai été frappée par la force féroce qui émanait de lui.

Otage

J'avais toujours su qu'il viendrait un jour.

Mais je ne savais pas quand

Trouver une liste complète de livres en français ainsi que des liens

https://annikamartinbooks.com/translations/french/

Other translated works

Trouvez les livres d'Annika dans d'autres langues ici

https://annikamartinbooks.com/translations/

French, German, Italian, Hebrew,

plus Swedish, Japanese, and Dutch soon.

Annika's books in English:

https://annikamartinbooks.com/all-books-2/

À propos de l'auteur

Annika Martin est un New York Times bestselling auteur qui aime lire, photographier ses chats, consommer des tonnes de chocolat et aider les animaux. On peut la trouver en train d'écrire dans les cafés de Minneapolis avec son fabuleux mari, et parfois en train de jardiner et de faire du yoga.

newsletter:
https://geni.us/rGHRx

Facebook:
www.facebook.com/AnnikaMartinBooks

The Annika Martin Fabulous Gang:
www.facebook.com/groups/AnnikaMartinFabulousGang/

Instagram and TikTok:
@annikamartinauthor

website:
www.annikamartinbooks.com